T0030284

HIJA ÚNICA

MI-AE SEO

HIJA ÚNICA

Traducción de
Joo Hasun

PLAZA & JANÉS

Papel certificado por el Forest Stewardship Council®

Título original: 잘 자요 엄마 (Jaljayo eomma)
Publicado por primera vez en Corea por Munhakdongne Publishing Group
Primera edición: marzo de 2020

Este libro ha sido publicado con la ayuda de
Literature Translation Institute of Korea (LTI Korea)

ISBN: 978-84-01-02345-3
Depósito legal: B-1.620-2020

Compuesto en Comptex & Ass., S.L.

Impreso en Liberdúplex
Sant Llorenç d'Hortons (Barcelona)

L 0 2 3 4 5 3

Penguin
Random House
Grupo Editorial

Supongamos que hay una habitación muy vieja.

Esa habitación está llena de cosas que uno no quiere recordar y la puerta está cerrada con un gran candado.

Con el transcurrir del tiempo, la existencia de esa habitación pasa al olvido. Al final uno ni se acuerda de que está ahí.

La memoria engaña. Hay hechos que uno cree que son imposibles de olvidar, pero justamente por eso los borramos por completo de la mente. Dicen que se trata de un mecanismo de defensa contra los choques emocionales. El cerebro humano se encarga de borrarlos él solo porque sabe que pensar en ellos es perjudicial. Al fin y al cabo, nuestra mente recuerda solo lo que quiere recordar. Lo que puede soportar.

A veces me pregunto qué estará pasando en mi cabeza.

Sí. Yo también tenía una habitación como esa.

Una habitación en la que ponía todo lo terrible y que cerré con varios candados. Estuve un tiempo sin acordarme de que existía. Pero el olvido no duró mucho. Un día, esos candados se abrieron todos a la vez.

No debí haber entrado aunque se abrieran los candados, pero me venció la curiosidad y entré en esa habitación. Y me di cuenta...

Había abierto la puerta del infierno.

PRIMERA PARTE

1

Se informó del incendio en el barrio de Eungam-dong a las 3.37 de la madrugada del 17 de junio.

El aviso «Incendio en Eungam-dong» apareció en la pantalla de la sala de control del cuartel general de la Dirección Nacional de Bomberos de Namsan y de inmediato se informó al cuerpo de bomberos del distrito Oeste, las comisarías de la zona y el equipo de investigación sobre incendios de la Oficina Forense de la Policía Metropolitana de Seúl.

El investigador de incendios Lee Sang-uk, de la Dirección Nacional de Bomberos, estaba de guardia cuando llegó la información, durmiendo en la sala de descanso del personal. Lo llamaron al móvil y se levantó frotándose los ojos. Había dormido apenas dos horas, porque había tenido que quedarse hasta después de la una de la madrugada redactando un informe.

Los párpados se le caían, pero salió a tomar aire y el viento frío le espabiló. El aire fresco de la madrugada incluso se llevó los últimos rastros del sueño.

Sang-uk fue caminando al aparcamiento. Antes de subirse al coche, llamó a su compañero, el sargento Yu Dong-sik. Su voz delataba que también lo habían cogido durmiendo.

—Ya estoy despierto, ya.

Al parecer, lo habían llamado antes desde la Policía de Seúl. Aun sin verlo, visualicé su reacción. Estaría sentado en la cama sacudiendo la cabeza para impedir que su mente, que rehusaba despertar, se durmiera nuevamente. Tratando de espantar el sueño y escuchando con los ojos cerrados la voz al otro lado del teléfono. Había veces que el sargento Yu se movía como un niño, lo que contrastaba con su cuerpo fornido.

Reprimiendo una risa que se le escapaba entre los labios, Sang-uk le avisó de que se dirigía al lugar del incendio.

—No tardes.

—Espera...

—¿Sí?

Cuando estaba por colgar, Yu le detuvo con prisa. Sang-uk, pendiente de las palabras del otro, prestó atención.

—¿Dónde dijiste que era el incendio?

Seguramente sabía dónde era. Sin embargo, preguntó de nuevo a Sang-uk, quizá porque la información se le había pasado por estar medio dormido o para cerciorarse de que lo había escuchado bien.

—En Eungam-dong. Esta vez, en la calle Baeknyeonsa-gil, cerca de la intersección del Colegio Chungam.

Se oyó al sargento Yu suspirar. Un momento después, un breve silencio. Estaría tratando de ordenar sus pensamientos. Pero a los pocos segundos se escuchó un pequeño gemido y Yu murmuró. Probablemente estaría maldiciendo mientras se levantaba de la cama. Sang-uk se imaginaba cómo estaba, aunque no dijera nada, porque simpatizaba con él.

—Sí... A mí tampoco me hace gracia.

—Está bien. Me preparo y salgo enseguida. Nos vemos allí.

Sang-uk colgó y se subió al coche.

Introdujo la llave para arrancar y miró la hora. Ya eran más de las cuatro de la madrugada.

Suponía que no habría mucho tráfico en las calles porque era de madrugada y pensó que llegaría a su destino en unos veinte minutos, pasando por la puerta Sungnyemun y la zona de Muakjae. Saliendo del aparcamiento, intentó enumerar los incendios que había habido recientemente en el barrio de Eungam-dong.

Desde el inicio de la primavera, la cifra ya ascendía a seis. A estas alturas, en Eungam-dong, un simple comentario sobre alguien con una cerilla ponía los pelos de punta a cualquiera.

El primer caso tuvo lugar no muy lejos de unas obras de construcción, en el distrito Siete de Eungam-dong, cerca del Hospital Municipal de Eunpyeong.

Había mucho desorden en la zona por estar en marcha la edificación de un megacomplejo residencial en las faldas del monte Baeknyeonsan, pues los materiales de construcción se amontonaban por doquier, así como los camiones utilizados en esas obras.

El incendio se produjo en un terreno baldío en la calle Baeknyeonsa-gil, frente a las obras, y lo extinguieron sin que muriera nadie. Aunque se quemaron planchas de madera y otros materiales de construcción, el daño material no fue grande y pudieron reprimir el fuego porque un obrero dio el aviso a tiempo. El cuerpo de bomberos a cargo tampoco encontró indicios sospechosos sobre las causas del incendio, de ahí que concluyera que había sido accidental, quizá causado por un cigarrillo sin apagar que alguien había arrojado.

Sin embargo, como lo siguieron otros incendios en el mismo barrio de Eungam-dong, empezaron a investigar de nuevo ese primer caso que dieron por accidental. Hasta se planteó una nueva hipótesis: alguien pudo haberlo provocado deliberadamente, aprovechando que por la noche, cuando se interrumpían las obras, casi no pasaba gente ni coches por la zona.

El incendio intencionado que más daños ocasionó fue el tercero.

Fue entonces cuando se incorporaron al equipo de investigación el agente Lee Sang-uk, de la Dirección Nacional de Bomberos, y el sargento Yu Dong-sik, de la Oficina Forense de la Policía Metropolitana de Seúl.

Ese incendio, al otro lado de la calle Baeknyeonsa-gil, cerca de la iglesia que hay detrás de la escuela de primaria de Eungam-dong, dejó pérdidas serias, pues afectó a un edificio de viviendas al propagarse el fuego por culpa de las tormentas de arena que soplan cada año en esas fechas. Así que se quemaron tres apartamentos y fallecieron tres personas que estaban durmiendo, integrantes de la misma familia.

Aunque ocurrió alrededor de las tres de la mañana, al tener lugar en un área residencial, apareció un testigo.

Este declaró haber visto a una persona con una conducta sospechosa en las proximidades del lugar del incendio mientras regresaba a casa tras hacer horas extra en el trabajo. Atestiguó que, después de que esa persona desapareciera por la calle principal, el fuego se extendió. Sin embargo, debido a que estaba oscuro, no pudo ver cómo era ni la ropa que llevaba.

Junto con Yu, buscaron y rebuscaron entre las cenizas en el punto donde, según el testigo, había comenzado el fuego, para dilucidar las causas del incendio. No obstante, la investigación se estancó, pues no coincidían las declaraciones del testigo ni el estado físico del lugar. Los vecinos alegaron que los incendios reiterados podrían tener alguna conexión con el conflicto que existía desde hacía tiempo entre los residentes de la zona y la constructora por un proyecto de reurbanización.

Le sonó el móvil a Sang-uk cuando el coche entraba en la calle Moraenae-gil desde la intersección de Hongje tras atravesar Muakjae.

—¿Dónde estás? —Yu hablaba en tono bajo y serio—. ¿Ya has llegado?

—No. Estoy en camino.

—¿No quedamos en vernos allí?

—Es ya el sexto, ¿no, Sang-uk?

—Sí.

El silencio se prolongó.

—¿Tienes algo que decirme? —le preguntó Sang-uk en voz alta para asegurarse de que aún seguía al teléfono.

—Es que... He tenido una pesadilla...

—¿Un sueño?

Sang-uk parecía estar inquieto por la pesadilla que había tenido y encima va y le dicen que ha habido otro incendio, probablemente intencionado. Ese repentino momento de debilidad del sargento Yu lo perturbó. Nunca actuaba así. Quizá su conducta se debía al estrés por los incendios en serie.

Sang-uk y el sargento Yu investigaban juntos los mismos siniestros; no obstante, sus perspectivas diferían.

El trabajo de Sang-uk era analizar los restos de los incendios y el estado de los lugares afectados, así como las declaraciones tanto de los testigos como de las víctimas, para llegar a la causa. Mientras tanto, el sargento Yu se encargaba de inspeccionar los lugares de los mismos en caso de existir indicios de dolo o intención deliberada con base en los hallazgos obtenidos en la investigación preliminar, con la colaboración de investigadores como Sang-uk. Luego su objetivo era encontrar rastros de los autores de los incendios y resolver los casos desde el punto de vista criminal.

En otras palabras, el trabajo de Sang-uk terminaba en el lugar de los siniestros. En cambio, para Yu ese era el punto de partida. Si se trataba, en efecto, de un incendio intencionado, uno que involucraba un crimen, su trabajo no acabaría hasta encontrar al autor.

Colaboraban intercambiando sus opiniones sobre los incendios; pero, inevitablemente, quien padecía más estrés era el sargento Yu. Para colmo, se habían producido varios en serie en un mismo barrio en un lapso de apenas unos meses. Era de esperar que se sintiera angustiado. En situaciones ordinarias, no acudiría al lugar del siniestro con tanta prontitud ante una denuncia. Pero, con el aumento de los incendios en Eungam-dong, a Sang-uk y al sargento Yu los requerían inmediatamente cada vez que surgía un nuevo caso.

Sang-uk no sabía cómo responder. Solo ansiaba que el de ese día fuera el último. Que cogieran al autor y que no hubiera más incendios.

—¿No crees en los sueños?

—Sí. Mi madre tuvo uno muy revelador durante mi nacimiento, y gracias a ese sueño me convertí en bombero. ¿No te lo he contado?

Sang-uk aludía al sueño de su madre en un tono jocoso, que no solía usar, con la intención de relajar a Yu, aunque fuera un poco. Pero el sargento, que había escuchado aquella historia mil veces, colgó antes de que Sang-uk terminara.

Sang-uk bajó el móvil con una sonrisa y aceleró el coche.

Aunque faltaban varios metros hasta la intersección del instituto Chungam, el caos ya avisaba de que había habido un incendio en la zona. La gente, pese a la hora, estaba en la calle para ver qué ocurría y los conductores desaceleraban con el mismo propósito y obstaculizaban el paso.

Sang-uk pudo entrar por la calle que daba acceso al templo Baeknyeonsa después de pitar varias veces, incluso con la luz de emergencia sobre el coche. Esquivando a la gente, logró estacionar en una esquina y se acercó al lugar del siniestro, donde se percibía el ambiente inquieto típico de estas situaciones.

Los coches de policía, los camiones de bomberos, las ambulancias que aguardaban para transportar a los heridos al hospital y los agentes que trataban de poner orden formaban un gran barullo. Además, el área estaba abarrotada de gente, en su mayoría residentes de la zona, que ante la noticia del fuego habían interrumpido el sueño y salido a la calle angustiados. Bastaba un vistazo para darse cuenta de que era un incendio de grandes dimensiones.

Sang-uk miró hacia donde se elevaban las llamas. Por suerte, el fuego comenzaba a menguar y el equipo de rescate se preparaba para iniciar la búsqueda de víctimas. Miró luego a su alrededor y alentó a los integrantes del Cuerpo de Bomberos del Distrito Oeste, caras familiares por los reiterados encuentros que habían tenido debido a los incendios de los últimos meses.

Entre el gentío y el caos, reconoció fácilmente al sargento Yu. Era difícil no verlo, con su pelo extremadamente corto, su altura y su cuerpo fornido.

El sargento Yu seguía las operaciones para extinguir el fuego desde detrás de un coche de policía y sacudió la cabeza conteniendo un bostezo.

Sang-uk se le acercó y preguntó:

—¿Todavía tienes sueño?

Pero Yu no contestó, seguía mirando con el ceño fruncido el agua de la manguera que sostenían los bomberos. Aunque principalmente era por no dormir bien, estaría cansado por el trabajo intenso debido a los recientes incendios en serie.

—Tanto alboroto por culpa de un loco...

—Eso digo yo.

El sargento Yu se frotó la cara con ansiedad y, tras mirar a su alrededor, vio a un policía uniformado y se le acercó.

El oficial le dio información sobre los testigos y las indagaciones en marcha. Al preguntar Sang-uk y Yu por la persona que había alertado del incendio a las autoridades, contestó que estaba en una tienda de veinticuatro horas que quedaba cerca e indicó con el dedo la dirección.

Frente a la tienda, también había mucha gente murmurando. Sin embargo, algunos ya estaban abandonando el lugar para regresar a casa porque habían permanecido largo rato allí presenciando el fuego y también porque veían que las llamas se extinguían.

Dentro de la tienda no había nadie. El sargento Yu buscó al informante afuera. Entonces, un joven con camisa a rayas lo miró nervioso. Era el empleado de la tienda, pero no estaba en su puesto, sino mirando el incendio y lamentándose entre la multitud.

—Yo fui quien informó.

—Soy inspector de bomberos. Díganos en qué circunstancias se dio cuenta de que se había producido un incendio.

Al ser el centro de atención, el joven miró al sargento Yu rascándose la cabeza y empezó a hablar.

—Serían como las tres y media. No había clientes y me caía del sueño; estaba sentado sin hacer nada y salí a tomar el aire. De repente, un humo negro se elevó sobre las casas del callejón ese de ahí enfrente. Al principio, tuve mis dudas, pero enseguida vi las llamas entre el humo y que el fuego crecía. Entonces llamé para informar del incendio.

Mirando el callejón que señalaba el joven, el sargento Yu se quedó pensativo.

—¿Adónde da ese callejón?

—Si no me equivoco, es un callejón sin salida.

—Cuando llamó por teléfono, ¿no vio a nadie sospechoso? ¿Alguna persona que saliera corriendo del callejón o algún desconocido que anduviera por el área antes de producirse el incendio?

—No. Como le he dicho, había salido un momento a tomar el aire y luego, con el incendio y la llamada, no tenía la cabeza para nada...

El sargento Yu le pasó su tarjeta. Le pidió que lo llamara si se acordaba de algo más y caminó hacia el callejón en cuestión.

Había mucho desorden allí debido a las mangueras de los bomberos, que aún estaban dispersas sobre el suelo, con el agua saliéndose. Iba caminando sobre ellas, acercándose al lugar del incendio, cuando de entre el humo negro que aún cubría el ambiente apareció un agente de rescate con una niña de unos diez años en brazos.

Yu se quedó observando a la chiquilla sin saber por qué. Había algo que lo inquietaba y no pudo apartar la mirada. Entonces se detuvo, se dio la vuelta y siguió al agente de rescate que llevaba a la pequeña.

Este dejó a la niña en la ambulancia y se metió de nuevo en el callejón.

El paramédico que estaba en la ambulancia cubrió a la pequeña con una manta. Le preguntó si estaba herida, pero la niña no respondió. Tenía la mirada fija en el callejón. Abrazada a su oso de peluche, estaba demasiado tranquila como para acabar de ser rescatada de un incendio. No obstante, el sargento Yu, tras mirarla detenidamente, se dio cuenta de que estaba paralizada por la conmoción, sin expresión alguna en la cara, con las pupilas dilatadas y una mirada insegura que delataba miedo, aunque no vio heridas externas.

La niña, ausente, seguía contemplando el callejón que aún echaba humo negro cuando, de repente, se bajó de la ambulancia como si recuperara la razón y miró a su alrededor. Parecía buscar a alguien con quien hablar y vacilaba sin saber si volver al callejón para regresar a casa o seguir esperando.

El sargento Yu sintió pena.

Lo que le provocaba más dolor en los casos de incendio eran las víctimas.

Personas que vivían una tragedia en el momento menos esperado, incluso mientras dormían, y que debían pasar por la difícil experiencia de perder no solo su hogar, sino también a sus seres queridos. Muchas víctimas no podían dormir ni controlar su ansiedad durante un largo tiempo. El recuerdo las atormentaba y les impedía conciliar el sueño durante un período bastante prolongado.

Ante esa niña que trataba de encontrar a alguien de su familia entre la gente de la calle, sintió un profundo rencor hacia el autor del incendio.

Cuando vio a la pequeña alejarse de la ambulancia, el sargento Yu se le acercó rápidamente.

—¿Adónde vas? Estarás más segura si esperas aquí. También tienes que ir al hospital.

La niña lo miró con inocencia. Sus ojos grandes y brillantes reflejaban a la perfección su miedo a los desconocidos. Yu quiso calmarla a toda costa, aunque fuera un poco.

—No te preocupes. Cuando los bomberos apaguen el fuego, podrás reunirte con tu familia.

Mientras lo escuchaba, la niña parpadeó y murmuró, como si se hubiera acordado de algo súbitamente. Al principio, solo movió los labios y sus murmullos fueron casi inaudibles, pero luego habló más fuerte y con determinación.

—Mi papá...

—¿Cómo?

—Quiero ir con mi papá.

El sargento Yu se fijó en la ambulancia. La puerta trasera estaba abierta, pero no había nadie dentro. Si habían rescatado a alguien antes que a la niña, lo habrían trasladado al hospital en otra ambulancia. Pero, en caso contrario, quizá estuviera aún en la casa en llamas. Él no quería pensar en esa posibilidad. Yu, sin querer hacer comentarios de ningún tipo ante la chiquilla, miró alrededor para encontrar a alguna persona que lo pudiera ayudar.

La niña le agarró el brazo y tiró como pidiendo ayuda. Al girar la cabeza, su mirada se cruzó con la de ella. En ese momento, sintió un dolor punzante en el corazón. La niña tenía los ojos húmedos, como a punto de llorar, consciente ya de lo que le estaba sucediendo. Había que apresurarse para encontrar a su familia y tranquilizarla; cuanto más tiempo pasara separada de los suyos, más temblaría de miedo y ansiedad.

El sargento Yu trató de localizar a Sang-uk.

Este estaba interrogando a los bomberos, mientras recogían su equipo tras contener el fuego. Saber por dónde se habían movido o qué medidas habían tomado para extinguirlo era fundamental si querían minimizar los errores en la investigación. El sargento Yu era consciente y por eso esperó a que terminara el interrogatorio, con la mirada puesta en la niña.

Poco después, Sang-uk se despidió de ellos y se acercó.

—Tenemos que ponernos en marcha, ¿no?

Sang-uk, que le estaba proponiendo al sargento iniciar la inspección preliminar ahora que había finalizado la tarea de los bomberos, naturalmente se fijó en la niña que tenía al lado y volvió a mirar a Yu. Estaba perplejo. Yu levantó la barbilla para señalar el callejón.

Entonces, Sang-uk se percató de que se trataba de una víctima del incendio y se agachó para acariciarle la cabeza.

—Te habrás asustado, ¿no? ¿Te has hecho daño? ¿Dónde está tu mamá?

—Está muerta...

Las lágrimas que pendían de las pestañas de la niña resbalaron por sus mejillas. Impactado por la respuesta, Sang-uk no supo qué decir y miró al sargento Yu.

—Tu mamá... ¿está todavía dentro de la casa?

La pequeña meneó violentamente la cabeza y cerró la boca como diciendo que no quería hablar más. Aún más triste al pensar en su mamá, abrazó más fuerte el oso de peluche que tenía en brazos. Evadió la mirada de Sang-uk y dejó caer la cabeza hasta que su cara dio contra la del muñeco.

El sargento Yu, con la intención de apaciguar la situación, le dijo en voz baja a Sang-uk:

—Parece que el padre se ha salvado. Me ha pedido que la lleve con él.

—Será mejor entonces que la subamos a la ambulancia. Seguramente han trasladado a su padre al Hospital del distrito Oeste. ¿Llamo?

—Mi papá está en el Hospital Seúl. —La niña, que hasta hacía un minuto actuaba como si no quisiera abrir la boca, intervino bruscamente en la conversación entre Sang-uk y Yu.

—¿Hospital Seúl?

El sargento Yu miró primero a la chiquilla y luego a Sang-uk.

—¿Hay un Hospital Seúl cerca de aquí?

—Ni idea. Es la primera vez que lo escucho.

Había varios hospitales designados para llevar a las víctimas de los incendios producidos en el distrito Oeste. Sin embargo, en la lista no había ningún Hospital Seúl. La niña entonces se puso impaciente escuchando la conversación entre Sang-uk y Yu y se secó las lágrimas con el dorso de la mano. Sacó una tarjeta y se la entregó a Sang-uk.

—Ahí está el número de teléfono de mi papá. Llámelo, por favor.

Sang-uk, medio confundido con la tarjeta en la mano, se quedó mirando a la niña. Pero enseguida levantó la vista hacia el sargento Yu.

—¿Qué haces? ¿No llamas?

Con Yu metiéndole prisa, Sang-uk sacó rápidamente el móvil.

—¿Hola? Este... ¿Es usted Yun Jae-seong?

La persona al otro lado de la línea parecía que acababa de despertarse. Cabía suponer que no estaba enterada del incendio. Nadie contesta sin irritarse una llamada en mitad de la noche. Así, el padre de la niña preguntó en tono seco qué ocurría.

—Su hija lo necesita. Ah. Estamos en Eungam-dong. Ha habido un incendio... Sí, sí, ahí. Por el edificio Jeongseong, en la calle Dalmaji-gil. Sí... No se preocupe. La niña está bien. Sí... Sí.

El padre se asustó con la noticia del incendio. Angustiado, se cercioró de que la dirección que tenía era la correcta, dijo que iba enseguida y colgó.

Cuando Sang-uk guardó el móvil, la niña le tiró del pantalón. Sang-uk bajó la cabeza para mirarla. La pequeña le preguntó con los ojos brillantes por la expectativa y la ilusión:

—¿Ha dicho si va a venir?

—Sí. Espera aquí que llega enseguida.

Tras esta respuesta, la calma se vislumbró en el rostro de la chiquilla. Desaparecieron el miedo y la ansiedad. Justo entonces se dieron cuenta de que la ambulancia se había ido. El sargento Yu dejó la niña a cargo de la policía y fue al lugar del incendio junto con Sang-uk.

El equipo de rescate no estaba dentro, solo había unos bomberos que habían entrado derribando las puertas quemadas para registrar el lugar. El sargento Yu y Sang-uk también iniciaron su inspección.

Lo que peor parado había salido eran una casa unifamiliar y el edificio de apartamentos de al lado, ubicados en ese callejón sin salida.

El sargento Yu fue primero a la casa.

Al abrir la puerta de la calle vio el patio con unos cuantos árboles y la casa, de una sola planta. El patio estaba arruinado debido a las tareas de extinción. Había charcos por todas partes del agua negra que seguía saliendo de la casa. Yu y Sang-uk, linterna en mano, revisaron la pared exterior del edificio y los alrededores.

La casa, destruida casi totalmente por el fuego, tenía las ventanas rotas y todas las paredes estaban negras. Igual que el edificio de viviendas de dos plantas que había justo al lado. Las ventanas rotas de las terrazas eran agujeros enormes por los que se veía el interior, también cubierto de ceniza negra. Desde los muebles hasta los electrodomésticos estaban calcinados, como si las llamas los hubieran derretido, chorreando agua negra por doquier; era impensable que en ese espacio hubiera vivido gente alguna vez. Así de feo estaba el lugar, arrasado por el fuego. Hecho un infierno.

Las quemaduras en las paredes eran como las huellas del incendio.

El sargento Yu y Sang-uk inspeccionaron esos rastros tanto en la casa como en el edificio, esquivando los charcos que había por todas partes.

—Parece que el fuego se extendió desde la casa hacia los apartamentos.

El sargento Yu asintió con la cabeza al comentario de Sang-uk y fue a la parte trasera de la casa para verificar la zona pegada a la otra vivienda.

Ambas construcciones estaban separadas solamente por

un muro. El angosto espacio a lo largo del mismo estaba lleno de restos quemados, lo que hacía imaginar que había muchos objetos amontonados ahí. Todo estaba empapado y aún echaba humo, como si no hubiera bastado con lo ocurrido.

Sang-uk hurgó entre los restos carbonizados y trató de retirar las partes ennegrecidas frotando la superficie con la punta de los dedos. Dio una patadita a un montón de restos quemados que había a un lado y acercó la nariz para olerlos.

—Huele a madera y químicos. Creo que también había tablas de poliestireno.

—Será lo que sobró de las obras. ¿Quizá puertas o restos de material de construcción?

—Sí, eso parece.

Si ese espacio hubiera estado vacío, el fuego quizá no se habría extendido hasta el otro edificio. ¿Por qué habrían dejado planchas de madera y hasta tablas de poliestireno ahí? El material de construcción sobrante abandonado en ese estrecho espacio a lo largo del muro había sido el eslabón que permitió que las llamas llegaran de una construcción a otra.

El sargento Yu y Sang-uk volvieron al patio. Los bomberos que estaban dentro de la casa gritaron que había cadáveres. Uno de ellos salió corriendo para traer una camilla.

Yu frunció el ceño sin querer.

Los incendios que se producían de madrugada ocasionaban más muertes que los que ocurrían de día porque afectaban a las víctimas mientras estaban durmiendo. Seguramente la familia de esa casa también había muerto en pleno sueño y por eso no se había percatado de lo que estaba pasando. El sargento Yu entró con precaución en la casa con el bombero.

Un fuerte olor a quemado le penetró en los pulmones. El sargento Yu se puso una máscara y entró en la habitación principal. El bombero que estaba allí le saludó con la cabeza.

Yu, por su parte, casi ni saludó y fue directamente hacia los cadáveres que había en el suelo.

Eran dos los cadáveres. Su posición hacía pensar que habían muerto mientras dormían acostados uno al lado del otro. Los restos calcinados parecían de un matrimonio. El sargento Yu sintió náuseas, pero se contuvo, tapándose firmemente la boca con la mano sobre la máscara.

De repente, observando los cadáveres y la habitación, Yu instintivamente pensó que había algo raro.

Era una sensación inexplicable que sus neuronas no eran capaces de procesar. De nuevo se acercó a los cuerpos y levantó el edredón de algodón medio quemado. La parte que los cubría no había ardido, como si las llamas ni siquiera los hubieran rozado. Eso lo desconcertó, pero no quiso apresurar conclusiones.

Sang-uk, al entrar en la habitación y encontrar los cadáveres, dio varios pasos atrás y salió de allí. Llevaba trabajando largo tiempo como investigador de incendios, pero aún evitaba ver o tocar restos humanos. Mientras, Yu abandonó la habitación y, tras pedir a los bomberos no tocar nada, salió por la puerta de la calle. Sang-uk, que daba vueltas en el patio, lo siguió y le preguntó:

—¿Adónde vas tan deprisa?

—Al coche, a por la cámara.

—Yo tengo una.

—No. Necesito la mía. Tengo que sacar fotos yo mismo.

Sang-uk notó que Yu tenía la voz tensa, así que se calló. Su insistencia en sacar fotos él mismo implicaba que lo ocurrido no era un simple incendio, sino que podría ser un crimen. Necesitaba fotos más detalladas sobre el lugar de los hechos.

En ese instante, sonó el móvil de Sang-uk. Se fijó en la pantalla para ver el número y contestó. Era el padre de la niña, con quien había hablado hacía un momento. Dijo que ya estaba llegando y preguntó por su hija.

—Justo en la entrada del callejón hay un coche de policía. Ahí lo espero. —Y se dirigió al sargento Yu—: Parece que ya ha llegado el padre de la niña.

Cuando Sang-uk ya estaba por salir, su compañero lo detuvo.

—¿Qué pasa?

—Yo me encargo de hablar con él. Tú quédate aquí vigilando.

El sargento Yu, preocupado por cualquier posible alteración en el lugar del incendio, dejó allí a Sang-uk y con prisa salió del callejón para dirigirse a donde estaba el coche de policía, en la calle principal.

Donde hacía unas horas reinaba el caos, apenas había gente. Quedaban algunos camiones de bomberos y unas ambulancias. Tampoco había muchas personas husmeando. Aún no había amanecido y seguía oscuro, así que muchos habían regresado a casa para intentar dormir o para prepararse para ir al trabajo.

El sargento Yu se dirigió a su coche y cogió la cámara rápidamente para ir al encuentro del padre de la niña. En el coche de policía no había ningún oficial. Miró alrededor para localizar al policía a cargo de dicho vehículo.

La niña estaba durmiendo en el asiento de atrás.

Era obvio que estaba más tranquila tras saber que su padre venía por ella después del gran susto que se había llevado por el incendio.

Aun dormida tenía el oso de peluche en los brazos. Tosía a ratos e incluso fruncía el ceño, como si algo la molestara. Probablemente era una reacción al humo que había inhalado en el incendio. No obstante, después de comprobar que el muñeco seguía entre sus brazos, la pequeña cayó de nuevo en un profundo sueño con el rostro más tranquilo. Yu sintió pena por ella al verla dormida en medio de una situación tan confusa. Cuántas noches pasaría en vela debido al recuerdo de ese día...

—¿Está dormida? Le he traído leche porque me dijo que le dolía la garganta...

El policía uniformado había traído leche y galletas. Seguramente la niña también le había dado pena.

—¿No tiene familia?

El policía creía que la niña había perdido a toda su familia en el incendio.

—Sí. Ya viene su padre.

—Qué alivio.

El sargento Yu observó a la niña, pero enseguida volvió la mirada para ver si llegaba el padre.

El aquel momento vio a un hombre detener el coche y bajarse con impaciencia.

El individuo empezó a correr, pero se detuvo asustado al ver los camiones y los bomberos que ultimaban las tareas de extinción. Se quedó petrificado cuando vio el callejón donde se había producido el incendio.

—¿Señor Yun Jae-seong?

El hombre se dio la vuelta y buscó con la mirada a la persona que lo llamaba. Entonces vio al sargento Yu y corrió hacia él. Se le notaba que estaba conmocionado y angustiado. Su voz ronca reflejaba claramente su impaciencia.

—¿Y la niña?

—No se preocupe. Está durmiendo. Se encuentra bien.

Sin atender a lo que le decía Yu, el hombre fue al coche de policía para cerciorarse personalmente de que su hija estaba bien. Suspiró más calmado una vez que pudo verificar que estaba durmiendo en el coche y luego empezó a lanzarle preguntas al sargento Yu:

—¿Y mis suegros? ¿Están bien? ¿Dónde están?

—Se han llevado a los heridos a un hospital aquí cerca.

El sargento Yu iba a ofrecerse a llamar al hospital para preguntar si los suegros del hombre estaban allí, pero no dijo nada. Un mal presentimiento lo invadió.

—¿Dónde vivían sus suegros?

—Al final del callejón.

—¿En la casa de al lado del edificio de apartamentos?

—Sí... ¿Por qué lo pregunta?

Súbitamente, el sargento Yu se acordó de los dos cadáveres medio cubiertos por un edredón. Todo le hacía pensar que eran los abuelos maternos de la niña.

El hombre, por su parte, leyó sus pensamientos y comprendió lo que había sucedido. Se quedó boquiabierto un largo rato, como expresando que no podía creer lo ocurrido, y parpadeó como intentando encontrar algo que decir.

—¿Han fallecido ambos...?

El sargento Yu desvió la mirada y asintió con la cabeza. Se notaba claramente que el hombre, que había estado tenso todo el tiempo, perdía fuerzas.

—Entonces ¿qué han hecho con los cadáveres?

—Verá...

No le era fácil hablar. Le seguía costando explicar lo que había pasado.

Se sabría cómo se habían sucedido los hechos una vez finalizada la inspección del lugar del incendio, así como la autopsia de los cadáveres. En ese contexto, era imprudente decirle a la familia de las víctimas, que ya sufría bastante por la pérdida, que había indicios de que sus seres queridos no habían muerto por el incendio, sino que podrían haber sido asesinados. El sargento Yu determinó que el momento apropiado para mencionarle sus sospechas sería después de que pasara la primera fase de choque emocional.

—Ahora regrese a casa con la niña. Luego contactaré con usted. Su hija se ha llevado un gran susto.

El hombre asintió con la cabeza y dirigió la mirada hacia el coche de policía donde estaba su hija, como si en ese momento volviera a acordarse de ella.

—Por si acaso, ¿estaba también su esposa en esa casa?

—¿Cómo?

El hombre miró al sargento Yu con cara de sorpresa.

La niña le había dicho que su madre había muerto. Quizá dentro de la casa quedaran más cadáveres, porque aún no se había realizado una inspección minuciosa.

—No. La madre de la niña falleció hace un año.

—Ah... Lo siento. Ha sido un malentendido.

Mientras el sargento Yu se disculpaba, el hombre dio a entender que no tenía por qué pedir disculpas agitando las manos y caminó en dirección al coche de policía.

Yu vio al hombre abriendo la puerta del coche y levantando a la niña entre los brazos, y de inmediato se metió de nuevo en el callejón.

Mientras manipulaba la cámara que tenía en la mano, ordenó rápidamente sus pensamientos.

«Quizá sea un homicidio. Esta vez sí que tendré que examinar el lugar de los hechos desde una perspectiva diferente.»

Parecía que ya iba a amanecer, pues clareaba poco a poco.

2

¿Cuál es el recuerdo más antiguo que tienes?

¿Cuando ibas al jardín de infancia de la mano de tu mamá?

No. Me refiero a recuerdos más antiguos, ese primer recuerdo grabado en el cerebro tras nacer.

Se suele decir que uno no se acuerda de cuando era bebé. No sé si es porque son recuerdos demasiado antiguos o porque no son tan importantes y por ende los eliminamos. Lo que me pregunto es cuál será el primer recuerdo que una persona tiene guardado en lo más profundo de su cerebro.

«¿Cuál es el recuerdo más antiguo que tienes en la cabeza?»

Esto es lo primero que le pregunto a alguien cuando lo conozco. Tengo la impresión de que ese primer recuerdo define el destino o el carácter de esa persona. Siento como si, con base en ese recuerdo, pudiera adivinar qué tipo de persona es.

El recuerdo más antiguo que he oído es el de un hombre que me contó que se acordaba de la sopa de algas que le sirvieron en su primer cumpleaños.

Un recuerdo del día en el que completaba su primer año de vida. Le pregunté cómo se acordaba de eso y el hombre me dijo que vomitó sobre la sopa de algas cuando se la sirvieron, que por eso no podía olvidarlo. Con ese hombre que aseguraba que no tomaba sopa de algas desde dicha experiencia iba de vez en cuando a tomar unas copas y llegué a pensar que la costumbre de vomitar la debió de adquirir en su primer cumpleaños.

Si mi primer recuerdo fuera tan asqueroso también me haría vomitar. Pero, a decir verdad, es mucho mejor que el mío.

A veces me pongo a imaginar.

Estoy en un sofá de lo más cómodo retrocediendo en mi memoria guiada por un hipnotizador. ¿No dicen que así uno puede acordarse de cuando era niño, bebé o incluso de cuando estaba en el vientre materno? Hasta hay personas que se acuerdan de su vida anterior. Por supuesto, yo no tengo intención de conocer mi vida pasada. No creo en esas cosas.

Lo que sí quiero saber es qué expresión mostró mi madre al verme llegar a este mundo después de estar tantos meses en la oscuridad. Me pregunto qué cara puso.

¿A qué viene este deseo?

Pues es por lo que decía mi madre, que me odiaba aun antes de que naciera.

Mi madre me dijo que ni me miró después de dar a luz. Que, cuando la enfermera me puso en sus brazos, dijo que no quería tocarme y se durmió, dejándome a un costado. Que se asustó al encontrarme a su lado cuando, dormida, se volteó y se despertó. Que le di escalofríos, porque cuando me dejó a un lado ni lloré ni chillé.

Quiero saber si, como cuenta ella, realmente ni me miró ni me dedicó una sonrisa. Después de estar nueve meses en su vientre y de traerme a este mundo, ¿realmente me despreciaba? ¿No me ha sonreído aunque fuera una vez? Quiero saber si no sintió el impulso de tocar mis dedos de bebé al verlos moverse suavemente o de besarme en mis mejillas tersas y frágiles. Aunque yo no lo recuerde, porque pasó hace demasiado tiempo, quiero buscar y rebuscar entre los pliegues de mi cerebro si hay aunque sea un momento como ese grabado en mi memoria.

Comprenderías lo que te digo si pudieras ver los recuerdos de mi madre que tengo en la cabeza.

Mi primer recuerdo comienza en la oscuridad.

Estoy pataleando porque siento un dolor, como si me arrancaran el pecho y me asfixiara. De repente, el ambiente se aclarece y frente a mí está mi madre, que me mira sin ninguna expresión en el rostro. Cuando apenas recupero el aliento, observo el mundo nublado por mis lágrimas, aún respirando agitadamente. Tras aliviarse el dolor en el pecho y estabilizarse mi respiración, mi madre, que me miraba de forma ausente, empieza a gritar. Muerde la almohada que sostiene y escupe un llanto doloroso. Yo, que difícilmente estaba conteniendo las lágrimas por miedo a ese terrible sonido, empiezo también a berrear. Mi madre me sacude, grita más fuerte y se retuerce. No sé cuántos años tenía. ¿Dos? ¿Tres? Como no recuerdo que hablara, debía de tener esa edad.

Sí. El primer recuerdo que tengo desde mi nacimiento es aquel pataleo por el dolor agudo que sentía, debajo de la almohada con la que mi madre me aplastaba. Te imaginarás cómo ha sido mi vida desde entonces, ¿no?

Cuando pienso en la relación entre mi madre y yo, solo me acuerdo de los golpes que recibía, de que me escapaba o me metía temeroso en un rincón oscuro para esconderme mientras contenía la respiración por miedo a que mi madre me encontrara.

Había ocasiones en las que ella se reía cuando me miraba. Pero esas veces siempre tenía escondido un palo detrás de la espalda para golpearme o tramaba algo. Si me dejaba engañar por un momento por su sonrisa y me acercaba a ella, enseguida sus manos rudas tiraban o me retorcían mis frágiles brazos, si es que no me daba una bofetada.

Cada vez que esto ocurría, me prometía a mí mismo no ser nunca más tan ingenuo, pero siempre me dejaba engañar como un tonto. Ya cuando fui mayor y me escapaba más rápido de mi madre persiguiéndome, empezaron los gritos y los insultos.

¿Sabes?

Las palabras hieren mucho más que una bofetada que te deja la mejilla ardiendo. Mi madre, irritada por perseguirme sin poder atraparme, gritaba como una loca. Y lo que decía penetraba en mí aunque me tapara los oídos. Esas palabras me lastimaron y las heridas supuraron dentro de mí. Así, todo mi cuerpo se llenó de sangre sucia, pus y palabras o pensamientos contaminados.

De niño no podía mirar a las personas a los ojos. Me palpitaba el corazón y el cuerpo se me tensaba con solo sentir que alguien se acercaba. Si por error cruzaba la mirada con alguna persona, la esquivaba y me escapaba. Pensaba que el mundo entero me detestaba.

Pensaba que mi madre me pegaba porque todos me odiaban y nadie deseaba mi existencia. Que mi ser era despreciable. Más tarde me di cuenta de que la única persona que me odiaba era mi madre.

¿Te preguntas si odio a mi madre?

No. Eso no. ¿Cómo voy a odiarla si es mi madre?

La quiero.

3

Al encenderse la luz del aula, los estudiantes suspiraron aliviados, como si acabaran de despertarse por una pesadilla. Los que estaban sentados al lado de la ventana se apresuraron a correr las cortinas que atajaban el sol y abrieron las ventanas. Al llenarse el aula de luz y aire fresco, el ambiente cambió de deprimido a dinámico. Los crímenes que hasta hacía poco habían hecho temblar a los estudiantes desaparecieron con el sol.

Seon-gyeong apagó el proyector LCD y se situó frente a los estudiantes.

Entre sus conversaciones en voz baja percibió que todavía sentían cierto temor y angustia. Pero igual que una pesadilla no puede amenazar la rutina diaria una vez que uno interrumpe el sueño, el miedo que sintieron se borraría de su mente.

Y eso que al comenzar la clase sus ojos brillaban por la curiosidad.

Sus caras reflejaban la gran expectativa que tenían por una clase para la que habían tenido que esperar todo un semestre. Sin embargo, al comenzar a proyectar las diapositivas en la pantalla, los murmullos de interés cesaron. El ambiente se volvió pesado.

A medida que iban apareciendo nuevas imágenes, se escuchaban en el aula largos suspiros que claramente denotaban miedo y confusión. Todos estaban tan concentrados en un silencio absoluto que, si se hubiera caído un bolígrafo del escritorio, lo habrían oído. Los estudiantes que seguían las explicaciones de Seon-gyeong estaban pasmados.

No hay nada más terrible que la realidad.

Y ser consciente de que lo que estaban viendo eran hechos reales les advertía de que la crueldad del ser humano supera todo lo retratado en las películas de terror. El delegado de la clase, que pomposamente había asegurado que, por muy crueles que fueran, los hechos reales no serían peores que esas películas sobre asesinos que descuartizan a sus víctimas, se quedó sin palabras. La brecha entre la realidad y la ficción era más amplia de lo que se imaginaban. Además, estaban conmocionados ante la crueldad presente en los lugares que habían sido escenario de crímenes, máxime después de comprobar con sus propios ojos que los asesinos trataban a sus víctimas con una creatividad retorcida.

Después de la charla que había dado hacía un año, Seon-gyeong consiguió un trabajo en la escuela, y había pensado mucho en cuál sería la mejor manera de terminar el semestre. La asignatura se llamaba Introducción a la Psicología Criminal y, como correspondía, debía enseñar a los alumnos las diferentes teorías y la jerga muy poco familiar que manejan los psicólogos criminales. No obstante, esa no era la clase que quería dar Seon-gyeong ni la que deseaban los estudiantes.

Desde el primer día de clase, estos mostraron gran interés en Seon-gyeong, así como unas expectativas altas. Lo que estimuló su curiosidad fueron los buenos comentarios que corrían de boca en boca sobre la charla que ella había dado un año atrás, pero más aún el currículo de Seon-gyeong que había en el sitio web de la universidad, junto con el programa de la asignatura.

El primer día de clase, un estudiante le puso a Seon-gyeong el sobrenombre de Clarice. Era el nombre del personaje central de la novela *El silencio de los corderos*: la agente del FBI que investiga un caso de asesinatos en serie con la ayuda de Hannibal Lecter, un psiquiatra brillante acusado de canibalismo y también de homicidios en serie. De hecho, causó sensación entre los estudiantes el hecho de que ella se hubiera formado en el mismo FBI, incluso en la famosa Unidad de Análisis de Conducta. En este contexto, Seon-gyeong recibió desde el primer día una avalancha de preguntas.

Al principio se sintió aturdida. No entendía por qué los estudiantes le hacían todas esas preguntas. Pero cuando se enteró de la información expuesta sobre su persona en la página web de la universidad comprendió lo que estaba pasando: «Formada en la Unidad de Análisis de Conducta del FBI».

Solo había hecho unos breves comentarios conversando con el director del departamento. Nunca pensó que esos comentarios llenarían de esa forma un renglón de su currículo. Los estudiantes lo malentendieron y creían que Seon-gyeong se había formado como investigadora igual que Clarice Starling en la novela. Ella quiso rectificar la información, pero vaciló ante los estudiantes, que la miraban con ojos de admiración y curiosidad.

Seon-gyeong sí había participado en un programa de capacitación en el FBI, pero no era lo que creían los estudiantes.

Fue un curso de dos semanas impartido para estudiantes sobresalientes de la carrera de Psicología Criminal en universidades de la costa este de Estados Unidos. Además, excluidos los fines de semana, el programa apenas duró diez días. El curso finalizó, al menos para Seon-gyeong, cuando logró llegar al baño de mujeres sin perderse en el amplio edificio de la academia del FBI. De la Unidad de Análisis de Conducta no conoció más que la puerta y a los agentes especiales expertos en perfilación criminal solo los vio de lejos en clases organizadas en el auditorio principal. Se llamaba programa de capacitación, pero era más bien un medio para promocionar el FBI. Un programa de aprendizaje muy superficial.

Pero los estudiantes lo desconocían y seguían mostrando admiración hacia Seon-gyeong. Ella quiso evitar hablar de ello diciendo que no había sido gran cosa; sin embargo, los alumnos fueron insistentes. No la dejaron en paz hasta que Seon-gyeong les contó las experiencias que había vivido en esas dos semanas en el FBI y algo que le sucedió a la compañera con quien compartió habitación.

También anticipó a los estudiantes que, si surgía la ocasión, les hablaría de los asesinos en serie de los que había escuchado en el FBI. Los estudiantes no lo olvidaron y esperaron hasta el final del semestre. Así, de la manera más natural, se decidió el tema de la última clase. A Seon-gyeong también le pareció un buen tema para cerrar su curso sobre psicología criminal, por eso se preparó con esmero la clase.

Para no decepcionar a los estudiantes, que habían acudido a su clase con ilusión, buscó en Google los casos más interesantes y escribió a una amiga de Estados Unidos. Por suerte, en Google encontró las fotos e imágenes que necesitaba y la información que faltaba la consiguió con la ayuda de Jessy.

Esta fue su compañera de habitación en la universidad. Ahora trabajaba en un centro privado de investigación criminal, de ahí que Seon-gyeong intuyera que podría proporcionarle los datos que necesitaba para su clase. En efecto, Jessy le hizo gratamente el favor de obtener información sobre asesinos en serie y los datos que reunió superaron las expectativas de Seon-gyeong gracias al sistema de información de acceso libre gestionado por el sector público de Estados Unidos. Seon-gyeong se lo agradeció a su amiga por correo electrónico. De paso le contó que sus estudiantes la llamaban

«Clarice». En la contestación que le envió luego, Jessy escribió: «Si más adelante te encuentras con el Hannibal Lecter de Corea, salúdalo de mi parte».

Finalizada la clase, Seon-gyeong estaba preparando sus cosas mientras pensaba en que debía escribir a Jessy para agradecerle su ayuda cuando alguien la llamó:

—Profesora.

Al darse la vuelta, vio a un estudiante de la fila de la ventana con el brazo levantado.

Seon-gyeong le dio la palabra señalándolo con la cabeza. Entonces el estudiante se levantó y preguntó:

—Durante toda la clase nos ha hablado de la infancia de los asesinos en serie. Entonces ¿es posible saber si una persona se convertirá en un asesino en serie en su niñez?

Entendía a qué venía la pregunta. Estaría confundido, sin poder comprender por qué esas personas se habían convertido en asesinos en serie. Decenas de preguntas surgirían a partir de ello.

—Esa pregunta se la plantearon durante todo el siglo XX los psicólogos. En particular, los psicólogos criminales trataron de encontrar las raíces de la personalidad criminal. Analizando pistas genéticas y biológicas, conjeturaron que los asesinos en serie nacían así. En cambio, quienes se centraron en los procesos de desarrollo de los criminales, así como en el contexto social en el que habían crecido, presentaron la hipótesis de que el entorno era el principal factor de influencia. Los psicólogos que estudiaron el cerebro de los criminales, por su parte, alegaron que todo se debía a daños cerebrales.

Seon-gyeong interrumpió la explicación y miró a los estudiantes uno por uno.

—Entonces ¿cuál sería la respuesta correcta?

Todos miraban a la profesora fascinados, pendientes de lo

que pudiera decir. Ninguno deseaba que la clase terminara. Seon-gyeong, mientras tanto, se sentía satisfecha y pensó en cómo podría continuar.

—¿Habéis oído hablar de la tríada de MacDonald?

—El trío más famoso de McDonald's es el de Big Mac, el menú de desayuno McMorning y el pastel de manzana.

Todos los estudiantes que prestaban atención a la clase con seriedad se rieron con el chiste. Seon-gyeong también se rio y asintió con la cabeza.

—Ese es otro McDonald. El que yo digo es un psiquiatra estadounidense. Sostuvo que la enuresis, la piromanía y el maltrato animal son las tres conductas características de la infancia que sirven para determinar si una persona sufre trastornos psíquicos o no. Supongo que habéis oído hablar de estar conductas, ¿no?

—Son conductas de la infancia de los asesinos en serie —contestó una estudiante sentada en la primera fila.

—Así es. Son características comunes que encontramos en los asesinos en serie. Por supuesto, siempre hay excepciones, pero las teorías afirman que la mayoría de los asesinos en serie presentaban esas tres conductas en la infancia. ¿Alguien aquí solía mojar la cama de niño?

Seon-gyeong miró a los estudiantes mientras alzaba la mano.

Los estudiantes cruzaron miradas y se fijaron en quién levantaba primero la mano. Cuando el estudiante que había hecho la pregunta en un principio alzó la mano, el aula se llenó de risas y varios más levantaron la mano.

—Hay algunos que sin levantar la mano han respondido afirmativamente con su expresión.

El tono de broma de Seon-gyeong suavizó el ambiente y muchos más estudiantes rieron relajados.

—Bueno, ¿y quién o quiénes solíais jugar con fuego de pequeños?

Un mayor número de estudiantes alzó la mano. Nadie vaciló en el aula.

—Por último, ¿hay alguien que maltrataba a los animales de niño?

Nadie respondió a la última pregunta. Entonces Seon-gyeong miró a la clase y empezó a hablar de su experiencia.

—Cuando estaba en la primaria, se puso de moda un juego entre los niños. A la puerta del colegio venía un vendedor ambulante que vendía pollitos. Un día, los chicos reunieron dinero y le compraron todos los pollitos que tenía. Subieron a la azotea de un edificio residencial cerca de la escuela y... ¿os imagináis qué pasó después?

Las chicas fruncieron el entrecejo y se taparon la boca con la mano. Sin embargo, los chicos reaccionaron diferente. Se miraron entre sí y asintieron con la cabeza, como si se acordaran de que esa experiencia la habían tenido ellos también. Había entre ellos una íntima complicidad.

—Sí. Como os imagináis, los chicos arrojaron a la calle los pollitos. Actuaron motivados por la curiosidad. Para ellos no era maltrato animal, sino un experimento. Sentían curiosidad por saber desde qué altura los pollitos podrían ser lanzados y sobrevivir. Digamos que era un experimento sobre la capacidad de vuelo de esas avecillas.

Las chicas seguían frunciendo el ceño, pero ellos actuaban distinto. En realidad, ese tipo de experiencia no era algo fuera de lo común, menos aún si consideramos que los niños, cuando están con otros niños de edad similar, suelen mostrar mayor agresividad. Seon-gyeong cambió la pregunta con una sonrisa en los labios.

—¿Alguna vez habéis hecho un experimento con animales por simple curiosidad? Levantad la mano.

—¿Cuenta diseccionar ranas?

—Si fue por tu propia cuenta y no por obligación, sí.

Esta vez muchos estudiantes levantaron la mano, incluidas algunas chicas.

—¿Alguno de vosotros ha respondido que sí a las tres preguntas?

Cuatro estudiantes alzaron la mano, pero uno de ellos bajó rápidamente la suya, a medio levantar, preocupado por cómo lo verían sus compañeros, y eso hizo reír a la clase.

—Cuatro personas en toda la clase. Por casualidad, ¿alguno de vosotros es un asesino en serie?

Uno de los estudiantes bromeó señalándose a sí mismo con el dedo, pero de inmediato se puso serio ante los reproches de sus compañeros.

—¿Os habéis dado cuenta de cuál es el error? Sí. El error es generalizar demasiado rápido. Las conductas anteriormente indicadas se asocian con la infancia de los asesinos en serie. Pero eso no significa que las personas que mostraron esas mismas conductas de niños sean todas asesinos en serie. Es más, la posibilidad de que lo sean es en extremo reducida.

—¿Usted cuál de las teorías apoya? ¿La genética o la del entorno social?

—Ahí está justamente el problema de la psicología. No hay una única respuesta correcta. Solo podría responder, como dijo Einstein, que el límite de la humanidad no es el espacio, sino nuestro interior.

La psicología debe de ser una ciencia ambigua y poco exacta para los estudiantes, acostumbrados a resolver problemas con una única respuesta correcta. Así, la clase entera se quedó pensativa, reflexionando sobre el comentario de la profesora. Seon-gyeong vio la hora en el reloj colgado en la pared. El tiempo había concluido.

—¿Alguna pregunta más?

Los estudiantes empezaron a recoger sus cosas presintiendo que la clase iba a terminar, cuando uno con gafas de pasta negra levantó la mano. Todos detuvieron lo que estaban haciendo y lo miraron.

—Pero si tuvieron las mismas experiencias, ¿por qué ellos se convirtieron en asesinos en serie?

Era una pregunta obvia. Una que Seon-gyeong también se hacía todo el tiempo.

¿Por qué? ¿Por qué se convirtieron en asesinos en serie?

Sin embargo, no hay pregunta más difícil que la que empieza con un «por qué». Es que los humanos son seres demasiado complejos como para establecer una única definición. Para encontrar respuestas, hay que estudiar mucho más. Y Seon-gyeong, que no llevaba mucho ejerciendo de psicóloga criminal, no podía contestar a esa pregunta. Ni ella sabía cuándo daría con una respuesta.

—Podemos explicar cómo los asesinos en serie mataron a sus víctimas, cómo las descuartizaron o cómo se las comieron, pero no por qué se convirtieron en ese tipo de criminales. Para ser sincera, yo tampoco lo sé. La conducta es visible, pero las razones de esa conducta no las puede explicar ni la propia persona.

El estudiante que había hecho la pregunta no se quedó satisfecho. Seon-gyeong, consciente de ello, alargó su explicación.

—Hay algo que me pregunto y es cómo se habrán quedado grabadas en su mente esas experiencias de la infancia de arrancarle las alas a una mariposa o una libélula, de patear a un perro o de arrojar pollitos desde la azotea de un edificio como la que os he contado. Son acciones que la mayoría realizamos por curiosidad, pero que dejamos de hacer porque ya no nos parecen interesantes, o porque nos damos cuenta llegado cierto punto de que son acciones terribles o aborrecibles. Como mencioné, son, en muchos casos, experiencias que todos tenemos en la infancia.

Seon-gyeong se calló un instante para ordenar sus pensamientos.

—Sin embargo, hay personas en las que esa curiosidad evoluciona y el objeto de sus experimentos pasa de ser insectos a animales pequeños, como las aves o los ratones, hasta perros y animales más grandes. Para esas personas, dichas acciones se vuelven interesantes y atractivas, en vez de en experiencias detestables. Al final, otros seres humanos se convierten en su objetivo. Los daños infligidos en los cadáveres de las víctimas que hemos visto en la clase son como marcas, un reflejo de su estado mental.

—¿Entonces cree que el asesino en serie nace como tal? —preguntó el mismo estudiante.

—En parte, sí. Pero lo que quiero enfatizar es que eso no es todo. En un libro encontré una explicación un tanto extrema, que plantea que los asesinos en serie y los cirujanos tienen características temperamentales en común. En ambos casos, son fríos y decididos. Es posible que de niños hayan tenido las mismas curiosidades, pero su vida puede ir por caminos muy diferentes según el entorno que les tocó vivir o que cada uno escogió.

El estudiante que había hecho la pregunta asintió a la explicación de Seon-gyeong y esta lo miró; prestaba atención a lo que ella decía hasta el final. Sintió tristeza y satisfacción al mismo tiempo porque finalizaba el semestre.

Seon-gyeong miró al resto de la clase para concluir.

—De la misma manera que decenas de piezas forman una imagen en un rompecabezas, el asesino en serie es un enigma que requiere considerar varios factores para resolverlo. Desde el temperamento, la personalidad, el entorno en el que creció y su situación actual hasta los elementos que condicionan su estado psicológico. Igual que con una lupa podemos quemar un papel porque la lente concentra los rayos solares en un solo punto, para entender al asesino en serie debemos ser conscientes de que en él influyen varios factores, no uno solo. ¿No será la unión de esos factores lo que actúa como punto de ignición de los crímenes?

Algunos estudiantes asintieron.

—El psicólogo británico Paul Britton se autodenomina «el hombre de los rompecabezas». Tiene razón, pues el objetivo de la psicología criminal es descifrar la psicología del criminal ordenando las pistas y la información que uno va encontrando, como en un rompecabezas. Las piezas tienen que ver con el proceso de cómo una persona se convierte en un asesino en serie. Perder aunque sea una de ellas impide tener una comprensión completa de las razones por las que esa persona empezó a matar.

—¿No se le puede preguntar? —quiso saber una alumna de aspecto ingenuo, sentada en la primera fila; su compañera le codeó, como recriminándole que dijera disparates—. Lo que quiero decir es que los perfiladores o psicólogos criminales entrevistan a los asesinos en serie, ¿no es así? ¿No sería mejor que les preguntaran directamente por qué lo hicieron?

—¿Dirían ellos la verdad?

La chica no pudo contestar a la pregunta de la profesora y, desconcertada, inclinó la cabeza hacia un lado en un gesto de duda.

Al parecer, no se había planteado que los criminales mintieran en sus declaraciones. Sería maravilloso que contestaran en los interrogatorios solo con la verdad, como creía ella. Pero, en la realidad, esos criminales no existen.

—Los asesinos en serie no se entrevistan con perfiladores o psicólogos criminales para confesar la verdad. Lo hacen para vanagloriarse de su capacidad y mostrar que son superiores al resto. Por eso mienten, exageran y fanfarronean.

—¿Y cómo se sabe que están mintiendo o fanfarroneando?

—Algo más ilustrativo que sus mentiras es el lugar de los hechos. Esos lugares están repletos de innumerables códigos, difíciles de descifrar. Las escenas del crimen que hemos visto en clase son cruciales para encontrar las piezas que faltan y completar el rompecabezas.

La estudiante movió la cabeza de arriba abajo para manifestar que ya lo entendía. Seon-gyeong miró a la clase por si alguien tenía más preguntas, pero vio que la gran mayoría ya había guardado el libro y estaba lista para irse. Quería que la clase terminara.

—Entonces, damos por terminado el semestre. Buen trabajo, clase. Que os vaya bien en los exámenes y felices vacaciones.

Los alumnos abandonaron el aula inmediatamente después de que Seon-gyeong acabara de hablar. Cuando se dio la vuelta tras recoger sus libros y ordenar el proyector, no quedaba nadie.

Ante la sala vacía, Seon-gyeong suspiró aliviada por haber completado su primer semestre como profesora. La invadieron cierta tristeza y un agradable cansancio. Se dio cuenta de que enseñar era un trabajo gratificante.

Cuando estaba a punto de abandonar el aula plenamente satisfecha, sintió que su portafolios temblaba. Era su móvil vibrando.

Sacó rápidamente el teléfono, se fijó en el número de la pantalla y contestó:

—¿Hola? Al habla Lee Seon-gyeong.

La llamaba Han Dong-cheol, el presidente de la Sociedad de Psicología Criminal.

Seon-gyeong se extrañó, porque con él solo había intercambiado breves saludos unas cuantas veces en seminarios y no existía entre ellos lo que podría definirse como una relación. Mientras hablaban por teléfono, se preguntó si él se acordaría siquiera de su cara.

4

Ya te he hablado de la habitación, ¿no? Esa habitación cerrada con varios candados.

Estaba seguro de que la había cerrado bien. Pero ¿sabes cómo los candados se abrieron todos a la vez?

Fue por una canción.

Si no hubiera vuelto a escuchar esa canción, el recuerdo de mi madre se habría quedado a cinco mil metros bajo tierra y nunca más habría salido a la superficie.

Con once o doce años, me escapé de mi madre y traté de alejarme de casa todo lo posible. Estuve caminando sin rumbo por la carretera. También subí a la parte trasera de varios camiones sin que los conductores se dieran cuenta, para irme lo más lejos posible. Podría haber llegado más lejos, pero no pude continuar debido a un accidente.

Entonces vi un camión estacionado mientras escarbaba en la basura de un mercado para encontrar algo de comer. La matrícula decía que el vehículo era de Gangwon y me pregunté dónde estaría. Bajó el conductor. El caso es que no cerró la puerta del camión con llave. Seguro que volvería en unos minutos. Para mí fue una oportunidad irrechazable. Pensé que dentro podría encontrar algo con que saciar mi hambre, hasta dinero, con un poco más de suerte.

Me acerqué con prisa al camión y abrí la puerta. En la cabina había una chaqueta. Rápidamente metí la mano en el bolsillo interior y toqué una billetera bastante gruesa. Ilusionado con comer hasta llenarme, saqué la billetera y me la puse debajo de la camiseta, pero de repente escuché pasos ajenos. Miré a mi alrededor, pero no vi ningún lugar para esconderme. Sin más remedio, subí al camión y ahí me oculté.

Regresó el conductor y arrancó. El vehículo empezó a moverse y salió del aparcamiento. Esperé a que redujera la velocidad para saltar, pero en un segundo el camión entró en la carretera y aceleró en la oscuridad. Sin poder hacer nada, traté de acostumbrarme a las vibraciones de la carrocería, pero me quedé dormido mientras esperaba a que se detuviera el vehículo.

Cuando me desperté, había pasado una semana.

Me dijeron que, mientras dormía, el camión había traspasado la línea central continua de la carretera, chocado contra un coche que venía en sentido contrario y volcado hacia un costado. Parece que el conductor murió al instante. Yo probablemente debí de haber estado tirado por ahí con la cabeza ensangrentada después de que el vehículo me lanzara al volcar.

Al despertarme después de una semana, todo había cambiado.

Estaba en el hospital, entre unas sábanas cálidas y limpias, y había una enfermera que cada cierto tiempo se me acercaba y, mirándome a la cara, me preguntaba con voz tierna si me dolía algo. Me servía agua cuando tenía sed y me daba algún medicamento si fruncía el entrecejo porque me dolía la cabeza.

No podía moverme ni hablar y aun así, curiosamente, me sentía aliviado. Hasta pensé que quizá había muerto y estaba en el cielo. Yo, que nada habría perdido aunque hubiera muerto en ese accidente, estaba satisfecho pese a estar acostado en la cama sin poder apenas parpadear.

Mi cama estaba al lado de una ventana por la que entraba mucho sol. Bastaba fruncir el ceño para que alguien viniera y me cerrara las cortinas. Por primera vez en mi vida, sentí calidez. «Así es ser amado, qué agradable», pensé.

A medida que me recuperaba, el médico me hacía preguntas, pero yo no quise responder. Sabía que, si empezaba a hablar, me preguntarían quién era y dónde vivía y localizarían a mi madre. Me aterraba pensar en ello. Por eso mantuve la boca cerrada y, ante el interrogatorio del doctor, pretendí que trataba de recordar para al final cerrar los ojos como si me doliera la cabeza. El médico no hizo más preguntas y me dejó en paz después de sacarme unas tomografías del cerebro.

Al día siguiente, me comentó que había perdido la memoria debido al accidente. Lo misterioso es que, a partir de ese comentario, realmente los recuerdos que tenía en mi mente empezaron a nublarse. Un primer candado se cerró al ver la cara de la enfermera, que, con una sonrisa, me acariciaba la cabeza; y un segundo candado se cerró cuando me aplaudieron los otros pacientes porque ya podía mover las manos y cerrar los puños.

Así, la habitación con los recuerdos más terribles se fue cerrando con un candado tras otro y yo, de acuerdo con el diagnóstico del médico, perdí la memoria. Olvidé quién era y cómo me llamaba.

Como la billetera del conductor del camión estaba entre mi ropa, la gente se creyó que era su hijo. El policía y la agencia de seguros que se encargaron de los trámites posteriores al accidente llamaron a la familia del conductor. Esta vino y, ante el policía, que estaba convencido de que yo formaba parte de esa familia, la mujer y las hijas del conductor no dijeron ni una palabra al verme.

Con toda razón me habría podido preguntar qué era yo de su marido o por qué estaba con él. Sin embargo, la señora no hizo pregunta alguna al escuchar que nada recordaba por la conmoción del accidente. Solo dijo que su marido también era zurdo tras notar que yo usaba los cubiertos con la mano izquierda al comer. No sé por qué, pero esa señora, aun después del funeral de su marido, vino a verme de vez en cuando, como si yo fuera su hijo.

Cuando ya estaba bastante recuperado y podía levantarme y caminar, me llevó a su casa.

Como no tenía adonde ir, la seguí. Francamente, pensé que podría marcharme en cualquier momento si en su casa no me sentía a gusto. No obstante, todos estaban esperándome. La señora tenía tres hijas, dos mayores que yo y una cuatro años menor.

El lugar al que llegué junto con la señora era un huerto de frutales con cientos de manzanos.

Parecía que sus hijas llevaban tiempo esperándonos, pues estaban sentadas a la sombra de un árbol a la entrada del huerto y se levantaron apenas vieron llegar el taxi para abrirme la puerta.

Una de las hijas me sostuvo, porque todavía andaba con muletas; otra tomó mi maleta, y la menor se abrazó a su madre. Esta tercera me miraba, pero no con frialdad ni indiferencia. Su mirada era cálida y curiosa.

Aún, cuando recuerdo ese momento, siento como si hubiera sido un sueño feliz.

La señora me dijo que podía vivir con ellas hasta recuperar la memoria. Entonces miré lo que había detrás de la puerta y sentí que ahí estaba mi hogar. Tuve la sensación de que me encontraba por fin en casa después de haber estado perdido durante mucho tiempo.

¿Sabes lo espectacular que es un manzanal en junio?

Daba gusto tan solo ver las manzanas inmaduras de color verde colgando de las ramas. Cuando levanté el brazo hacia las frutas, la señora me dijo sonriendo: «Espera un poco más. Cuando estén maduras, podrás comer todas las que quieras».

En esa época, enterré la oscura habitación dentro de mí, en lo más profundo de mi inconsciente.

«Eso es. Voy a vivir aquí. Aquí renaceré. Ya no voy a escaparme más ni voy a volver a temblar de miedo, alerta todo el tiempo. Este es mi hogar.»

Con esa familia viví unos cinco o seis años.

Como me dijo la señora, cuando las manzanas maduraron, comí hasta llenarme, hasta que mi cuerpo empezó a oler a manzana. La mayor y la menor de las hijas salían temprano por la mañana con una canasta para recoger las frutas caídas. Ellas se comían las manzanas caídas, con manchas o agujeros hechos por los gusanos, pero yo siempre tomaba aquellas grandes y limpias directamente de los árboles. Aunque así lo hiciera, la señora me miraba con una sonrisa cariñosa y sin decir nada.

Si no hubiera sido por la canción, si no hubiera escuchado esa canción, estaría todavía en esa casa podando manzanos, esparciendo insecticidas y disfrutando de las frutas en su proceso de maduración.

Ese día estaba martilleando sobre una caja rota en el almacén. Ya era bastante mayor como para trabajar casi como un adulto. No era aún temporada de floración y estaba ordenándolo, ya vacío tras vender durante el invierno todas las manzanas de la cosecha anterior.

De repente, dejé de martillear al escuchar la canción que sonaba en la radio, desde un rincón.

La melodía se me clavó en los oídos. El corazón se me estremeció y sentí que me faltaba el aire. Empecé a sudar. La ansiedad me invadió.

Al principio no sabía a qué se debía tal reacción.

Me sequé el sudor y exhalé profundamente. No obstante, la ansiedad y el miedo me estrangulaban los nervios y no disminuían. Me temblaba la mano con la que sostenía el martillo. Mareado, apagué con impaciencia la radio, pero intuí que algo andaba mal.

Me senté en el suelo y vi el martillo en mi mano. En la cabeza me resonaba la misma canción. ¿Te he hablado del recuerdo más antiguo que tengo? Sí, el recuerdo de ese día en que casi muero asfixiado debajo de una almohada. Junto con ese recuerdo, tenía otro grabado en lo más profundo de mi ser: esa canción, justamente esa.

Tendría apenas la edad de un niño que acaba de perfeccionar el arte de caminar. No sé por qué, pero mi madre me está dando una paliza. Si lloraba, me arrastraba hasta el baño, me arrojaba en la bañera y me metía la cabeza en el agua. Entonces murmuraba esa canción en voz baja, indiferente, mirando cómo me retorcía, sin poder respirar. Y yo prestaba atención a la melodía que cantaba aun mientras tosía y sentía un fuerte dolor en el pecho debido al agua que me entraba por la nariz y la boca. Terminaba de cantar, me soltaba y salía a beber. Esta situación se repitió durante un largo tiempo. Transcurridos unos años, ya estaba acostumbrado a tener la cabeza debajo del agua en la bañera.

Cuando mi madre me dejaba y se iba a beber después de maltratarme de esa manera, por fin salía de la bañera. Vomitaba el agua que había tragado sin querer y, secándome las lágrimas, tarareaba esa canción que me zumbaba en los oídos. Pese a tan terrible experiencia, no podía borrar esa melodía. Quería dejar de tararearla, pero no podía.

No tengo recuerdos nítidos de cuando mi madre me pegaba o de cuando tenía moratones por todo el cuerpo. Me contaron que a veces tenían que llevarme al hospital, pero esos recuerdos son borrosos. Es como si fueran los paisajes de fondo del vídeo musical de esa canción. El recuerdo de esa melodía es como si me clavaran decenas de alfileres en el corazón, mis nervios se descontrolan.

Cuando empezaba la canción, sabía lo que me iba a suceder enseguida. Era el silbato que anunciaba el dolor.

Esa misma canción la oí ese día.

En el frío almacén de un huerto de frutales a inicios de la primavera, mientras estaba martilleando, esa canción abrió de una vez los candados con los que estaba cerrada la habitación.

Aunque habían pasado varios años y estaba lejos de las viles manos de mi madre, bastó escuchar esa melodía para que yo me convirtiera de nuevo en un niño de tres o cuatro años y temblara de miedo recordando esas horas de dolor, cuando no podía respirar, sumergido en la bañera, con heridas de tijeras y mordiscos donde me faltaba la carne.

Si hubiera reconocido la canción tras escuchar la primera estrofa, habría apagado enseguida la radio. Sin embargo, tuve que esperar hasta el estribillo para darme cuenta de que se trataba de la que solía cantar mi madre. Es que no conocía la versión original y la voz de quien la interpretaba era tan suave que la canción sonó muy diferente de como la cantaba mi madre. No podía creer que la música de fondo de las heridas, fracturas y cicatrices de mi cuerpo fuera una canción tan alegre interpretada con una voz tan suave.

Tiré el martillo y regresé a la casa. Me metí en la cama con la esperanza de que la musiquilla desapareciera de mi cabeza. Sin embargo, una vez resucitada, aumentó de volumen. De repente, me percaté de que estaba tarareando esa melodía. Sentí escalofríos.

Una de las hijas me oyó desde el huerto. Me preguntó de qué conocía esa canción. No pude contestar. Solo le respondí que esa melodía se repetía una y otra vez en mi cabeza.

Ella se exaltó y dijo que la canción podría ayudarme a recuperar la memoria. Me indicó el título. Incluso me consiguió la letra, a petición mía. Me contó que no le fue difícil dado que, a pesar de ser un viejo éxito de música pop, era una canción muy famosa.

¿Conoces a los Beatles? Sí, seguro que has escuchado el nombre en algún lado. Es la banda que fanfarroneaba con que superaba en fama a Jesucristo. De uno de sus integrantes dicen que murió porque alguien le disparó. Si hubiera nacido en su época, yo mismo los hubiera matado a balazos. Quisiera preguntarles por qué compusieron una canción como esa.

La letra era perfecta para mi madre. Sí que tuvo talento escogiendo su tema insignia. ¿Que cuál es esa canción?

Es *Maxwell's Silver Hammer.*

> *Bang! Bang! Maxwell's silver hammer came down upon her head...**

Maxwell mata a su novia, a su profesor y hasta al juez.

Todo lo que no le agrada lo destruye con su martillo de plata. Entonces, ¡pum!, les revienta la cabeza.

¿Por qué mi madre cantaría una canción como esa? Aunque le preguntara, no podría explicármelo.

Simplemente al escucharla, sin pretenderlo, esa melodía diabólica se le habría pegado.

Yo quise detener esa música que se repetía en mi cabeza. ¿Cómo podría borrarla? Nada conseguí gritando ni tapándo-

* ¡Pum, pum! El martillo de plata de Maxwell le cayó sobre la cabeza...

me los oídos. La puerta del infierno, una vez abierta, no se volvió a cerrar.

Metí la cabeza en el río frente al huerto y estuve en ese estado hasta perder el aliento y también la consciencia. Sin embargo, la canción de mi madre se amplificó dentro de las oscuras aguas; como su voz, que solía escuchar de niño con la cabeza metida en la bañera. Al final, tomé la decisión más tonta.

Decidí ir en busca de la persona que había dejado grabada en mí esa música.

Fui un tonto. No, más bien confié demasiado en mí mismo. Estaba convencido de que los seis años sin ella no solo me habían hecho crecer físicamente, sino que también era más fuerte mentalmente.

«He cambiado, no voy a quedarme cubriéndome la cabeza con las manos si recibo puñetazos, ya puedo defenderme e incluso, si me lo propongo, hacer que mi madre me tema», pensé.

Así que crucé por voluntad propia la puerta del infierno.

Así regresé al lugar de donde había escapado con tanta dificultad.

5

Al pasar por la estación de Sadang, el cielo empezó a oscurecerse desde poniente como si estuvieran esparciendo tinta y en un instante se llenó de nubes negras. Seon-gyeong encendió los faros cuando el sol se esfumó, como en un eclipse.

El pronóstico del tiempo indicaba que llovería fuerte en algunas zonas por la tarde y, en efecto, parecía que estaba a punto de caer un chaparrón.

El pronóstico acertó. Gotas de lluvia tan gruesas que sonaban como granizo empezaron a desplomarse sobre el capó y, cuando llegó al paso Namtaeryeong, se vio atrapada en un aguacero. Ya de por sí era un área con mucha congestión y un flujo vehicular bastante lento, pero con la lluvia el tráfico se desaceleró todavía más. Las precipitaciones caían con tanta fuerza que no le dejaban ver el coche que iba delante.

Seon-gyeong activó el limpiaparabrisas y miró la hora. Normalmente el viaje le habría llevado menos de veinte minutos. Pero, aun considerando que faltaba media hora para el compromiso que tenía, estimó que apenas podría llegar a tiempo. El sonido de la lluvia que caía sobre el coche hacía eco en su cabeza.

Súbitamente sintió demasiado pesado el aire dentro del coche. Por eso abrió un poco la ventana.

Como si hubieran estado aguardando, las gotas de lluvia penetraron por la pequeña abertura y le mojaron un hombro. La sensación de ofuscación aminoró y sintió cierto alivio. En realidad, ya desde el momento de salir de su casa en coche, tenía la mente atascada.

Las dudas habían surgido hacía unos días y desde entonces continuaron formando una cadena. Ya cuando estaba cerca de la cárcel, tenía la cabeza desordenada, como un montón de madejas de lana enredadas.

El último día de clase, Seon-gyeong había recibido una llamada del presidente de la Sociedad de Psicología Criminal, Han Dong-cheol.

—Lee Byeong-do quiere hablar con usted. ¿Acepta tener una entrevista con él?

Lee Byeong-do. Ella se quedó muda, desconcertada de que ese hombre la señalara. Era algo totalmente inesperado y por ende tardó un poco en entender al cien por cien lo que le estaba diciendo Han.

«¿Ese hombre quiere verme? ¿A mí? ¿Por qué?»

Estas fueron sus primeras dudas.

Le habían contado que Lee Byeong-do rechazaba toda entrevista fuera quien fuese el solicitante. Pero ahora se ofrecía a cooperar con los estudios sobre su caso con la condición de que fuera ella la persona que lo entrevistara. Seon-gyeong no lo conocía, ni siquiera lo había visto.

«¿Cómo sabrá de mí?»

Le nacieron nuevas dudas mientras las primeras seguían sin respuesta y eso agravó aún más su confusión.

Otro profesor de la Sociedad de Psicología Criminal le había pedido una entrevista a aquel preso, pero se frustró debido a su negativa. Era imposible que alguien que ni siquiera había podido sentarse a la misma mesa con él le hubiera hablado de ella.

—¿Por qué quiere hablar conmigo?

—¿Cómo que por qué?

—Yo no lo conozco. ¿Cómo es que me quiere a mí?

El presidente Han tampoco lo sabía. Sin embargo, le aconsejó que no dejara escapar la oportunidad de hablar con un individuo al que necesitaban entrevistar fuera cual fuese el contexto, porque el hombre podía cambiar de parecer. Ella accedió a tener la entrevista en cualquier momento.

Seon-gyeong, que en un primer instante se había quedado aturdida, como si alguien le hubiera pegado en la cabeza con un martillo, empezó a analizar rápidamente en su mente las circunstancias.

El semestre había finalizado y solo tenía dos artículos que terminar de escribir. Considerando solo el tiempo físico del que disponía, era el momento más oportuno para realizar esa entrevista. Las dudas ya empezaban a desaparecer.

El presidente Han le dijo que volvería a llamar tras verificar algunos detalles y colgó.

Seon-gyeong pasó brevemente por la administración de la universidad, saludó a los asistentes y, cuando estaba a punto de entrar en el aparcamiento, recibió otra llamada del presidente Han.

La informó de que habían acordado la entrevista para dentro de tres días.

A partir de entonces, los preparativos avanzaron sin ningún impedimento. Ella quedó en recibir por mensajería los documentos y datos que necesitaba. Sin embargo, los rumores corrieron más rápido que el sistema de mensajería y, antes de que tuviera en las manos la información para la entrevista, recibió un aluvión de llamadas. Todos, sorprendidos, le preguntaban cómo conocía a ese hombre de la prisión. Seon-gyeong les respondía con otra pregunta:

«¿Por qué me habrá escogido? Si yo no lo conozco...»

Pero nadie la creía. Es más, se cuestionaban cómo alguien en la cárcel podría pedir puntualmente una entrevista con una persona sin que esta lo conociese. Largas explicaciones necesitaba dar Seon-gyeong para convencerlos de que en verdad ella no conocía al preso. Apenas entonces trataban, al igual que ella, de examinar las distintas posibilidades; no obstante, nadie podía darle una respuesta clara. Alguno que otro comentó medio en broma que quizá el hombre estuviera aburrido y hubiera leído la lista de miembros de la Sociedad de Psicología Criminal. Sin embargo, era absurdo que una persona que estaba encarcelada obtuviera dicha lista. Aparte, en ese listado, que se actualizaba cada tres años, todavía no figuraba Seon-gyeong.

El teléfono dejó de sonar cuando Seon-gyeong llegó a casa, y los documentos sobre el que sería su entrevistado los recibió justo al terminar de ducharse. Tenían un volumen similar al de tres tomos gruesos de una enciclopedia. Leyéndolos, se acordó del rostro del criminal que había visto en los diarios y la televisión.

Lee Byeong-do.

Se trataba del asesino en serie arrestado un año atrás después de secuestrar y matar a trece mujeres en Seúl y alrededores. Su aparición conmocionó a la sociedad, en la que se percibía cierta paz transcurrido un tiempo considerable desde otros casos impactantes de asesinatos en serie, como los cometidos por Yu Yeong-cheol y Gang Ho-sun. En muchos sentidos, era diferente de otros homicidas.

Tras ser arrestado, se paró como si nada ante las cámaras de la prensa. La policía intentó cubrirle la cara con una chaqueta y una toalla, pero él mismo las retiró y se reveló ante los periodistas. Sin tapujos, miró directamente a la cámara y encima sonrió, como si no guardara ningún remordimiento o sentimiento de culpa.

El público que siguió las noticias en directo se quedó conmocionado.

Hacía apenas medio día estaban debatiendo sobre hasta qué punto revelar la identidad de los criminales y sobre qué era más prioritario: el derecho a saber de los ciudadanos o los derechos humanos de los delincuentes. Pero la conducta de Lee Byeong-do anuló ese debate, pues era evidente que actuaba declarando que él era quien elegía si exponerse o no al ojo público, no terceros.

La gente estaba azorada. Y no solo por su atrevimiento.

Al contrario de lo que todos se habían imaginado —que un criminal como él tendría un aspecto tan cruel como sus actos—, el hombre tenía una agradable apariencia, con el cabello ligeramente ondulado, tez pálida y rasgos faciales bien marcados. Incluso sus ojos caídos de líneas definidas inspiraban instinto maternal. De modo que la confusión de la masa, que había estado esperando ver al demonio en Lee Byeong-do con la firme creencia de que el rostro era el reflejo del alma, fue grande. Y esta confusión derivó en internet en unas hipótesis de lo más descabelladas.

Algunos alegaron su inocencia y otros plantearon que el hombre tenía personalidad múltiple por un trauma de la infancia y por ende había hecho lo que hizo sin ser consciente. Así, todo tipo de hipótesis infundadas, solo vistas en las películas, abundaron en las redes sin que nadie asumiera la responsabilidad por ello. Incluso empezaron a circular fotos del asesino de fuentes desconocidas y en un portal se creó un club virtual de personas interesadas en él, bautizado como David. El nombre se eligió con base en ciertas opiniones de que el asesino se parecía al *David* de Miguel Ángel. Al club se suscribieron varios miles de usuarios en unos cuantos días, pero, tras la crítica de la prensa, cerró.

Lee Byeong-do fue condenado a pena de muerte menos

de un año después de su arresto. Ahora estaba en la Prisión de Seúl.

Seon-gyeong repasó los expedientes de su caso y al día siguiente se reunió con los detectives de la policía que lo habían detenido e interrogado.

Los expedientes indicaban que había sido una investigación conjunta entre la Policía Metropolitana de Seúl y el Departamento Policial de Gangbuk. No obstante, quienes se encargaron de la investigación y estuvieron con el asesino en serie desde su arresto hasta la inspección del lugar de los hechos fueron los agentes del Departamento de Gangbuk, con jurisdicción sobre la zona en la que habían ocurrido los asesinatos.

El Departamento Policial de Gangbuk quedaba a cinco minutos de la estación de Suyu.

Como había llamado con antelación, todos los detectives que trabajaban en la investigación del caso de Lee Byeong-do estaban presentes, sorprendidos ante la noticia de que Seon-gyeong fuera a entrevistar a Lee Byeong-do.

Cuando ella les preguntó sobre la situación posterior al arresto de ese hombre y las hipótesis planteadas en internet, los policías se rieron como diciendo que todo eso era absurdo.

—Tan solo un día con él, o ni eso, solo medio, y verá cómo es.

Los detectives describieron a Lee Byeong-do como un demonio con cara de ángel.

Aunque desconcertante, su aspecto angelical debió de ser un factor crucial en sus crímenes.

Como ocurrió en el caso de Ted Bundy, las víctimas habrían bajado la guardia y le habrían permitido acercarse justamente por su apariencia agradable. Desde este punto de vista, la descripción de los detectives era la más apropiada.

La cara de ángel resultó el arma más eficaz para aquel demonio.

¿Qué habrán pensado las víctimas cuando ese hombre de buen aspecto las atacó delatando su crueldad? ¿Se habrán arrepentido de su imprudencia por haber juzgado tan ligeramente a una persona por su apariencia?

Sin embargo, el aspecto físico no debió de ser la única condición por la que las víctimas se acercaron al asesino sin sospechar. Al igual que Ted Bundy, que pedía ayuda a mujeres fingiendo tener un brazo o una pierna vendados, Lee Byeong-do también debió de usar alguna trampa para que sus víctimas no pudieran ignorarlo y se acercaran.

Los comentarios de los detectives coincidían con los expedientes y las declaraciones de los involucrados. Los papeles indicaban las fechas de los asesinatos, quiénes fueron las víctimas y los muchos sucesos que tenían que ver con los crímenes cometidos por ese asesino en serie, pero nada de lo que estaba escrito allí era importante para Seon-gyeong.

Era obvia la diferencia de perspectivas entre la policía y Seon-gyeong al tratar este caso. Para los detectives eran suficientes la relación de los hechos, la verificación de los crímenes, la obtención de las pruebas y la confesión del autor.

El perfil de las víctimas preferidas por el asesino, la manera en que se acercó a ellas y cómo o con qué palabras se ganó su simpatía, así como las emociones que pudo haber sentido al matarlas o la evolución de su conducta a medida que fue sumando asesinatos, eran factores secundarios. Cada quien analizaba a Lee Byeong-do según el papel que le correspondía.

Seon-gyeong indagó sobre las características de los lugares relacionados con el caso, como la casa del asesino y la montaña donde se encontraron los cadáveres de las víctimas, pero la policía le contestó que no había encontrado nada especial.

Insatisfecha, preguntó por lo mismo de diferentes maneras; no obstante, obtuvo respuestas similares. Seon-gyeong había recurrido a la policía con la esperanza de conseguir alguna información útil, aunque tampoco se esperaba mucho. Pero, cuando las historias de aventuras policiales empezaron a aburrirle, determinó que sería mejor marcharse.

En ese momento, alguien aludió a una situación que se había producido durante la inspección de uno de los lugares de los hechos, y los detectives alzaron la voz.

Parecía que todos recordaban bien la conmoción de ese día, pues cuando el tema salió los detectives empezaron a hablar de algo no revelado hasta entonces.

El día de la inspección, al tratarse de un caso de gran relevancia, acudieron en multitud periodistas, ciudadanos de a pie y familiares de las víctimas; el ambiente era bullicioso. Los detectives estimaban que, en comparación con cuando desenterraron los cadáveres de las víctimas de Yu Yeong-cheol, había el doble de gente.

Cuando llegó el coche policial con Lee Byeong-do, según contaban, los periodistas rodearon el vehículo con las cámaras mientras los familiares de las víctimas se lanzaban para golpear al asesino, pese a que la policía les impedía hacerlo. Agregaron que más de diez agentes cubrieron a Lee Byeong-do atajando a la multitud, pero no fue fácil avanzar.

—Había gente gritando, pero él ni siquiera pestañeó.

Por muy asesino que fuera, cualquiera podría sentirse intimidado en una situación como esa; sin embargo, los detectives resaltaron que Lee Byeong-do estaba más que tranquilo. Uno de ellos comentó que nunca había visto a una persona tan insensible.

—Y con un solo gesto silenció a toda la gente que estaba allí. —El detective que estuvo con él durante la inspección miró al vacío invocando el recuerdo de ese día.

—Sonrió al ver a las personas que lo insultaban. Su actitud puso a la gente más nerviosa y era evidente que el tipo disfrutaba de la situación. Pero, de repente, señaló a alguien entre la multitud, y con el dedo hizo como si se rajara la garganta. En ese instante, todos los allí presentes se quedaron helados y se callaron.

Otro policía se acordó de lo ocurrido y asintió:

—Sí, me acuerdo. ¿Viste la expresión que puso? Me dio escalofríos. Menos mal que lo sujetamos, porque esa expresión hacía pensar que, de lo contrario, habría cometido otra barbaridad.

Un detective que llevaba quince años investigando casos criminales meneó la cabeza. Hasta para un hombre experimentado como él, que había tratado con decenas de asesinos, Lee Byeong-do era un caso excepcional.

—¿Por qué haría esa mueca si, por lo que cuentan, estaba tan sereno?

—Quién sabe. ¿Hay alguien que recuerde algo más?

Los policías se miraron los unos a los otros sin responder.

—¿Cómo saber qué le pasaba por la cabeza en medio de un tumulto tan grande, donde la gente se abalanzaba y gritaba por doquier?

Tenían razón. Pero Seon-gyeong se decepcionó. Algo le decía que había dejado escapar una importante pista para entender a Lee Byeong-do. Si fuera por ella, llevaría a tomar unas copas a los detectives y los obligaría a acordarse hasta el mínimo detalle de ese día.

¿Qué habría motivado a Lee Byeong-do, que claramente actuaba con indiferencia, a cambiar tan bruscamente de actitud?

Quizá unas palabras lo provocaron. Algo que la gente dijo inconscientemente, pero que resultó ser su talón de Aquiles. Si tan solo supiera qué había sido eso, entrevistarlo sería mucho menos complicado, pensó Seon-gyeong.

Por suerte, unos recuerdos indujeron a otros y, entre las muchas cosas que contaban los detectives, a Seon-gyeong le llamó la atención un comentario en particular:

—Lo que me puso nervioso es que, al recrear el contexto en el que ocurrieron los asesinatos, el tipo no estaba simulando lo sucedido. Actuaba como si hubiera regresado al instante en el que estaba matando a sus víctimas. Como si frente a la policía y todos los presentes reviviese de nuevo el crimen de ese día. Era como si hubiera entrado en trance; todos sus movimientos eran muy reales... Tanto que uno de los detectives casi lo ataca por detrás para salvar al maniquí con el que estaba enseñando cómo pasaron las cosas. Y la expresión que tenía... la recuerdo y me sigue repugnando.

Seon-gyeong percibió el miedo en los ojos del detective.

¿Qué habría provocado tal miedo incluso en policías con tanta experiencia? Seon-gyeong sintió curiosidad por la expresión del asesino. Esos detalles eran imposibles de conocer con exactitud sin verlos. Describirlos con palabras no era posible, las explicaciones nunca serían suficientes y la curiosidad no se saciaría. Lo único que podía hacer era imaginar la expresión del asesino teniendo como espejo el rostro del detective que había sido testigo.

El policía agitó la cabeza como intentando borrar el recuerdo de ese día, que le volvió a dar escalofríos.

—Lo arrestamos, pero yo no estoy seguro de si realmente lo atrapamos. Me refiero a que encerramos su cuerpo, pero me da la impresión de que mentalmente sigue sumergido en un mundo donde no deja de matar.

El policía lo sabía. Sabía que en la oscura alma de Lee Byeong-do persistían la violencia y una energía despiadada, y que el hombre continuamente bosquejaba en su cabeza una y otra vez los últimos minutos de sus víctimas para revivir la sensación que sentía al matar.

Seon-gyeong se preguntó cómo sería el sombrío interior de ese asesino. Él no es consciente de su cuerpo, atado con sogas, ni de los gritos y los insultos de la gente. Retrocede en el tiempo hasta cuando estaba solo con su víctima para degustar el sabor de la muerte. Permanece en ese momento en el que sintió el tacto de las víctimas con sus manos, su mirada estremecedora y su violenta respiración.

Tras finalizar la reunión con los detectives, Seon-gyeong pensó que estaba un paso más cerca, no del Lee Byeong-do de los expedientes, sino del Lee Byeong-do de carne y hueso.

Ya después de despedirse de los agentes, cuando salía de la sala de reuniones, el jefe del equipo de investigación criminal la detuvo.

—Vacilé en si debía decirle esto. Desearíamos, por supuesto si usted está dispuesta, que nos ayudase.

—Sin duda alguna, en lo que pueda.

—En realidad, hay unos cuantos casos que no pudimos resolver. Encontramos unos objetos en la casa del asesino y descubrimos que pertenecían a personas desaparecidas. Sin embargo, Lee Byeong-do no abrió la boca.

—¿Quiere decir que puede haber más víctimas?

—Yo diría que las víctimas pueden ser muchas más que las confirmadas.

—Pero los expedientes dicen...

—Nada se puede hacer si él no habla.

Eso significaba que el mundo solo conocía los casos confirmados por la confesión del asesino.

—No sabemos si llegará a hablar, pero puede ser que en la entrevista encuentre algunas pistas. Queremos que nos avise si hay algo.

Seon-gyeong entendió la intención del policía. Como agente del orden público, no podía dejar en el olvido unos casos sin resolver. ¿Quién sabe si había más víctimas de Lee Byeong-do sepultadas en cualquier otra montaña? El tablón de anuncios frente al cual estaban el policía y Seon-gyeong mostraba fotos de decenas de personas desaparecidas. Entre ellas podría haber otras víctimas de Lee Byeong-do.

—Entiendo. Estaremos en contacto.

—Gracias.

—Pero es extraño. ¿Qué más le daba admitir que cometió otros crímenes después de confesar el asesinato de trece personas?

Era una pregunta que el policía no podía responderle. Por eso, el hombre solo parpadeó y la miró sin decir nada.

La lluvia cesó y el cielo se despejó completamente tras pasar la intersección de Indeokwon. En realidad, parecía haber llovido solo en el área entre Sadang y la intersección. Fuera de esa zona era difícil encontrar rastros de lluvia, como si fueran dos mundos diferentes. En el cielo volvía a relucir el sol.

La carretera rumbo a la prisión estaba tan seca como polvorienta.

Seon-gyeong se acordó de la conversación que había mantenido con Han, el presidente de la Sociedad de Psicología Criminal, al atravesar la calle de enfrente de la prisión, donde los ginkgos meneaban las ramas. Él le había pedido que, por favor, fuera a verlo antes de la entrevista con Lee Byeong-do.

—¿Y la ayudaron en algo los documentos que le enviamos?

—Sí, gracias —respondió ella—. No debió de ser fácil reunirlos en tan poco tiempo...

—El Comité Asesor se preparó para entrevistar a Lee Byeong-do cuando lo encerraron en la Prisión de Seúl tras terminar el juicio. Los reunimos entonces.

El Comité Asesor al que se refería era el de análisis criminológico, creado hacía diez años por especialistas en investigación forense de la policía con psicólogos, criminólogos y psiquiatras de distintas universidades. Algunos miembros de la Sociedad de Psicología Criminal eran también integrantes de ese comité y el presidente Han era uno de ellos. Según su explicación, el Comité Asesor había dirigido durante todo ese tiempo entrevistas a criminales para estudiar e investigar más profundamente crímenes graves, incluidos los asesinatos en serie.

—Supusimos que Lee Byeong-do querría hablar de los que cometió, teniendo en cuenta cómo fue arrestado y la situación posterior.

Sin embargo, supusieron mal. El asesino rechazó todo intento de estudio posterior sobre su caso, así como toda forma de entrevista. Pero ahora había elegido a Seon-gyeong para que lo interpelara, después de muchas negativas.

—Debido a eso, se armó un acalorado debate dentro del Comité Asesor.

—¿Por?

—Quisiera preguntarle una vez más si usted y Lee Byeong-do se conocen...

—Ya le dije el otro día por teléfono que no. Lo único que sé de él es lo que escuché en los medios. No tengo ningún vínculo personal con él.

El presidente Han la miró fijamente a los ojos y luego asintió.

—Me lo imaginaba y justamente ese punto es el que inquieta a todos en el Comité.

—No entiendo...

—Me refiero a que, aunque usted no lo conozca, Lee Byeong-do sí sabe de usted. Más allá de por qué la conoce, el hecho de que la haya elegido implica que puede tener otras intenciones más allá de la entrevista sobre sus crímenes.

Tras hablar con el presidente Han, resurgieron las dudas y la angustia que había arrinconado en su interior conscientemente.

—¿Cuáles podrían ser sus intenciones?

—Eso es imposible de saber antes de hablar con él. Pero la llamé pese a esta peculiar situación llena de dudas porque esta es tal vez la única oportunidad de escuchar directamente a Lee Byeong-do hablar sobre sus crímenes y... —El presidente Han titubeó unos segundos mientras se frotaba la frente con los dedos, como si lo que estaba por decir fuera algo indebido, pero continuó—: Creemos que conocer las razones por las que la eligió como entrevistadora ayudará a entenderlo.

Seon-gyeong comprendió enseguida el sentido de lo que le decía el presidente Han.

Ella no conocía a Lee Byeong-do, pero él sí la conocía, quién sabe cómo.

Eran indescifrables los motivos del interés de Lee Byeong-do por ella. Lo que sí sabían era que él deseaba tanto verla que finalmente decidió abrir la boca, y este hecho de por sí significaba que para el asesino Seon-gyeong era especial.

—Nada es previsible, pero confiamos en usted. Solo le pedimos que sea cautelosa para que no se salga con la suya, sean cuales sean sus intenciones.

El presidente Han la miró como si fuera una niña al borde de un precipicio frente al mar.

Desconocía qué habría dentro del agua, cuán profunda sería o qué monstruos podrían estar ocultos en lo más hondo. Pero deseaba que Seon-gyeong fuera capaz de llegar a su destino nadando por esas aguas y regresar a salvo.

Seon-gyeong de repente se sintió insegura sobre si podría cumplir bien con la misión que le estaban encomendando. Pero también era consciente de que ya no podía retroceder. Entrevistar a ese asesino en serie era para ella una gran oportunidad y, aunque existieran riesgos, no caería fácilmente en ninguna trampa si veía bien dónde pisaba. «No va a pasar nada», se repitió para sus adentros.

Después de la conversación con el presidente Han, la confusión de Seon-gyeong se profundizó y no pudo conciliar el sueño.

Estuvo dando vueltas en la cama toda la noche sin poder dormir hasta que de madrugada se levantó y fue al escritorio; entonces su marido se despertó con una llamada y le dijo que tenía que ir con urgencia al hospital.

Sobre el escritorio estaban amontonados los expedientes del caso de Lee Byeong-do.

Aún no dominaba el contenido de esos documentos, no obstante tampoco tenía ganas de revisarlos en la oscuridad.

Arrimó los papeles hacia una esquina del escritorio y vio caer una foto. Era de Lee Byeong-do en un diario. Parecía haber sido tomada al finalizar la inspección del lugar de los hechos y cuando se disponía a subir al coche de policía.

Estaba de espaldas, pero mirando hacia atrás. En su cara, fijada en la cámara, no se percibía emoción alguna. Era como si estuviera mirando a un punto lejano.

¿Qué habría visto?

Mientras recordaba el rostro en la foto que había observado la noche anterior, Seon-gyeong se vio frente a la entrada principal de la prisión.

Detuvo el coche, respiró hondo y abrió la ventana.

El guardia la saludó y se acercó. Seon-gyeong le mostró su carnet de identidad y le explicó los motivos de su visita.

Un chorro de aire caliente penetró en el coche mientras esperaba a que el guardia comprobara sus datos y le diera permiso para entrar.

6

Suena disparatado. Pero recordaba exactamente cómo llegar a casa. Y eso que creía que lo había olvidado por completo. Aunque el tiempo se encargó de transformar en seis años el paisaje de los callejones de mi infancia con tiendas nuevas y muros desaparecidos, el cambio no fue tan grande como para impedir que yo encontrara el camino.

La casa de la que me había escapado estaba en el mismo lugar, intacta.

Estando frente a ella me di cuenta de que seis años no eran nada. El niño prófugo no había crecido ni un poco. Mi mente me gritaba que me escapara; sin embargo, me quedé mirando la casa. Mi pasado me sujetaba los talones para que no me moviera.

Por primera vez, me arrepentí de haber huido.

Si me hubiera quedado, si hubiera desafiado a mi madre confiando en la fuerza que crecía en mí a medida que mis brazos y piernas se robustecían, quizá habría podido obligarla a dejar de cantar. Sin embargo, era una suposición ingenua.

¿Sabes? La gente no cambia tan fácilmente. Una relación ya consolidada es difícil de actualizar y, por muy vil que sea la situación, el ser humano se adapta y se acostumbra.

Si uno debe vivir en Siberia a cuarenta grados bajo cero, tratará de tolerar el frío tomando vodka. Y si a uno lo golpearon desde el nacimiento hasta sangrar y ver costras sobre las heridas, así vivirá toda su vida, unos días suspirando de alivio porque no le pasó nada y otras veces cayendo dormido como si se desmayara después de una paliza. Si se le rompe un hueso, sufrirá acostado un par de días y, si tiene suerte, volverá a caminar.

¿Por qué habré regresado a esta casa?

Los seis años que había pasado en la granja se borraron en menos de un día. No estaba seguro de si esa experiencia había sido real. Todo parecía un sueño efímero. Es más, pienso que realmente pudo haber sido un sueño.

¿Mi madre? Como era de esperar, al comienzo se sorprendió. Pero enseguida me reconoció. Arqueó una ceja y, con voz irritada, me empezó a insultar. Era la misma realidad de hacía seis años. No había pasado ni una hora desde mi regreso a esa casa y ya estaba aguantando de nuevo las bofetadas, las patadas y los golpes de mi madre.

Me aterró la idea de que así seguiría el día siguiente, el día después y el resto de mi vida. Me preguntaba por qué no me mataba en vez de maltratarme de esa forma. Entonces algo en mí se iluminó. Sí. Esa lucha no podía terminar a menos que uno de los dos muriera. Hay sueños en los que corres para tratar de escapar, pero la distancia entre tú y quien te persigue no se amplía, y en mitad de la fuga deseas detenerte y dejar que te atrape para poner fin a esa situación, sea cual sea el desenlace: la muerte o la supervivencia.

Ese día, si no hubiera sido por la gata que se metió en la casa, nada de eso habría sucedido. No, miento. La gata es una mera excusa. Tal vez simplemente estaba esperando a que me llegara la oportunidad. Cualquier pretexto hubiera bastado para hacer lo que hice.

Ese día llovió.

Vi a una gata refugiándose debajo del alero para no mojarse. Por entonces me ponían nervioso los maullidos de ese animal, que casualmente estaba en época de celo, y no toleraba que estuviera en mi patio maullando. Por eso le arrojaba cualquier objeto que cogiera, pero esta me miraba y seguía maullando, como si se burlara de mí tras ir esquivando todo lo que le tiraba.

Me enfadé mucho. Sobre todo me molestó la idea de ser la burla incluso de un animal. Miré alrededor en busca de otros objetos para lanzarle cuando encontré una pala. «La voy a matar», me dije. Con prisa, atravesé el patio. Cogí la pala y la arrojé contra la gata. Di justo en el blanco. Exactamente la pala le cayó sobre la cola y empezó a chillar, dando vueltas por el patio.

Fue en ese momento cuando un rayo me cegó.

Me aturdí por un momento para luego voltear la cabeza y mirar atrás.

Mi madre tenía un ladrillo en la mano. Turbado, los miré a ella y el ladrillo y sentí un dolor en la nuca. Metí los dedos entre el cabello. Un líquido tibio chorreó y se me pegó a los dedos. Cuando me fijé en la mano, estaba manchada de sangre.

Mi madre, que hacía un instante me había pegado en la cabeza con un ladrillo, estaba llamando a la gata que rondaba por el patio como si nada hubiera pasado. Encima con una lata de atún en la mano.

A mí nunca me había llamado con una voz tan suave, mucho menos para darme de comer. Era evidente que para mi madre era un ser inferior a una gata callejera.

Sentí como si perdiera la conciencia, tal vez porque estaba sangrando mucho. Parecía que alguien me tiraba del brazo. La lluvia ni se oía. Estaba medio atontado.

De repente, empecé a tararear. Tenía la pala que le había arrojado a la gata en las manos. Mi madre se extrañó al escucharme cantar y se dio cuenta de que yo tenía una pala.

Por una vez mi audaz madre puso cara de susto y dijo con voz temblorosa:

—¿Qué... qué estás haciendo? Deja eso.

No pensaba hacer nada; sin embargo, al escucharla, me percaté de que era mucho más alto que mi madre, más fuerte que ella, y ya no quería seguir escapando. Estaba cansado. Me sentí como en un callejón sin salida, con la espalda apoyada sobre el muro de uno de los extremos.

Sostuve más fuerte la pala. No podré olvidar jamás la expresión en la cara de mi madre, que nos miraba a mí y la pala.

—Mamá, ¿te acuerdas de esta canción?

Bang! Bang! Maxwell's silver hammer came down upon her head...

«Sí. La aprendí de ti. Es la canción que siempre me cantabas. ¿Te acuerdas? Te acuerdas, ¿no? Ahora te la voy a cantar yo. Tú me criaste. Esto es lo menos que puedo hacer por ti. No te preocupes. Es una canción que nunca ha dejado de sonar en mi cabeza durante todos estos años, así que no me voy a equivocar.»

Estuve cantando un largo rato.

Cuanto recobré la razón, ya había parado.

Allí quieto, en el centro del patio, miré cómo la lluvia se derramaba sobre su rostro. Ni siquiera ella podía hacerle cerrar los ojos, tan fríos y crueles. Su boca, que solía ofenderme sin cesar, guardaba silencio. Finalmente comprendí el motivo de mi regreso a esa casa.

Había tenido que esperar para regresar cuando fuera capaz de cantar yo mismo esa canción. Deseé poder cantarla frente a mi madre. Y mientras tarareaba el último estribillo una vez más, pensé: «Ya nunca más esta canción traerá caos a mi mente».

7

Estacionó el coche tras atravesar la puerta principal de la prisión y, cuando entró a la oficina de administración, el carcelero que la estaba esperando la saludó. Bajo sus instrucciones, hizo los trámites de verificación de identidad y recibió una tarjeta sobre la que aparecía en letras vistosas la palabra «Visitante».

Seon-gyeong se colgó la tarjeta en el cuello y siguió al carcelero hacia donde se ubicaban las celdas.

Normalmente las visitas a los reclusos tienen lugar en salas designadas a tal efecto. Sin embargo, para la entrevista con Lee Byeong-do la administración de la prisión había dispuesto un lugar separado.

Detrás del edificio de las celdas había un espacio al aire libre. Era la zona de deportes y paseos para los reclusos y en ese momento estaba vacía porque había finalizado el tiempo de uso permitido a los presidiarios. Al fondo de ese espacio se erigía un enorme muro que obstaculizaba la vista. Era presumible que se trataba de una instalación para encerrar a los delincuentes, pero Seon-gyeong tuvo la sensación de estar frente a una fortaleza indestructible, imposible de penetrar.

Ya había estado en este centro penitenciario. Incluso apenas un mes atrás había realizado una visita guiada a sus estudiantes. No obstante, era la primera vez que se adentraba tanto.

—¿Dónde estamos?

—Estamos entrando a donde están las celdas exclusivas para los condenados a muerte.

El muro se situaba en un extremo del recinto penitenciario. Al otro lado estaba el edificio que albergaba las celdas para los sentenciados a muerte. Seon-gyeong examinó lentamente el muro.

La prisión se estableció en 1987. Sus instalaciones estaban deterioradas, obviamente, porque habían transcurrido más de dos décadas desde su construcción. No obstante, el extraño aire que se respiraba en ese lugar no podía ser resultado del paso de los años. Era como mirar una foto marchitada por el tiempo, que no es en blanco y negro pero tampoco proyecta colores marcados.

Un mundo totalmente diferente del que existe fuera de ese espacio. Un mundo en el que están encerrados tanto el tiempo como el aire.

En el elevado muro que no dejaba ver más allá había una puerta de hierro por la que apenas pasaban dos personas. Después de identificarse ante el guardia y cruzar esa puerta acompañada del carcelero que la guiaba, Seon-gyeong tuvo la sensación de atravesar el umbral del infierno, sin retorno posible.

Inmediatamente, escuchó la puerta cerrarse.

Frunció el entrecejo por el chirrido, producido probablemente por lo oxidada que estaba, y la puso tan nerviosa como el ruido que hace rayar una pizarra. Sintió como si se le rompiera una neurona, máxime por la creciente tensión en su cuerpo desde que pisara el recinto penitenciario.

Una atmósfera difícil de describir abrumó y agobió a Seon-gyeong, como si una piedra le estuviera aplastando el pecho. Respiró hondo, pero la asfixia no desapareció.

Hasta pensó que sería mejor darse la vuelta y abandonar ese lugar.

«Tranquila, no te pongas nerviosa», se repitió para sus adentros. Pero de nada sirvió. Entonces se acordó del sobrenombre que le habían puesto sus estudiantes.

Clarice Starling. La agente novata del FBI.

Seon-gyeong recordó a Jodie Foster en *El silencio de los corderos.* Se percató de que actuaba de forma similar a Clarice, que encogía los hombros y perdía la expresión en el rostro ante cualquier ruido, mientras se acercaba a la celda subterránea bajo extrema vigilancia. También se dio cuenta de que, aun sin ser Hannibal Lecter la persona a cuyo encuentro iba, estaba demasiado intimidada psicológicamente por Lee Byeong-do antes de siquiera verlo.

Quizá era el efecto de la sobredosis de información que había tenido que grabarse en la mente durante tres días enteros, leyendo expedientes y prestando atención a testimonios policiales. No tuvo tiempo de procesar y reflexionar. Por eso concluyó que, aunque le costara, debía tratar de eliminar toda esa información y encontrarse con ese hombre con la mente despejada.

Los expedientes o los testimonios de los policías sobre Lee Byeong-do no eran más que una de las tantas piezas del rompecabezas. Su misión era encontrar otras, el lado no conocido de Lee Byeong-do. Pensándolo así, se sintió más aliviada, como si el miedo ciego que albergaba se mitigara. Sin embargo, para no delatar su nerviosismo, tensó el vientre. Y entonces consiguió fijarse en el entorno en el que estaba.

Seon-gyeong miró a su alrededor mientras caminaba detrás del carcelero.

Las nubes negras que tanta lluvia habían dejado caer durante el trayecto hacia la prisión ya no se veían. Una vez más, respiró hondo. En ese momento, inhaló directamente el calor que emanaba de la tierra. Su cara bajo el sol transpiraba, pero misteriosamente percibía una energía escalofriante a lo largo de la columna vertebral. Giró la cabeza para ver qué había cerca del edificio, pero no encontró nada.

—¿Vamos?

El carcelero que la guiaba se detuvo y la miró. Seon-gyeong se dio cuenta de que le había hecho esperar y se apresuró. Hubiera preferido dejar pasar un tiempo para calmar esa extraña energía de su cuerpo antes de seguir avanzando. Pero, sin pensar en ello, se acercó al carcelero, con las manos sudorosas.

Seon-gyeong y el carcelero se aproximaron a la puerta de entrada del edificio, en el que fluían corrientes de aire frío aun en verano; estaba en lo más profundo de la prisión y allí se hallaban las celdas solitarias de los reclusos condenados a pena de muerte.

—Es espeluznante, ¿verdad? —preguntó el carcelero con mucho cuidado, como si intentara calmarle los nervios a Seon-gyeong, y eso la tranquilizó, en cierta medida.

—Nunca me imaginé que vendría a este lugar.

—Es normal, ya que las visitas y las entrevistas con los otros reclusos tienen lugar en el edificio donde está la oficina de administración.

El comentario del carcelero no era la respuesta que ella buscaba. Todo indicaba que no tenía ninguna intención de hablarle de lo que ella quería saber, aun conociendo las razones por las que estaba allí. El carcelero continuó abriendo la puerta con una tarjeta de seguridad.

—Hasta el año pasado estaban encerrados aquí unos treinta reclusos sentenciados a la pena máxima.

Con «pena máxima» se refería a «pena de muerte». La peor condena que una persona podía recibir en el tribunal.

—Ahora quedan unos diez, porque al resto los transfirieron a otras cárceles del país.

De eso Seon-gyeong se había enterado por medio de la prensa. Los condenados a pena de muerte terminaban de cumplir la pena una vez ejecutados. Por eso se los trataba como a personas detenidas aún en proceso de juicio. No obstante, esto cambió con la reforma de las leyes relacionadas y la orden de las autoridades judiciales de tratarlos como convictos. Así, gran parte de los reclusos sentenciados a muerte que estaban en esa prisión fueron transferidos a otras cárceles y muchas de las celdas se quedaron libres.

Al acceder a la sala de vigilancia justo al lado de la entrada principal del edificio, lo primero que se veía eran los monitores instalados en una de las paredes. Había más de diez.

Todos mostraban el interior de las celdas: imágenes tomadas por el circuito cerrado de televisión que servía para vigilar a todos los presos en sus celdas individuales.

Entre ellos había quien dormía y quien caminaba moviéndose sin parar dentro de la celda como si sufriera un trastorno de conducta. Pero todos miraban a menudo hacia la cámara con desagrado, como si supieran de la existencia de aquel sistema de vigilancia. Incluso había reclusos que se acercaban a la cámara para enseñar el dedo corazón.

Seon-gyeong naturalmente trató de encontrar el monitor que mostraba la celda de Lee Byeong-do.

—Después de lo último que pasó, todas las celdas individuales se vigilan las veinticuatro horas del día.

Una voz extraña le hizo darse la vuelta. Quien hablaba era un hombre fornido que tendría unos cuarenta y tantos años. Este se presentó como el director de seguridad de la Prisión de Seúl y Seon-gyeong se dio cuenta inmediatamente de a qué se refería con «lo último que pasó»: al suicidio de Seong Gicheol, un recluso condenado a pena de muerte.

Seon-gyeong estaba enterada de lo ocurrido porque, en relación con ese caso, escribió un artículo sobre el estado psicológico de los reclusos para una revista especializada en asuntos policiales.

—¿No reaccionarán mal los presos? —preguntó Seon-gyeong al director de seguridad con la mirada clavada en los monitores.

Sobra decir que la idea de ser vigilados las veinticuatro horas del día inquietaba a los reclusos. Se comprendía que lo hiciesen para prevenir otro suicidio; aun así, no parecía una buena solución. Aparte, podía considerarse una violación de los derechos humanos, por no hablar del impacto negativo sobre los presos que ya de por sí se encontraban en un estado de inestabilidad psicológica, pues no sabían cuándo iban a ser ejecutados. Era natural que hubiera rechazo.

El director de seguridad actuó, sin embargo, con indiferencia, como diciendo que ya habían tenido en cuenta todas esas consideraciones.

—Al menos no intentarán suicidarse sabiendo que los están vigilando en todo momento.

Seon-gyeong quiso cuestionar lo que acababa de escuchar, pero desistió. No era de su incumbencia ni estaba relacionado con los motivos por los que estaba en esa cárcel. Lo más importante para ella era entrevistar a Lee Byeong-do.

—El suicidio fue noticia porque quien se quitó la vida fue Seong Gi-cheol. Si hubiera sido otro, nadie habría prestado atención.

El director de seguridad agitó la cabeza como queriendo olvidar lo sucedido. Su comportamiento dejó entrever lo mucho que debió de haber padecido al lidiar con la prensa.

—¿Acaso a alguien le interesa lo que pasa aquí de no ser por casos como ese?

Seong Gi-cheol se suicidó con una de las bolsas de basura que se repartían a los reclusos de las celdas individuales.

Si una persona ya ha determinado que quiere morir, se las

ingenia para hacerlo, por muy estricta que sea la vigilancia. Y un recluso que ya ha decidido quitarse la vida puede confeccionar una cuerda con su ropa o coger una piedra filosa en los treinta minutos de los que dispone para hacer deporte o respirar aire fresco fuera de la celda.

Con el personal asignado a la prisión, es casi imposible vigilar a todos los presos las veinticuatro horas del día sin apartar la mirada ni un segundo. Si nada sucede, dirán que el sistema de seguridad dentro del centro penitenciario funciona sin problemas. En cambio, si ocurre algún imprevisto, todos hablarán de los fallos en el sistema, aunque antes no haya habido problema alguno.

Nadie puede medir la intensidad de los reproches que debió de recibir el director de seguridad por el suicidio de uno de los presos, pero era evidente que prefería mil veces ser criticado por violar los derechos humanos de los reclusos que por no controlarlos bien.

La mirada del director de seguridad de repente se detuvo en uno de los monitores. Seon-gyeong, que prestaba atención a lo que decía, también dirigió la vista hacia el mismo monitor. En la pantalla estaba Lee Byeong-do, sentado contra una de las paredes. Examinando más detenidamente lo que mostraba el monitor, vio que movía ligeramente la cabeza.

—¿De veras va a hablar con ese hombre?

—¿A qué viene la pregunta?

El director de seguridad miró a Seon-gyeong con expresión seria.

—Para serle sincero, creo que es mejor que no haga esta entrevista.

—Si es por cuestiones de seguridad...

—No, no es por eso. Eso no me preocupa. Al fin y al cabo, si pasa algo, todo ocurrirá dentro de estas paredes y aquí todo está bajo un estricto control.

—¿Entonces?

—Tengo un mal presentimiento. Cuando me enteré de que la había elegido concretamente a usted, le pregunté que de qué la conocía.

—¿Y qué le dijo?

Seon-gyeong también tenía curiosidad por saberlo.

—No dijo nada. Solo se rio. Pero fue una risa escalofriante. Estoy más que seguro de que algo trama. —Al contrario de su indiferencia de hacía unos minutos, la actitud del director de seguridad al hablar de Lee Byeong-do era seria—. ¿No puede cancelar la entrevista aunque sea ahora? Si usted rechaza hablar con él, no tendrá otra que resignarse.

El director de seguridad parecía realmente preocupado por Seon-gyeong. Pero ella, tras mirarlo a sus ojos tensos, mostró una suave sonrisa.

—Nada me pasará porque usted, señor director, estará pendiente de lo que pudiera ocurrir, ¿no?

Al expresar así Seon-gyeong indirectamente su firme determinación de entrevistar a Lee Byeong-do, el director de seguridad arqueó las cejas con sorpresa y dio indicaciones con la cabeza al carcelero. Había concluido que sería difícil persuadirla.

El carcelero abrió una puerta en un rincón de la oficina y guio a Seon-gyeong.

Al salir, esta sintió que a sus espaldas el director de seguridad agitaba la cabeza con un gesto de incomprensión.

Podía leer sus pensamientos. Era obvio que el director estaría en aprietos si un nuevo caso sucedía en la prisión cuando todavía no se habían apaciguado las críticas sobre el sistema de seguridad en las cárceles. Y seguramente pensaba que mejor que pasar por situaciones incómodas sería atajar de raíz cualquier factor que luego pudiera ocasionar algún problema. No eran de su interés la clase de persona que era Lee

Byeong-do ni las historias que pudiera contar. Su único deseo era que todo dentro de la prisión estuviera bajo su control.

Seon-gyeong, por su lado, sintió alivio al notar la susceptibilidad del director respecto a su visita, ya que eso garantizaba que de la seguridad no tendría que preocuparse, pues, bajo su vigilancia, cualquier imprevisto que pudiera surgir sería neutralizado de antemano.

Menos nerviosa, a Seon-gyeong hasta le entraron ganas de ver cuanto antes a Lee Byeong-do personalmente, así que caminó más rápido detrás del carcelero.

La sala para la entrevista con Lee Byeong-do la habían dispuesto de forma provisional las autoridades penitenciarias. No podía imaginar su utilidad original, pero sí que era una sala que mantenían vacía y en la que habían colocado una mesa y sillas nuevas. Desentonaban totalmente con el entorno. También era posible deducir por las manchas de agua y el moho negro de las paredes que había permanecido desocupada durante mucho tiempo. Apestaba a humedad y moho y, sin siquiera tocar nada, se palpaba el frío de las paredes.

—Espere aquí.

Seon-gyeong siguió la instrucción del carcelero que la había guiado hasta esa sala.

En las paredes de cemento con la pintura desconchada no había ventanas. La única salida era la puerta y la única abertura por la que se veía el exterior era la pequeña ventana en la puerta, del tamaño del rostro de una persona. En el techo había un fluorescente encendido, la sola luz que iluminaba la habitación.

Era un espacio en el que una persona con claustrofobia, solo con poner un pie en ella, se asfixiaría. Un espacio tan cerrado en el que incluso el aire o el sonido podrían permanecer encerrados. También Seon-gyeong sintió como que le faltaba el aire y que se le aceleraba la respiración.

El carcelero que había ido a por Lee Byeong-do tardó en volver. Transcurrieron cinco minutos que se alargaron hasta diez.

Seon-gyeong, ansiosa, se fijó en el reloj e inspeccionó la sala. Se sentó mirando de frente la puerta y se imaginó a Lee Byeong-do al otro lado de la mesa cuando vio la otra silla vacía. En ese momento, se dio cuenta de que estaba más lejos de la puerta, de que si ese hombre la obstruía se quedaría sin su única salida. Aun sabiendo que era absurdo lo que estaba imaginando, Seon-gyeong se cambió de lugar y se sentó en la silla que estaba más cerca de la puerta. Pensó que no estaba de más ser precavida.

Una vez sentada, sacó su cuaderno para tomar notas durante la entrevista. También sacó de su maletín una grabadora digital. Cuando apretó el botón de grabar para cerciorarse de que funcionaba, la puerta se abrió.

Inconscientemente, se levantó y giró la cabeza.

Y ahí, de pie, estaba el hombre.

8

Jae-seong salió de la sala de cirugía. Se cambió deprisa y se dirigió a su laboratorio.

Abrió cuidadosamente la puerta para no despertar a Ha-yeong, pero dentro no había nadie. Antes de ir a operar, se había asegurado de que su hija estuviera durmiendo en el sofá. Pero no la veía. Solo había un cartón vacío de leche, prueba de que Ha-yeong había estado allí.

Entonces salió al pasillo.

Previamente le había indicado a la enfermera jefa que su hija estaba en su laboratorio, por si acaso la niña se despertaba. Si se hubiera levantado y caminado por el pasillo, alguna de las enfermeras de la recepción de la esquina la habría visto.

En la recepción solo estaba la enfermera Kim.

Al oír los pasos de Jae-seong, señaló rápidamente hacia la sala de descanso de las enfermeras de al lado del depósito.

Dentro estaba Ha-yeong junto con la enfermera jefa. La niña, que rechazaba las galletas que le ofrecía la enfermera, se levantó al ver a su papá y corrió a sus brazos. Era evidente su inseguridad debido a la ausencia de su padre.

Ha-yeong olía a quemado y Jae-seong sintió la necesidad de bañarla cuanto antes.

Al abandonar el lugar del incendio, pensó en ir a su casa.

Sin embargo, cambió de parecer en el coche. No podía llevar a la niña así tan súbitamente a donde estaba su mujer, que no estaba enterada de lo ocurrido. Necesitaba tiempo para analizar la situación y decidir qué hacer.

Tras reflexionar un rato, llevó a Ha-yeong al hospital donde trabajaba. Primero le inyectó un calmante en la sala de emergencia y luego la examinó para asegurarse de que no había sufrido lesiones. Mientras, la niña se relajó y se adormiló. Quería dejar que durmiera, pero se despertaba con el ruido de los pasos y buscaba a su padre. Temía que este desapareciera. Al final, Jae-seong tuvo que quedarse a su lado, sosteniéndole las manos, durante el rato que estuvo enganchada al suero. Justo poco antes de empezar el turno matutino de visitas pudo volver al laboratorio con su hija.

Sentada en el sofá, Ha-yeong miró a su padre con ojos temerosos. Se la notaba nerviosa, incapaz de mirar de frente a su padre, que a su vez contemplaba a su hija sin mediar palabra. Al prolongarse el silencio, la niña no pudo ocultar su angustia y abrazó fuerte su oso de peluche.

Jae-seong tenía la cabeza hecha un lío. Es cierto que planeaba decirle toda la verdad a su mujer cuando llegara el momento más oportuno y llevarse a Ha-yeong a vivir con ellos, pero nunca había imaginado que las cosas ocurrirían tan inesperadamente y no sabía qué hacer. La súbita noticia que le había despertado en plena madrugada le impactó, pero igualmente le preocupaba la reacción de su mujer.

—Papá, ¿estás enfadado? —preguntó Ha-yeong con mucha cautela.

Jae-seong salió de sus pensamientos y agitó la cabeza. La niña había malentendido su silencio.

—¿Por qué iba a estarlo?

—Es que... me dijiste que no te llamara.

—Eso te lo dije porque estoy ocupado en el trabajo.

Jae-seong, tras responder, extendió los brazos, pero su hija no lo abrazó. Vacilaba. Le entristeció la distancia entre ellos, que sin darse cuenta había aumentado. De nuevo extendió los brazos y llamó a su hija con las manos. Justo entonces la niña dejó caer el oso de peluche para correr a los brazos de su padre.

Ha-yeong estaba temblando. Se había llevado un buen susto, tan grande que ni un adulto sería capaz de tolerarlo. Lo peor era que nadie podía comprender la magnitud de su torbellino interior. Jae-seong se sintió culpable por no haber podido cuidarla y velar por su bienestar por culpa de su egoísmo.

—Pasaste mucho miedo, ¿verdad?

La niña, en vez de contestar, rompió en llanto.

—Ya ha pasado. Estás conmigo. No te preocupes.

Ha-yeong lloró más fuerte. Cuán terrible habrían sido las llamas que habían invadido su casa y cuánto miedo le habría dado estar entre desconocidos. Las lágrimas, que le saltaron de los ojos al escuchar a su padre, delataban las emociones entremezcladas que venía reprimiendo, conmocionada y en medio del caos. Jae-seong la abrazó más fuerte y le acarició la espalda. Si pudiera, desharía todos los nudos de su corazón.

La niña se apartó de su padre tras llorar hasta tener el cuerpo sudoroso.

—¿Puedo vivir contigo?

Jae-seong no fue capaz de dar una respuesta inmediata. No era un asunto que pudiera decidir solo.

Al notar la vacilación de su padre, aunque breve, Ha-yeong se secó las lágrimas con las manos y volvió a sentarse en el sofá. Jae-seong no hizo ningún comentario, simplemente miró a su hija. La niña esperó la respuesta de su padre con la cabeza gacha, pero después de un rato se acostó diciendo que tenía sueño.

Jae-seong sacó del cajón de su escritorio una pequeña

manta y la cubrió. Vio que la niña tenía los ojos cerrados y se abrazaba al cuello de su muñeco de peluche. Le retiró el pelo que tenía pegado en el cuello sudoroso. No parecía la niña que hacía unos minutos lloraba tan fuerte en sus brazos. Ha-yeong dormía dándole la espalda y respirando silenciosamente.

Alguien tocó a la puerta. Era la hora de iniciar el turno matutino.

Jae-seong se levantó y se dirigió a su hija, de la que no veía más que su espalda:

—Tengo una operación. No tardo. Quédate aquí durmiendo, ¿vale?

La niña no se movió. Jae-seong se sintió mal, pero decidió que pensaría en lo de su hija tras finalizar sus actividades de la mañana.

Durante las dos horas que duró la cirugía, no pudo borrar de su cabeza la imagen de su hija dormida.

«¿Puedo vivir contigo?»

La pregunta ocupaba su mente y no lo dejaba tranquilo. No obstante, como el eco en un baúl vacío, esa pregunta estaba suspendida en el aire sin respuesta. Contestarla estaba fuera de su control.

Pese a que habían estado separados apenas un par de horas, la niña se aferró a la cintura de su padre, como si no quisiera volver a separarse de él. La enfermera jefa la miró con profunda compasión.

—¿Es cierto que has estado en un incendio? Pobrecita. Has debido de llevarte un gran susto.

Los rumores que habían surgido temprano por la mañana en la sala de emergencias corrían ya por todo el hospital. Incluso en la sala de operaciones, Jae-seong escuchó de los residentes comentarios llenos de preocupación. Era imposible que no estuvieran al tanto de lo que le sucedía puesto que su hija pequeña estaba en su consulta. Sin embargo, lo último que quería era que la gente supiera de su vida personal y sus intimidades.

—Gracias.

Jae-seong atajó con esa palabra cualquier interés de más que pudiera mostrar la enfermera y rápidamente agarró a su hija de la mano y se alejaron por el pasillo. Era la hora de comer y vio los carritos de la comida. Justo entonces se dio cuenta de que no había probado bocado en todo el día.

—¿Vamos a comer algo?

A la pregunta de su padre, Ha-yeong asintió con la cabeza sin decir nada.

—¿Qué te apetece? ¿Fideos chinos? ¿Cerdo empanado?

Ella no dijo nada.

—¿Ha-yeong?

—Lo que quieras, papá.

La niña respondió con sequedad y esquivando la mirada de Jae-seong, como si todavía se sintiera mal por la vacilación de su padre ante su comentario de que deseaba vivir con él. Él agradeció que no le soltara la mano.

Salieron del hospital y fueron al restaurante italiano de enfrente.

Las sillas de madera pintadas de blanco y desconchadas tenían cojines de colores brillantes con un estampado de flores. Ha-yeong, sentada frente a su padre, reseguía con un dedo el contorno de las flores estampadas en el cojín de su silla para evitar cruzar la mirada con él. Su padre, por su lado, se acordó de la edad de su hija al verla sentada al otro lado de la mesa con unas cortinas rosadas de fondo. Tenía once años y ya hacía más de tres que no vivían juntos. Su hija había crecido, más incluso que la última vez que la había visto, unos meses atrás.

—Con salsa blanca para ti, ¿no?

Esperó la respuesta de Ha-yeong, pero la niña no contestó. Entonces llamó al camarero para pedir y le sirvió agua a su hija.

—¿Vas a seguir sin hablar conmigo?

Ella no dijo nada.

—Entonces yo tampoco hablaré.

Ha-yeong levantó la cabeza. Sus ojos temblaban de angustia y Jae-seong se sintió culpable. Por eso intentó hablarle en un tono más suave.

—Anda, quita esa cara de enfado, ¿no? Hace tiempo que no nos vemos.

La niña afirmó de nuevo con la cabeza, pero era evidente que se estaba aguantando porque durante toda la comida dio respuestas muy cortas a las preguntas de su padre.

Él se sentía mal por su hija, pero no podía más que reconocer que durante los últimos meses no había pensado en ella en absoluto. En realidad, su conducta respecto a la niña fue siempre la misma, aun cuando vivían juntos. No era que no la quisiera, simplemente que siempre tenía mucho trabajo en el hospital y al regresar a casa solía caer muerto en la cama sin tiempo ni ganas de pasar un rato con su hija. Incluso viviendo en la misma casa, solía verla cada dos o tres días y jugar con ella solo de vez en cuando.

¿Cuánto hacía que no miraba tan fijamente a su hija? Jae-seong detuvo la mirada en el rostro de la niña, que estaba sentada frente a él comiendo espaguetis.

Sus ojos grandes y cristalinos y sus cejas frondosas se parecían mucho a los de su difunta exmujer. Si bien aún tenía mejillas de bebé, él se imaginaba que la niña se parecería muchísimo más a su madre cuando creciera un poco y se hicieran más prominentes sus rasgos. De repente, se dio cuenta de que su corazón se endurecía ante el mero reflejo de su exmujer en la cara de su hija.

No quería admitir que todavía se sentía dolido y perturbado por su ex. Por eso dejó de mirar a la niña y siguió comiendo.

—Es... por esa mujer, ¿no? —preguntó Ha-yeong, que parecía estar concentrada en la comida, dejando el tenedor sobre la mesa.

—¿Cómo?

—La señora... que vive contigo...

La niña dejó a medias la frase al no encontrar las palabras adecuadas.

Siempre había sido inteligente y perspicaz. Sabía muy bien por qué su padre no podía llevársela a casa.

—No pasa nada. Me iré a vivir con el abuelo a Estados Unidos.

Se la veía resignada con una idea clara sobre con quién debía o podía vivir. Sin embargo, la situación de quienes Ha-yeong pensaba que eran su mejor alternativa tampoco era la mejor.

Cuando Ha-yeong apenas tenía dos años, los padres de Jae-seong se fueron a vivir a Seattle, donde residían sus hermanos mayores. Pero ahora el padre dependía de los cuidados de la madre porque tenía alzhéimer desde hacía un año. No podía dar trabajo adicional a su madre mandándole a la niña, y sus hermanos y sus respectivas familias, ocupados con sus negocios, tampoco podrían cuidar de ella. La verdad, no podía ni plantearles esa posibilidad. Eran familia, pero no se veían ni una vez al año y hablaban solo de vez en cuando si tenían algún asunto que arreglar. Eran familia, pero la relación era emocionalmente distante.

Tampoco le convenció a Jae-seong la idea de mandar a su hija tan lejos siendo él el padre.

Por mucho que le diera vueltas a la cabeza, ya tenía la respuesta, pero no sabía cómo poner en práctica la solución que tenía en mente.

—¿Recuerdas lo que te dije antes?

Ella lo miró sin decir nada.

—Que no te preocuparas. Que yo me encargo de todo.

—Entonces... ¿puedo vivir contigo, papá?

Apenas vio a su padre contestar que sí asintiendo con la cabeza, la niña sonrió. Por fin se la notaba tranquila. Ante la expresión de su hija, Jae-seong pensó en cómo afrontar aquella situación.

Con su actual pareja llevaba viviendo un año. La conocía bien y sabía la clase de mujer que era. Sabía que no sería capaz de decir que no en una situación semejante. Aunque entre titubeos, aceptaría a Ha-yeong. Sin embargo, algo lo frenaba, y era que tenía otra razón por la que no podía llevarse directamente a su hija a vivir con ellos.

Jae-seong no quería que su mujer supiera lo que había pasado entre él y su ex. Nunca lo había mencionado, máxime porque su pareja nunca le había preguntado por su pasado.

No obstante, con Ha-yeong en casa, se vería en situaciones no deseadas en las que podría estar obligado a hablar o revelar cosas del pasado de las que no deseaba que su actual mujer se enterara. Para colmo, en adelante ella compartiría más tiempo con la niña y no era posible anticipar qué podría pasar entre las dos o lo que su hija podría decirle a su mujer. Eso era lo que más le preocupaba a Jae-seong.

Sin embargo, por lo pronto no tenía otra alternativa y decidió llevarse a la niña a casa, aun a sabiendas de que a diario podría sentirse como en un campo de minas mientras interactuaban.

Súbitamente, Jae-seong sintió curiosidad sobre cuánto recordaba su hija de aquella noche. Pero no era un asunto del que pudiera preguntar o comentar abiertamente. Tampoco quería destapar recuerdos innecesarios en Ha-yeong. Jae-seong, mientras observaba a su hija comer con la cabeza gacha, se tomó toda el agua que le quedaba en el vaso.

Algo frío y duro se le atoró en la garganta.

9

Aunque llevaba el uniforme carcelario azul y esposas, al hombre se lo veía sorprendentemente tranquilo.

Su cara, que ella había visto en fotos, estaba pálida, quizá por la falta de sol, y la piel casi transparente dejaba ver las venas. Sus facciones bien proporcionadas, con las cejas perfectas y los labios suaves, más sus ojos caídos, le hacían parecer un hombre dócil. Era comprensible que la gente y la prensa lo llamaran David. Su pelo corto realzaba aún más sus facciones.

Era imposible encontrar en él rasgos de un asesino cruel, autor de terribles crímenes.

De pie, Lee Byeong-do examinó de arriba abajo a Seon-gyeong. Al notar que su mirada se deslizaba desde su cabeza hacia su pecho, Seon-gyeong sintió que se le aceleraba el pulso. Tras contemplar un momento el vacío, el hombre la miró de nuevo a la cara. Cuando su mirada se cruzó con la de ella, mostró una sonrisa muda arrugando los ojos. Seon-gyeong pensó que, si lo hubiera conocido en algún otro lugar sin saber su verdadera identidad, se habría sentido fuertemente atraída por esa sonrisa.

El carcelero que se encontraba detrás le tocó el brazo a Lee Byeong-do y justo entonces este reanudó la marcha, como si recobrara la razón.

Entró lentamente en la sala y se sentó. Mientras el carcelero lo esposaba a la silla, no apartó la vista de Seon-gyeong. Sus ojos proyectaban cierta alegría, como si estuviera con alguien que conocía.

A su lado se paró el carcelero que lo acababa de esposar. Lee Byeong-do lo miró.

—¿Va a estar ahí parado todo el tiempo?

—Son las normas.

—Yo quisiera hablar con la dama a solas.

Como si nada, estaba pidiéndole al carcelero que saliera de la sala. Los rumores decían que en la cárcel incluso mandaba a los carceleros. Pues parecía verdad.

—Así no voy a poder hablar. ¿No le parece, doctora?

Lee Byeong-do involucró a Seon-gyeong en su conversación con el carcelero. Ella, siempre y cuando hubiera unas medidas de seguridad básicas, también prefería conversar a solas en un ambiente en el que el hombre estuviera cómodo para hablar más abiertamente.

—La entrevista no es posible sin un guardia presente —afirmó tajantemente el carcelero antes de que Seon-gyeong dijera nada.

Ella intuía que tanto el director de seguridad como el carcelero que estaba con ellos desaprobaban esa entrevista. Aparte, era inaceptable que un carcelero violara el reglamento a petición de un recluso. Seon-gyeong propuso entonces una alternativa conciliatoria:

—Como dice, si son las normas, debemos respetarlas. Pero ¿qué le parece si se sienta ahí al lado de la puerta? La entrevista puede extenderse horas.

El carcelero miró a Lee Byeong-do y a Seon-gyeong y cedió. Escucharía todo lo que dijeran dentro de la sala, pero el entrevistado y la entrevistadora necesitaban aliviar en lo posible la presión psicológica.

El que el carcelero estuviera tan cerca ponía nervioso a Lee Byeong-do. Y era evidente que cierta distancia, aunque fuera poca, lo ayudaría a hablar más cómodamente. Si respetaban las normas, todos tendrían lo que querían, así que cada uno cedió un poco y actuaron con más flexibilidad. Así los tres presentes en la sala pudieron sentarse finalmente.

Lee Byeong-do miró de frente a Seon-gyeong no sin antes cerciorarse de que el carcelero se hubiera sentado en la silla al lado de la puerta. Parecía satisfecho. Y con una suave sonrisa y la mirada fija en Seon-gyeong, abrió lentamente la boca.

—Está desconcertada, ¿verdad? Se pregunta por qué la conozco y por qué pedí concretamente hablar con usted, ¿no?

Sus ojos se reían. A Seon-gyeong le chocó ver eso. Sintió como si el hombre desnudara sus pensamientos más profundos. Pero tampoco quería fingir que nada le pasaba. Pensó que ser sincera ayudaría a mitigar la tensión de la entrevista. Mientras observaba con detenimiento al hombre que tenía enfrente, notó que en sus ojos aparentemente apacibles había hielo, un hielo imposible de derretir aun con su sonrisa perfecta.

—Pues sí, sentí muchísima curiosidad. ¿Ahora puede decirme por qué pidió hablar específicamente conmigo?

Pero el hombre no parecía tener intenciones de responder y, mientras clavaba la mirada en Seon-gyeong, se inclinó hacia atrás sobre la silla. Se percibía en el aire su satisfacción por tener el control de la situación. Enseguida hizo otra pregunta:

—¿Cuál es el recuerdo más antiguo que tiene?

—¿Cómo?

Era una pregunta inesperada. «¿Mi recuerdo más antiguo? ¿Implica que este hombre conoce mi infancia, o está diciendo que me quiere conocer?», se preguntó Seon-gyeong para sus adentros. Su perturbación era comparable a la que uno experimenta, por ejemplo, cuando, después de pasar varias noches en vela estudiando, acude a un examen y no sale nada de lo que se sabe.

El hombre elevó la comisura derecha de los labios. Los ojos le brillaron mientras esperaba la reacción de Seon-gyeong. Pero ella estaba decidida a no dejarse influenciar por su conducta.

Entonces, Seon-gyeong soltó una risa suave pero sardónica y abrió su libreta para tomar notas.

—Hablemos de otro tema.

Decidió así ignorar la conducta de Lee Byeong-do. Como el hombre no había respondido a su primera pregunta, ella tampoco veía la necesidad de contestarle. Se respiraba una fuerte tensión entre ambos y continuaba la batalla silente por la toma de control.

—¿Por qué evita hablar de ello? ¿Acaso tiene malos recuerdos?

—Porque no he venido a hablar de mí, sino a escucharlo.

—¿Es solo eso? ¿No será que hay algo de lo que no quiere acordarse? Si usted quiere escuchar mi historia, yo también deseo conocer la suya. En este lugar no tengo nada que me divierta o que me quite el aburrimiento.

Déjà vu. A Seon-gyeong le pareció haber visto esa misma situación en algún otro lado. De repente, una escena le vino a la cabeza. ¡Ah, maldita Clarice Starling! Era lo que le decía Hannibal Lecter a Clarice Starling en *El silencio de los corderos.*

—¿Está imitando alguna película?

El hombre se rio de forma desagradable.

—No sé de qué está hablando, pero lo que yo digo es tan simple que hasta un niño lo entendería. Si uno da algo, recibe algo a cambio. Es lo justo.

Hablaba de justicia un hombre que había matado a trece personas, y eso solo contando los crímenes revelados. Seon-gyeong sintió ganas de preguntarle qué dio él al quitarles la vida a sus víctimas.

—No sé cuál es mi recuerdo más antiguo porque nunca me lo he planteado.

—Entonces, piénselo. Tenemos mucho tiempo.

Seon-gyeong puso el bolígrafo sobre la mesa y lo miró. Estaba claro que el hombre tampoco quería dejarse intimidar. Por eso, decidió ceder un poco para escuchar de él lo que ella quería. Bajó la vista, pensó un momento y dijo:

—Unos zapatos rojos. Un par que me compró mi madre. Ese es el primer recuerdo que tengo de mi vida.

El hombre entrecerró los ojos y así miró a Seon-gyeong. Estaba tratando de analizar si ella decía la verdad. De pronto, sacudió la cabeza para negar.

—Me decepciona. Estaba esperando escuchar algo más ingenioso.

Seon-gyeong alzó los hombros, cogió el bolígrafo y se preparó para tomar notas.

—¿Cuál es el primer recuerdo de su vida?

—¿Mi primer recuerdo? Yo nadando en el líquido amniótico dentro del vientre de mi madre.

El hombre no tenía ninguna expresión en el rostro. Sin embargo, sus ojos brillaban mientras esperaba la reacción de quien lo escuchaba. Seon-gyeong, que estaba a punto de tomar notas en su libreta, notó que él la miraba y se dio cuenta de que se estaba burlando de ella.

—A ver, ¿cómo se sintió?

—Sentí asfixia. El líquido estaba sucio.

Era obvio que no tenía buenos recuerdos de su madre. Por un momento, una fuerte repugnancia se vislumbró en su rostro.

Escuchándolo, Seon-gyeong pensó que para la mayoría de las personas el primer recuerdo de su vida estaría relacionado con su madre. Aunque le parecía un cuento eso de que su primer recuerdo era él nadando en el vientre de su madre, podía percibir cuán agresivas eran sus emociones hacia su progenitora. Seon-gyeong se acordó de la información que había leído en su escritorio sobre la familia de Lee Byeong-do. Los expedientes decían que su madre era su única familia, pero lo abandonó cuando él tenía diecisiete años y desde entonces vivió solo.

—¿Qué tal si empezamos hablando de su madre?

El hombre retrocedió ante esta sugerencia. Inclinándose hacia atrás en su silla, entrecerró los ojos como tratando de descifrar el verdadero propósito de esa pregunta. Seon-gyeong, con una actitud de lo más serena, lo miró y esperó a que respondiera.

Lee Byeong-do, tras detener su mirada en ella unos minutos, se sentó recto. Se inclinó hacia delante y acercó su cara a la de Seon-gyeong.

De súbito, el hombre empezó a cantar en voz baja: «Bang! Bang!».

Seon-gyeong se quedó paralizada ante esta conducta inesperada y levantó la cabeza.

El hombre se estaba riendo y su risa era auténtica. Tenía ojos traviesos. Seon-gyeong intuyó que estaba tirando miguitas para estimular su curiosidad. Lo que no comprendía era si esas migas guardaban algún significado.

La canción era *Maxwell's Silver Hammer.* Según tenía entendido, era una canción de los sesenta y Seon-gyeong no la conocería de no ser por quien fuera su profesor adjunto de Psicología, el profesor Klein.

Al profesor Klein, un gran fan de los Beatles, le gustaba organizar parrilladas en el patio trasero de su casa junto con los estudiantes. La música que ponía en todas esas fiestas era de los Beatles. Si alguien preguntaba por el título de una canción, él respondía con ojos brillantes contándole desde cómo compró su primer disco del grupo hasta las historias ocultas de la banda y sus canciones. Y siempre terminaba enfatizando que los Beatles murieron para él después de visitar la tumba de John Lennon.

A Seon-gyeong le extrañó que Lee Byeong-do conociera dicha canción. Ni ella ni él eran de la generación de los Beatles. ¿Será que el hombre también tenía un conocido que era admirador de esa banda, como el profesor Klein? De pronto, le surgió la curiosidad por saber qué razones habría tenido ese hombre para cantar *Maxwell's Silver Hammer*.

—Es una canción de los Beatles. Pero ¿ese es el primer recuerdo de su vida?

El hombre ensanchó los ojos sorprendido y, mirando fijamente a Seon-gyeong, lanzó una carcajada.

—No sabe cómo me gusta estar con una persona que conoce esa canción.

El volumen de su voz subió. Se lo veía de buen humor. Le alegraría saber que otra persona conocía una canción que le gustaba. Por lo general, cualquier conversación fluye mejor cuando quienes participan en ella encuentran temas de interés común. Seon-gyeong se lo agradeció hacia sus adentros al profesor Klein y preguntó:

—¿Tiene algún significado especial esa canción?

Tras esta pregunta lanzada como si nada, Lee Byeong-do se acercó más a Seon-gyeong y, mirándola directamente a los ojos, susurró algo. Hablaba con una voz tan baja que incluso Seon-gyeong, que tenía centrada toda su atención en él, apenas podía oírlo.

—Todas las mujeres a las que les canté esa canción... murieron en mis manos.

Seon-gyeong sintió como si le vaciaran un cubo de hielo por la columna vertebral. De nuevo, los ojos del hombre le dieron escalofríos. Tenía al mismo tiempo un rostro afable y travieso, y una mirada vacía y espeluznante. ¿Cuál sería su verdadera cara?

Seon-gyeong no pudo escapar de esa mirada que tenía clavada. Presentía, por su expresión, que lo que decía era verdad.

El hombre no tarareaba esa canción porque la hubiera escuchado en algún lado por casualidad o porque le gustara. Si sonó en cada uno de los asesinatos que cometió fue porque era un símbolo. Algo muy especial para él. Seon-gyeong se dio cuenta por fin de que las migas que le estaba arrojando eran en realidad las piezas del rompecabezas que era él.

El hombre actuaba como si no quisiera perderse el efecto de sus palabras en Seon-gyeong. Observaba satisfecho la conmoción en sus ojos y las arrugas en su entrecejo. Era como si contemplara las ondas sobre la superficie del agua después de lanzar una piedra a un lago.

Sin apartar la vista ni un instante de Seon-gyeong, se relamió los labios, unos labios húmedos y brillantes. Seon-gyeong, como si estuviera hipnotizada, siguió atontada sus gestos y movimientos. Entonces, el hombre, con una sonrisa de satisfacción, desvió lentamente la mirada y en voz alta llamó al carcelero:

—Ha terminado la entrevista.

No habían pasado ni diez minutos. Seon-gyeong, sorprendida por el comportamiento de Lee Byeong-do, se levantó.

El carcelero, en cambio, parecía estar acostumbrado a los caprichos de Lee Byeong-do. Enseguida se levantó, abrió las esposas que lo sujetaban a la silla y, haciendo que se pusiese en pie, volvió a ponérselas en la muñeca.

El hombre dio lentos pasos hacia la puerta sin mirar siquiera de reojo a Seon-gyeong. Fue ella quien lo detuvo con prisa.

—No, todavía no. Si ni siquiera hemos empezado.

—Yo creo que no ha estado mal para ser la primera vez.

Seon-gyeong se quedó muda.

El hombre parecía un camaleón que cambiaba de color a cada rato.

Era otra persona, con una clara actitud de frialdad que expresaba implícitamente que no quería cruzar ni una palabra más con ella, tanto que cabía la duda de si era el mismo que un momento atrás había mostrado una expresión de alegría auténtica. Así, pasó por delante de Seon-gyeong y se paró frente a la puerta. El carcelero miró a Seon-gyeong, pero rápidamente abrió la puerta y salió con el recluso.

Seon-gyeong se sintió desorientada por un instante, pero reaccionó y lo siguió. Había hecho todo el viaje desde Seúl. No podía dar por concluida la entrevista de ese modo.

—¿Ya no desea hablar conmigo? —le gritó al hombre, que ya estaba bastante lejos.

Eso hizo a Lee Byeong-do pararse; dejó pasar unos segundos y luego se dio la vuelta y dijo:

—Por hoy, hemos terminado. Nos vemos en dos días, a la misma hora. Y en adelante, cuando venga a verme, traiga una manzana. Una grande y jugosa, que a la primera mordida me refresque hasta las entrañas.

Tras estas últimas palabras, el hombre regresó a su celda tan altivo como un caballero con su escudero, dejando a Seon-gyeong anonadada.

Era absurdo lo ocurrido. Se sintió engañada. De la rabia, se puso a dar vueltas en el sitio y, en un momento dado, se le acercó desde el otro extremo del pasillo el director de seguridad de la cárcel.

—Ya le dije que es mejor no hablar con ese tipo, ¿no?

Seguramente en alguna esquina de la sala había instalada una cámara de vigilancia, pues ya estaba enterado de lo sucedido.

—La otra vez, ese recluso quedó en tener una entrevista con un productor de televisión. Este, entusiasmado con la idea de obtener una primicia, vino con la cámara y todo en la fecha concertada. ¿Se imagina qué pasó después? Pues el recluso lo hizo esperar tres horas para finalmente rechazar la entrevista. Ese productor debió de regresar a su casa hablando pestes de él.

¿Debía consolarse con que al menos pudo sentarse cara a cara con Lee Byeong-do? Seon-gyeong, sin darse cuenta, se estaba riendo. Era una risa de frustración. Claro, ya presentía que la cosa no sería sencilla. Sin embargo, no anticipó que ni siquiera podría contar con el tiempo de entrevista concedido por reglamento. Ni siquiera pudo hacer las preguntas que había preparado.

—No creo que vaya a obtener nada de él. Está encerrado en una celda individual. Nadie viene a verlo. Debe de estar aburrido a morir y por eso busca algo de entretenimiento. Es mejor que lo deje así. Solo va a perder el tiempo. ¿O acaso está dispuesta a ser un entretenimiento para él?

El sarcasmo del director de seguridad más bien relajó a Seon-gyeong.

Mientras lo escuchaba, reflexionó sobre la breve conversación que acababa de mantener con Lee Byeong-do y concluyó que no había sido totalmente infructuosa.

Su actitud, sus gestos, su mirada, sus reacciones, sus preguntas, sus sentimientos hacia su madre y hasta la canción de los Beatles: obtuvo datos y pistas sobre ese hombre que ni mil repasos de los expedientes, con un volumen similar al de tres libros de enciclopedia, le permitirían tener. Era suficiente como para no frustrarse y, pensándolo desde esa perspectiva, se sintió mucho más aliviada. Así, Seon-gyeong se despidió del director de seguridad sonriendo más de lo que quería.

—Vuelvo en dos días.

Percibió el disgusto del director de seguridad en su expresión. Seon-gyeong entró de nuevo a la sala de entrevistas para recoger su maletín. A su espalda, murmuraba el jefe de seguridad. Hablaba en voz muy baja, pero ella escuchó lo que decía con claridad.

—Si vincularse con ese tipo no le va a traer nada bueno, ¿por qué tanta insistencia? Luego se arrepentirá.

10

Estacionó el coche frente a su casa y apagó el motor.

Sentía su propio cuerpo tan pesado como si fuera de algodón mojado. Suspiraba sin darse cuenta. La fatiga la invadió de repente y solo deseaba darse un baño. Quería calmar los nervios, que había tenido muy tensos mientras estaba con Lee Byeong-do. Tras desestresar su cuerpo y su mente, deseaba ducharse con agua fría para analizar con ánimo renovado la conversación mantenida con ese hombre. Sin embargo, algo totalmente inesperado la aguardaba en casa.

Al entrar, Seon-gyeong encontró unas zapatillas infantiles al lado de los zapatos de su marido.

Cuando pasó a la sala de estar tratando de adivinar de quién podrían ser, vio a una niña de unos diez años sentada en el sofá con la mirada perdida. La pequeña ni se dio cuenta de que ella había entrado.

Seon-gyeong se movió con cuidado y miró alrededor. Se percató de que la puerta de su dormitorio estaba medio abierta y recordó que también estaban los zapatos de su marido.

«La habrá traído él.»

Sabía que su esposo tenía una hija de su anterior matrimonio. Sin embargo, nunca pensó que la conocería de esa manera. Su marido le había contado que su exmujer no le dejaba visitar a la niña y que desde el divorcio no la había vuelto a ver.

«Pero ¿por qué está en el sofá de mi casa?», se preguntó.

Seon-gyeong se acercó cautelosamente a la niña. Esta, que permanecía ensimismada, justo entonces se dio cuenta de que no estaba sola. Giró la cabeza y vio a Seon-gyeong.

La niña no se asustó. Es más, su rostro no proyectaba emoción alguna.

Tenía la tez pálida y unos ojos grandes hipnotizantes. Sus frondosas pestañas cubrían las pupilas y estas, ensombrecidas, denotaban fragilidad. Por su boca firmemente cerrada se deducía su entereza.

La niña miró un instante a Seon-gyeong, pero inmediatamente apartó la vista con indiferencia hacia la ventana de la sala. Más allá de ella se divisaba la entrada principal de la casa y el jardín con césped. Seguramente debió de haber visto a Seon-gyeong entrando.

Cuando esta estaba a punto de decirle algo a la pequeña, por detrás sintió que alguien se le acercaba.

—Ah, ¿ya has llegado?

Era la voz de su marido. Sonaba inestable, diferente, como si no hubiera previsto que ella regresaría a casa a esa hora.

—Ha-yeong, ¿dónde están tus modales?

El esposo de Seon-gyeong corrió al sofá y levantó a su hija. Entonces vio el oso de peluche en las manos de la niña.

Era un muñeco viejo y sucio, tanto que no era posible discernir de qué color era. El padre había puesto en pie a la niña, que miraba fijamente a Seon-gyeong.

—Di buenas tardes.

El marido de Seon-gyeong le urgió de nuevo que saludara, pero no logró hacer que su hija abriera la boca. Entonces puso las manos en la cabeza de la niña para obligarla a saludar con una reverencia.

—No. No lo hagas. No la obligues a hacer algo que no desea.

El hombre, desconcertado ante la conducta de su hija, sacudió la cabeza como gesto de resignación.

—¿Qué ha pasado?

—Tú quédate aquí sentada mientras yo hablo con ella.

El esposo de Seon-gyeong sentó a la niña de nuevo en el sofá y tiró del brazo de la mujer para llevarla al dormitorio. Ella se sintió incómoda. Estaba cansada y, para colmo, su marido, que no era el de siempre y mostraba una conducta incoherente, estaba poniéndola de los nervios.

Su esposo, ya dentro de la habitación, se cercioró por última vez de que su hija estaba sentada en el sofá y cerró la puerta. No obstante, dio vueltas esquivando la mirada de Seon-gyeong, sin saber cómo empezar. Incluso inquietó a su mujer con su conducta vacilante.

—¿Qué te pasa?

Seon-gyeong preguntó primero, pues no soportaba más esa situación.

Como si hubiera estado esperando que ella hablara antes que él, Jae-seong se sentó en una esquina de la cama. Se pasó la mano por el cabello con nerviosismo y la miró. Alrededor de sus ojos se formaron unas arrugas profundas que habitualmente no se le notaban.

—No sé por dónde empezar. Tampoco cómo te lo vas a tomar...

—Dime por qué estás así y yo decidiré cómo tomármelo. Dime. ¿Qué pasa?

—¿Te acuerdas de que me llamaron por teléfono esta madrugada?

—Dijiste que tenías una urgencia en el hospital...

Seon-gyeong, sin terminar la oración, miró a su esposo con insistencia. De madrugada, su marido contestó una llamada e inmediatamente salió de casa sin siquiera vestirse apropiadamente. Ella entonces pensó que se trataba de una urgencia. En ningún momento dudó de sus palabras.

—Fue por la niña.

—Me llamó la policía para decirme que fuera a buscarla.

—¿Cómo? ¿Qué quieres decir? ¿No me dijiste que la niña vivía con su madre?

—Lo que no te conté fue que la madre de la niña falleció poco después de casarnos nosotros. Entonces mi hija se fue a vivir con sus abuelos maternos.

Llevaba casada más de un año con él, pero durante todo ese tiempo no había sabido de la muerte de la exmujer de su marido. La noticia la alteró.

—¿Cuándo te enteraste?

—Me avisaron y fui al funeral. A ti... no pude decirte nada. Acabábamos de casarnos y realmente pensé que no debía hablarte de ello.

Un torbellino de pensamientos y emociones enmudeció a Seon-gyeong.

Comprendía a su marido, que decía que no había podido decirle nada. Aparte, la muerte de su exmujer era un asunto del que ella no tenía por qué estar enterada. Si ahí hubieran quedado las cosas, su esposo nunca se lo habría comentado. Aun así, pensó que mejor habría sido que se lo hubiera contado antes y se preguntó qué otros secretos estaría guardando su marido.

Seon-gyeong parpadeó intentando ordenar su mente. La niña se fue a vivir con su madre tras el divorcio de sus padres. Si la madre murió, tendría que haberse encargado de ella el padre. Pero eso sucedió hacía ya un año. ¿Por qué se la había traído a estas alturas?

—Pero ¿te han dicho así de repente que cuidaras de la niña? ¿Acaso sus abuelos ya no pueden criarla?

—Es que hubo un incendio y la casa de los abuelos se quemó. Y mis suegros..., es decir, los abuelos de Ha-yeong fallecieron.

—Madre mía...

Seon-gyeong se quedó sin palabras. Miró a su marido a la cara y entendió por qué en apenas un día había adquirido esas arrugas tan profundas.

Inconscientemente, volvió la cabeza en dirección a la sala de estar. La chiquilla había perdido a su madre y ahora, en menos de un año, a sus abuelos en un incendio. La recordó sentada en el sofá con la mirada ausente, como si su mundo entero se hubiera venido abajo.

La niña no había mostrado reacción alguna al ver a Seon-gyeong.

Lo había perdido todo la noche anterior en un incendio. La casa en la que vivía se quemó y sus abuelos fallecieron. Al igual que una persona experimenta una sordera pasajera tras escuchar un ruido demasiado potente, la gran conmoción que había sufrido le imposibilitó reaccionar al mundo. Debía de sentirse vacía.

«Qué terrible habrá sido para ella.» Al comprender por qué la niña estaba tan ausente, como si no perteneciera a este mundo, Seon-gyeong sintió lástima y se entristeció.

—Sé que es muy súbito y descarado por mi parte, pero... ¿qué tal si nos hacemos cargo de ella?

—Pues claro, por supuesto. Es nuestro deber cuidarla.

El marido de Seon-gyeong abrió los ojos como platos. Le temblaban los labios. Eran evidentes su vacilación —debía de costarle hablar del tema— y su sorpresa por la facilidad con la que había aceptado su esposa.

—¿Lo dices en serio?

—Eres el padre, ¿no? Obviamente tu hija debe vivir con nosotros.

—Mi amor, de veras, gracias y lo siento.

Los ojos del hombre se enrojecieron. Se notaba que sus hombros tensos se relajaban con unos suspiros. Seon-gyeong lo abrazó suavemente.

—¿Era tan difícil hablarme de esto?

En realidad, antes de casarse, Seon-gyeong supuso que algo así podría ocurrir algún día cuando se enteró de que el hombre que iba a ser su marido estaba divorciado y tenía una hija. Si bien le confesó que su exmujer no le dejaba ver a la niña, nunca pensó que eso rompería el lazo paternal. La relación de padres e hijos era inquebrantable y, por muy separados que estuvieran, tarde o temprano se reencontrarían.

Quizá desde entonces estaba preparada para una situación como esa.

—No pensé que aceptarías tan fácilmente —dijo su marido con voz ronca; ella le acarició la espalda sin decir nada.

«No es fácil para mí, pero no me queda más remedio. Además, es algo que ya anticipaba.»

Seon-gyeong quería decir muchas cosas más, pero reprimió el impulso.

No podía ignorar a una niña que no tenía a donde ir y encima mandarla a otra parte sabiendo que allí tenía a su padre. Al menos a ella no la habían educado así. Venía intuyendo que esa situación se daría y ya había llegado a una conclusión. Además, si no podía eludirla, mejor era aceptarla y adaptarse lo más rápido posible. Sabía que no sería fácil convivir con una hijastra, pero se acostumbraría. Al fin y al cabo, eran familia.

Tras asumir la nueva circunstancia, Seon-gyeong se acordó de que tenía mucho que hacer y sintió impaciencia.

—Lo mejor será acomodarla en la habitación del segundo piso, ¿no? Le gustará, porque entra mucho sol. Tendrá suficiente espacio si movemos lo que hay allí al trastero y compramos una cama y un escritorio. Ah, también tenemos que colgar cortinas nuevas.

Considerando qué más necesitaría una niña, se acordó de una larga lista de detalles.

Tenía la cabeza llena de cosas por hacer y preguntas sobre qué ropa necesitaba inmediatamente, si estaba en buenas condiciones su futura habitación y si no habría que empapelarla de nuevo. Su marido se dio cuenta de su inquietud y le cogió la mano.

—Antes que nada, te presento a Ha-yeong como es debido.

Justo entonces Seon-gyeong pensó en la pequeña, que estaba sola en el sofá de la sala.

Si la hacían esperar demasiado, podría malinterpretar sus intenciones y sentirse herida. Seon-gyeong asintió con la cabeza al comentario de su esposo y salieron juntos hacia la sala.

La niña seguía sentada en el sofá inmóvil como un cuadro, con el oso de peluche sucio entre los brazos.

—Ha-yeong, salúdala. A partir de este momento, viviremos juntos los tres —dijo el marido de Seon-gyeong, acercándose a su hija y rodeándola con los brazos por los hombros.

La niña, que tenía la mirada fija en los ojos de su padre, giró lentamente la cabeza hacia Seon-gyeong. A diferencia de un rato atrás, la miró detenidamente. Sus ojos reflejaban miedo e incertidumbre al mismo tiempo.

Seon-gyeong se agachó y se puso a su altura.

—Te llamas Ha-yeong, ¿no? Bonito nombre. Yo me llamo Lee Seon-gyeong. Desde ahora, esta es tu casa.

La niña, que no apartaba la vista de Seon-gyeong, de repente alzó la cabeza y se dirigió a su padre.

—Papá, tengo sueño.

—¿Sí? Te preparo la cama enseguida.

El marido de Seon-gyeong, sin saber qué hacer, la miró.

—Por ahora, acuéstala en nuestra habitación.

Seon-gyeong ofreció sin vacilar su dormitorio. En realidad, tampoco había otro lugar más adecuado dentro de la casa para acostar a la niña. No podía hacerla dormir en una habitación todavía sin arreglar ni en el sofá después de todo lo que le había sucedido.

Entonces fue enseguida a su dormitorio y levantó un lado de las sábanas. La niña entró de la mano de su marido y, sin mediar palabra, se metió en la cama. Se la veía tan frágil como si estuviera a punto de quebrarse en mil pedazos.

—¿Te parece bien si me encargo del oso mientras duermes?

Seon-gyeong extendió la mano para recibir el muñeco de peluche. Sin embargo, la niña no lo soltó, sino todo lo contrario: sujetó más fuerte el cuello del oso y puso mala cara, con la boca bien cerrada, manifestando que por nada del mundo permitiría que alguien se lo arrebatara.

—Déjalo estar. Siempre lo lleva consigo.

Un pero se le atascó en la garganta a Seon-gyeong al escuchar lo que le decía su marido; no obstante, inhaló hondo y no dijo nada. Le incomodó la idea de que debido al muñeco se ensuciaran las sábanas, pero podía lavarlas luego y no quería disgustarse con la niña por pequeñeces. Lo prioritario era dejarla descansar, ya que estaría exhausta por todo lo acontecido.

—Está bien. Como prefieras.

Seon-gyeong cubrió a la niña con las sábanas y le sonrió.

—Papá, quédate conmigo hasta que me duerma.

Cruzaron miradas Seon-gyeong y su esposo y este inmediatamente asintió.

—No te preocupes. Estaré aquí.

El marido de Seon-gyeong se sentó en la cama y le acarició a su hija la cabeza. La niña cerró los ojos como si por fin se hubiera tranquilizado. Seon-gyeong, para evitar interferir en el sueño de la niña, salió de la habitación y dejó a solas a padre e hija.

Sentada a la mesa del comedor, anotó sobre un papel lo que la niña podría necesitar. Hizo una lista de lo que tenía que comprar y, mientras planeaba cómo arreglar su habitación, su marido salió del dormitorio y cerró silenciosamente la puerta. Ya debía de estar dormida.

—¿Se ha dormido?

—Sí.

—Si fuiste a recogerla de madrugada, ¿por qué no has venido directamente a casa con ella?

—Es que no sabía qué hacer y la llevé al hospital. Tenía que hablar contigo primero.

—¿Pensaste entonces en llevarla a algún otro lado?

—Quizá a un hotel, antes tenía que pedirte tu consentimiento.

La cara del marido de Seon-gyeong se iluminó al disiparse su angustia. Ella sabía que era un hombre sincero, pero su expresión de alivio la molestó.

—¿Qué habrías hecho si yo no hubiera aceptado?

—Preferí no pensarlo hasta llegado el caso. Pero estaba seguro de que aceptarías.

Seon-gyeong miró con recelo a su marido y él puso la mano sobre la de ella en la mesa.

—Sabía que sentirías empatía por Ha-yeong más que cualquier otra persona.

Seon-gyeong movió la cabeza de arriba abajo inconscientemente para afirmar. Ella también había perdido a su madre cuando era una niña.

—Dejémosla dormir hasta que se despierte cuando tenga hambre. Debe de estar exhausta.

—Eso será lo mejor. Dormir es el mejor remedio para el cansancio.

Seon-gyeong, cuando fallecieron sucesivamente su madre y su padre, durmió varios días una vez finalizados los funerales. Prefería dormir que estar despierta y afrontar la dolorosa realidad.

Cuando su madre murió, ella tenía quince años y la persona que la despertó del largo sueño posterior al funeral fue su padre. La despertó tras preparar un plato de curri según la misma receta de su madre. Pero ella no quiso comer. Le reprochó a su padre que la despertara para comer cuando su madre acababa de morir. Quiso seguir durmiendo, pero se sentó a la mesa del comedor debido a la insistencia de su padre.

El olor del curri estimuló su olfato, pero no le apeteció. Su padre insistió y se llevó a la boca una primera cucharada. Pero eso bastó para que sintiera un hambre voraz. Vació el plato en un abrir y cerrar de ojos. Su padre, sin hacer comentario alguno, le sirvió más arroz.

Así, Seon-gyeong se despidió de su madre.

Cuando dos años atrás falleció su padre, se acordó metida en la cama de ese día en que le había preparado curri. Se durmió, pero se despertaba una y otra vez, imaginando que, al levantarse, su padre la estaría esperando con un plato de curri en la mesa. Sin embargo, nadie la despertó.

Extrañó el olor del curri de su padre. Pero nadie más le insistió en que comiera ni le dio fuerzas para seguir adelante. Asumió así la cruda verdad de que estaba sola en el mundo. Entonces quiso cerrar los ojos y morir, como sus padres.

En esa etapa de su vida la consoló su actual marido, Jaeseong.

Se conocieron frente a la sala de operaciones del hospital.

Cuando Seon-gyeong fue al hospital tras recibir la llamada de que su padre había sufrido una hemorragia cerebral, ya era tarde: estaba en coma. El doctor, tras realizar un tac, le diagnosticó a su padre una aneurisma cerebral con rotura y recomendó una angiografía y una operación inmediata. Por eso ella firmó con prisa la carta de consentimiento para la cirugía de urgencias que le había presentado el personal del hospital y desde ese momento esperó seis horas fuera de la sala de emergencias.

«Todo va a salir bien, o, mejor dicho, aunque no salga según lo esperado, no importa», pensó. Determinó que se quedaría toda la vida al lado de su padre sin abandonarlo si vivía. Rezó implorando a un dios en el que nunca había creído, pero esa operación tardía fue inútil.

Nadie supo qué fue mal, pero su padre falleció en la sala de operaciones y el médico a cargo le manifestó sus condolencias sin mirarla a los ojos.

Cayó sobre los asientos frente a la sala de operaciones sumida en la desesperación. Fue entonces cuando alguien le pasó una botella de agua.

Jae-seong.

Seon-gyeong bebió del agua que le daba ese hombre y se sintió mejor. Más tarde, Jae-seong le contó que ese día tuvo una cirugía en otra sala y que cuando la vio al salir no pudo ignorarla.

En lugar de Seon-gyeong, que seguía conmocionada por la muerte de su padre, fue Jae-seong quien se encargó de los procedimientos del funeral. Incluso estuvo con ella en las salas fúnebres del subsuelo del hospital, donde se había instalado el altar en homenaje a su padre.

La consoló desde lo más hondo de su corazón. Seon-gyeong se culpaba a sí misma, reprochándose que su padre seguiría vivo de haberlo llevado antes al hospital o de haberle hecho caso cuando este le dijo que el dolor de cabeza le torturaba. Pero ella, por estar presa de la tristeza, ni se percató de la presencia de ese hombre.

Transcurrido un tiempo, Jae-seong llamó por teléfono a Seon-gyeong. Le dijo que la llamaba porque estaba preocupado y ella le pidió que la invitase a comer.

Ambos fueron a un restaurante especializado en curri.

Cuando les sirvieron la comida, Seon-gyeong lloró cuchara en mano. Eso desconcertó a Jae-seong, pero no olvidó ofrecerle oportunamente un pañuelo de papel.

Ella, tras calmarse, le habló del curri de su padre mientras se secaba las lágrimas. Justo entonces se acordó de que Jae-seong había estado con ella los días que duró el funeral, comiendo curri con él. Pensó que, si trabajaba en el hospital, habría visto por doquier familiares de pacientes como ella y que si no eran conocidos suyos no tendría razón para interesarse por ellos.

Así, Seon-gyeong sintió curiosidad sobre por qué Jae-seong era tan amable con ella. Pero él mismo confesó no entender por qué y se rio. Ante su sonrisa, Seon-gyeong se convenció de que ese hombre podría ser la persona que le enviaba su padre, compadeciéndose de su hija, que se había quedado sola.

De esa manera, volvió al mundo de la mano de Jae-seong y a poco menos de un año de conocerse se casaron.

Al ver a su marido, Seon-gyeong se acordó de cómo se habían conocido y decidió preparar curri para cuando la niña se despertara.

—Debo regresar al hospital.

—Claro, vete.

—No tardaré mucho.

Jae-seong le pasó el brazo por el hombro.

—Gracias.

Con esta palabra de agradecimiento, su marido se despidió de ella.

Seon-gyeong, sentada en la cocina y mirando la sala, se dio cuenta de repente de que ni siquiera se había cambiado de ropa. La entrevista con Lee Byeong-do en la cárcel le parecía un sueño. De pronto, sintió una fatiga acusada. Le entraron ganas de meterse en la bañera llena de agua caliente y echarse a dormir un rato.

Abrió cuidadosamente la puerta de su dormitorio y entró a la habitación.

La niña seguía durmiendo. Sujetaba muy fuerte el muñeco de peluche entre sus brazos, como si temiera soltarlo.

Tenía gotas de sudor en la frente. Tendría calor. Seon-gyeong sacó rápidamente del armario una manta más liviana para cubrir a la niña. Y tras asegurarse de que después de girarla volvía a caer en un sueño profundo, cogió ropa para cambiarse y salió de la habitación.

11

Mientras llenaba la bañera, se cepilló los dientes.

Frente al espejo, inconscientemente pensó en Lee Byeong-do. No podía borrar de su mente sus palabras ni su mirada. La canción que tarareó resonó en sus oídos.

Seon-gyeong terminó de lavarse los dientes y se metió en la bañera, que no estaba aún llena. El agua caliente le humedeció el cuerpo suavemente.

Creyó que la entrevista con Lee Byeong-do la ayudaría a resolver su primera duda. No obstante, era evidente que ese hombre no tenía ni la más mínima intención de colaborar con ella. Es más, parecía que su perplejidad le divertía. Lo complicado era que, si esa primera duda quedaba pendiente, tampoco las otras podrían resolverse.

«¿De qué me conocerá? ¿Por qué habrá querido hablar conmigo? Y ¿por qué motivo estará interesado en mí?», se preguntó.

Trató entonces de analizar ordenadamente su encuentro con él desde que accedió a la sala de entrevistas.

La manera de entrar y de mirarla, su risa artificial, sus ojos fríos y la canción que tarareó en voz baja.

Comprendió la atracción que debieron de sentir las víctimas hacia él.

Su expresión facial cambiaba delicadamente y eso estimulaba el instinto maternal. Era intenso cuando su mirada se cruzaba con la de otra persona, pero enseguida la desviaba mostrándose de lo más vulnerable. Actuaba como si nada le perturbara, pero al mismo tiempo se lo notaba ansioso por conocer la reacción del otro. En resumidas cuentas, era como un niño.

Resultó ser un hombre muy diferente del que se imaginó leyendo los expedientes. De no ser por el uniforme de preso, parecería una persona común y corriente en sus treinta, sensible y perspicaz. Su parte más peculiar la detectó Seon-gyeong cuando le preguntó por la canción que cantó y cuando estaban con terceros.

Cuando el carcelero se alejó, el hombre se centró exclusivamente en Seon-gyeong. Seguramente era de esos individuos que se concentran firmemente en sus objetivos. Se acordó de los comentarios de los policías, que le dijeron que en la inspección del lugar de los hechos no prestó atención alguna a su alrededor, solo se concentró en sí mismo. Pero a la vez que mostraba una increíble concentración para lo que deseaba conseguir, en otras circunstancias eran excesivos su egoísmo y su indiferencia.

Al acercarse el carcelero, el hombre fanfarroneó para no delatar sus debilidades y trató de demostrar que tenía el control de la situación, elevando innecesariamente la tensión entre ambos. El carcelero parecía estar acostumbrado a tal actitud.

El agua de la bañera que ya le cubría hasta los hombros relajó a Seon-gyeong. Automáticamente, cerró los ojos y, vaciando la mente, sumergió más el cuerpo.

Envuelta en agua caliente, se acordó de lo que había dicho Lee Byeong-do. Se llevó ambas rodillas hacia el pecho y las abrazó. Supuso que así de cómoda y caliente estuvo en el vientre de su madre, si es que sus sentidos aún recordaban su estancia allí aunque no tuviera conciencia de ello. De pronto, se acordó de esos tiempos en los que se dormía en los brazos de ella. La nostalgia la invadió. Hacía tiempo que no pensaba en su madre.

No sabía cuándo se había quedado dormida, pero en sueños sintió frío en los hombros. Debió de notar la bañera fría en la espalda y la nuca.

Alguien la mira desde la puerta del baño. Aun con los ojos cerrados puede sentirlo. Quiere verificar quién es, pero los párpados le pesan y no puede abrir los ojos.

Ha transcurrido el tiempo y el agua se ha enfriado. El agua que hacía un momento le calentaba el cuerpo ahora le está bajando la temperatura. Tiembla. La persona que está parada en la puerta del baño da lentos pasos hacia dentro. Lo oye. Se acerca poco a poco. Quiere abrir los ojos, pero no puede. Trata de sujetarse de los costados externos de la bañera, pero no puede mover las manos. Tampoco siente los pies.

La persona que ha entrado en el cuarto de baño mira a Seon-gyeong.

Acerca tanto la cara a la de ella que siente su aliento en la frente. Se aparta. Ahora, las manos. Empujan la cabeza de Seon-gyeong hacia abajo. El agua que le llegaba a los hombros sube de nivel y alcanza la altura del cuello. Seon-gyeong extiende los brazos para intentar levantarse. Pero, por mucho que los agita, no encuentra nada a lo que poder sujetarse. Se resbala. Las manos que le empujaban la cabeza desaparecen. Aun así, no puede levantarse. Le entra pánico. «¿Qué hago si me ahogo?»

De repente, la bañera le parece tan grande como una piscina. Por mucho que se agite, moviendo los brazos y extendiendo al máximo las piernas, nada puede tocar. Su cuerpo sigue hundiéndose. Está sumergida hasta la barbilla. El agua le llega ya a la boca y empieza a entrarle por la nariz. Esto la hace toser. Sin poder aguantar más, abre los ojos con mucha dificultad.

Lo que ve son cadáveres, cuerpos de mujeres con el pelo suelto flotando a su alrededor.

Todas ellas con la cara pálida y estirando los brazos en su dirección. No las oye, pero intuye que están pidiendo ayuda a gritos. Seon-gyeong también grita, pero son gritos mudos. Se revuelve para no ser alcanzada por esas mujeres. Nada agitando como una loca los brazos y dando patadas para huir de ellas. A duras penas se orienta y empieza a emerger. Sin embargo, las mujeres del agua la retienen tomándola de los tobillos. Manos frías y resbalosas tiran de ella.

Tras gritos y patadas violentas, Seon-gyeong volvió en sí. Seguía en la bañera.

Las piernas se le habían quedado paralizadas mientras dormía. El cuerpo se le había enfriado y tenía la piel de gallina. La mandíbula le temblaba sin control. Pero no sabía bien si era por las mujeres que había visto en su sueño o por el descenso de su temperatura corporal.

Se levantó de golpe. Retiró el tapón y abrió el grifo del agua caliente de la ducha. Mientras la bañera se vaciaba rápidamente, sobre su cuerpo le caía agua hirviendo. Así estuvo debajo de la ducha largo rato para entrar en calor.

Cuando terminó de ducharse, salió de la bañera y abrió el armario del baño. Sacó una toalla grande y se secó. La suave textura del algodón acarició hasta su alma petrificada debido a la pesadilla. Agachó la cabeza y se secó el pelo. Cuando se erigió, frente a ella estaba Ha-yeong.

Casi se cayó del susto. Apenas evitó la caída agarrándose del lavabo.

—¿Cuándo te has levantado? —preguntó Seon-gyeong cubriéndose deprisa con la toalla.

La niña, aún medio dormida, murmuró algo frotándose los ojos.

—¿Cómo dices?

—Baño.

Debió de levantarse porque quería orinar.

—Hay uno en la habitación en la que estabas... Bueno, no pasa nada. Salgo enseguida.

Seon-gyeong se cubrió con la toalla y salió del baño.

De su cabello aún mojado caían gotas de agua. Fue rápidamente a su habitación, pero, mientras se vestía, recordó que había dejado en el baño la ropa que había llevado para cambiarse. Mientras se secaba el pelo, la niña abrió la puerta de la habitación. Ya estaba totalmente despierta y la miraba con ojos serenos.

—¿Necesitas algo? ¿Tienes hambre?

—¿Dónde está papá?

—Volvió al hospital.

Por un segundo, la niña puso cara de decepción, pero inmediatamente la borró.

—¿Quieres dormir más? ¿O prefieres hacer otra cosa?

En ese momento, la niña se dio cuenta de que no tenía nada en las manos y corrió a la cama. Agarró su oso de peluche y salió de la habitación.

—¿Adónde vas?

Seon-gyeong la siguió y la llamó varias veces, pero la niña no contestó. En la sala la vio ponerse los zapatos.

—¿Ha-yeong?

Seon-gyeong detuvo a la niña. Sin embargo, esta esquivó violentamente su mano y la empujó. Seon-gyeong se inclinó hacia atrás. Trató de mantener el equilibrio para no caer, pero el suelo estaba resbaloso debido al agua que le había goteado minutos antes del pelo mojado. Aturdida, miró a la niña.

Ha-yeong recogió el oso del suelo y, mirando con ojos de reproche a Seon-gyeong, murmuró:

—Mi mamá murió por tu culpa.

La niña tenía una mirada amenazante y llena de resentimiento.

—¿Cómo?

Seon-gyeong sintió como si hubiera recibido un golpe en la cabeza. No comprendía por qué la niña le decía eso. Ella misma se había enterado de la muerte de la madre hacía apenas unas horas. No obstante, la niña la culpaba de lo que le había pasado a su madre. En todo caso, lo que más le hería no eran sus palabras, sino su mirada. Sintió como si algo le apuñalara el corazón. La pilló por sorpresa la hostilidad de la niña, que gruñía hacia ella como una fiera exhibiendo sus dientes filosos. Era una hostilidad arraigada ya hacía tiempo.

Ha-yeong le lanzó una mirada punzante y salió de la casa. Seon-gyeong, ante esa situación totalmente inesperada, se quedó anonadada.

«¿A qué vendrá ese reproche?», se preguntó.

También le surgió la duda sobre cómo habría muerto la madre de la niña tan joven, antes de cumplir los cuarenta años. Su marido no le había hablado de cómo murió. De todos modos, para la niña, fuera una muerte por enfermedad o por accidente, debió de ser un hecho difícil de aceptar.

Ha-yeong había sufrido la muerte de su madre. Entonces tampoco tuvo a su padre a su lado. Era natural que buscara a alguien a quien reprochárselo y echarle la culpa, y ese alguien quizá era Seon-gyeong. Sin embargo, la hostilidad que expresó no podía ser entendida simplemente como un producto del mero resentimiento o una rabieta.

Por primera vez, Seon-gyeong presintió que vivir con esa niña no sería nada sencillo.

Apoyándose en el suelo, trató de levantarse, pero le dolía la muñeca. Parecía haberse lastimado al caer. Salió al patio masajeándosela. La puerta principal estaba abierta.

Preocupada, corrió a la calle. No veía a la niña por ningún lado. La calle donde vivía era de casas individuales, por eso no pasaba mucha gente por ahí. Fue entonces hacia la avenida principal, a un extremo de la calle, y vio a la dueña de la tienda de víveres de la esquina sentada con un abanico debajo de una sombrilla.

—¿Ha visto pasar por aquí a una niña de esta estatura? —preguntó Seon-gyeong indicando vagamente con la mano la altura de Ha-yeong.

—¿Una niña? ¿Llevaba un muñeco sucio?

—Sí.

Por suerte, parecía que la dueña de la tienda había visto pasar a Ha-yeong. Esta señaló la avenida y dijo que la había visto corriendo en esa dirección. Seon-gyeong se apresuró de inmediato siguiendo su indicación.

Ahí, a un costado de la calle, estaba la niña sin saber a dónde ir. Seon-gyeong se acercó rápidamente y la tomó del brazo. Ha-yeong intentó librarse, pero esta vez no pudo. Seon-gyeong la sujetaba con mucha más firmeza.

—Vamos. Hablemos en casa.

—No. No quiero. Voy a ir a donde está mi papá.

—Regresará dentro de poco del hospital, en cuanto termine de trabajar.

—Suéltame. ¡Que me sueltes!

La niña casi chillaba.

Seon-gyeong, sin saber por qué, la soltó. Concluyó que no solo sería difícil llevarla a la fuerza, sino que tampoco esa sería la mejor manera de empezar la convivencia.

—Como quieras. Pero ¿qué dirá tu papá sobre tu comportamiento? ¿Le gustará?

La niña se puso tensa. Estaba claro que no había pensado en eso. Sin embargo, por la rabia que sentía al verse derrotada, le temblaban las mejillas.

—Si estuviste ya en el hospital, verías lo mucho que trabaja tu papá, ¿no?

La niña no respondió.

—Yo me vuelvo a casa. Tú decides si vas al hospital o regresas conmigo.

Seon-gyeong se dio la vuelta y se dirigió hacia la casa. Aunque todos y cada uno de sus nervios estaban pendientes de la niña, fingió estar tranquila y siguió su camino. Al compás de sus pasos lentos, escuchó otros que se arrastraban por detrás.

Al llegar a la entrada principal de la casa, Seon-gyeong se dio la vuelta. Frente a ella estaba Ha-yeong cabizbaja con su oso. Entonces abrió la puerta y se hizo a un lado. La niña, tras unos segundos de vacilación, cruzó el umbral procurando no rozar siquiera un trozo de tela de la ropa de Seon-gyeong.

Mientras observaba a la niña adentrarse en el patio, Seon-gyeong suspiró. Y al entrar en la casa detrás de ella, deseó fervientemente no tener que arrepentirse de su decisión de vivir con su hijastra.

SEGUNDA PARTE

12

El marido de Seon-gyeong regresó a casa más tarde de lo esperado, encima oliendo a alcohol.

—¿Has bebido?

Sin siquiera saludar, preguntó por su hija:

—¿Y Ha-yeong dónde está?

—Está en la habitación del segundo piso.

Después del incidente de la tarde, Seon-gyeong limpió la habitación y compró en una tienda de muebles del barrio una cama y un escritorio para acomodar a la niña en ese cuarto.

—¿Comió?

Seon-gyeong meneó la cabeza para negar. No quería contarle que su plan de preparar curri y cenar con la niña se había estropeado. La niña dijo que no le gustaba el curri y ni levantó los cubiertos. Al final, subió a su habitación y Seon-gyeong comió sola.

Cuando su marido estaba a punto de subir a ver a su hija, ella lo detuvo.

—¿Podemos hablar un momento?

—Primero voy a ver cómo está.

Su esposo fue al segundo piso. Se oyó el sonido de la puerta y él llamando a su hija. Escuchándolo de lejos, Seon-gyeong tuvo sentimientos muy extraños.

Al rato regresó su marido a su dormitorio. Seon-gyeong, que acababa de lavarse la cara y estaba sentada frente al tocador, se dio la vuelta.

—¿Qué está haciendo? —preguntó ella.

—¿Qué te ha pasado en el brazo?

Su marido, en vez de responderle, le preguntó por el apósito que tenía en el brazo.

Seon-gyeong no podía contarle todo lo ocurrido durante la tarde. Por eso, frotándose la muñeca, le restó importancia.

—No es nada. Simplemente me apoyé mal sobre esta mano.

—¿No crees que te has pasado peleándote con la niña en su primer día en esta casa?

Seon-gyeong no podía creer lo que estaba escuchando. Se quedó boquiabierta mientras notaba que su marido estaba disgustado, a diferencia de hacía unos minutos. Era evidente que algo le había dicho su hija y estaba malentendiendo las cosas.

—¿Qué te ha dicho?

—Tiene los brazos hinchados. ¿Por qué os habéis peleado?

Seon-gyeong se indignó ante la actitud de su marido, que se precipitaba a sacar sus propias conclusiones sin siquiera preguntarle sobre lo sucedido.

—¡Qué dices! ¿Cómo me voy a pelear con ella? ¿Crees que yo también soy una niña? —Él no dijo nada—. Se levantó y salió sola de la casa obstinada con ir a buscarte. Yo lo único que hice fue traerla de vuelta. Eso es todo.

—Pero me ha dicho...

El marido de Seon-gyeong tenía algo más que decir, pero se calló. Era de suponer que la niña le había contado otra versión de la historia.

—¿Qué te ha dicho?

—No. Mejor dejémoslo así.

—¿Cómo? Dime. ¿Qué te ha dicho tu hija? Me estás haciendo quedar muy mal.

—Mi amor, sabes que ha vivido una dura experiencia. ¿No podrías entenderla mejor y ser más generosa con ella? ¿No te parece comprensible que quisiera ir a buscarme al ver que ya no estaba a su lado después de dormir unas horas?

El hombre hablaba sin filtrar sus palabras. Y era la primera vez que alzaba la voz.

—Si me estaba buscando, haberme llamado.

—No hubo tiempo para eso. Salió corriendo de la casa. ¿Qué podía hacer? ¿No deberías haber escuchado lo que yo tengo que decir antes de enojarte de esa manera? Encima me vienes con reproches mientras que tú regresas a casa bebido. ¿Y dices estar preocupado por tu hija?

—Está bien. Lo he hecho mal, así que no hablemos más de esto.

Seon-gyeong tampoco dijo nada más porque sabía que, si seguían, solo se lastimarían mutuamente. Tenía muchas preguntas que hacerle su marido, pero prefirió no hacerlas en ese estado de ánimo. Se peinó furiosa frente al espejo y se levantó.

—¿Adónde vas?

Seon-gyeong ignoró a su marido, que trataba de hablar con ella, y salió de la habitación.

En el estudio tampoco pudo tranquilizarse. No era la primera vez que discutía con él. Sin embargo, sí era la primera vez que, disgustada, evitaba estar con él en un mismo espacio. Siempre terminaban haciendo las paces en el lugar donde habían empezado la pelea.

Después de casarse, la pareja solo se veía en la cena, porque ambos tenían mucho trabajo. Por eso, trataban de hacer que ese breve momento juntos fuera lo más agradable posible, tomando cada uno las consideraciones que pudiera hacia el otro. Discutían por detalles, cosas triviales, como la forma de separar los calcetines y la ropa interior antes de meterlos en la lavadora o la regla tácita de llamar al otro si uno tenía planes de cenar fuera. Pero nunca se habían enojado tanto.

Seon-gyeong, aunque entendía su posición como padre, no podía aceptar la conducta de su marido, que la recriminaba unilateralmente sin siquiera escucharla.

Debido a que estaba emocionalmente intranquila, no podía ni leer. No podía captar el mensaje aun leyendo una y otra vez la misma frase. Por eso, se resignó y dejó a un lado el libro.

Sacó entonces de su maletín su grabadora y su libreta.

Pensó que le vendría mejor escuchar la grabación de la entrevista con Lee Byeong-do. Se puso los auriculares y apretó el botón de reproducción. Gracias a la buena calidad de la grabación se oían desde los pasos de aquel hombre entrando en la sala de entrevistas hasta el sonido de las esposas.

Se oyó el tarareo de una melodía. La canción que ese hombre cantó frente a ella. Seon-gyeong subió el volumen al máximo.

De pronto tuvo curiosidad por si esa canción pudiera tener una doble connotación y le envió un correo electrónico al profesor Klein. Estaba segura de que él, al tratarse de un tema de los Beatles, se alegraría y le daría una larga explicación al respecto. Si no se prestaba atención a la letra, era una canción con una melodía fácil de seguir para cualquiera. Si mal no recordaba, como otros tantos éxitos de los Beatles, esa canción también era muy dulce.

Sin embargo, interpretada por Lee Byeong-do, la canción sonaba lúgubre y deprimente, sin esa chispa característica de los Beatles. Eso se debió probablemente a que la cantó mucho más lentamente, pero también a lo que dijo después:

—Todas las mujeres a las que les canté esa canción... murieron en mis manos.

Cuando se produjo el caso del asesino en serie Yoo Yeong-cheol, también hubo una música que suscitó interés.

Ese homicida dijo que, cada vez que recogía el cadáver de sus víctimas en el baño, ponía de música de fondo el tema principal de la película *1492: La conquista del paraíso.* Hasta la fecha nadie sabía si esa música le inspiraba o si simplemente la escuchaba porque le gustaba.

Para Lee Byeong-do, ¿qué significado tendría esa canción de los Beatles?

Seon-gyeong cantó en voz baja el estribillo de la canción. Se acordó entonces de cómo la miró aquel hombre en la sala. Era una mirada que penetraba más allá del rostro, hasta el alma.

En ese momento, alguien la abrazó desde atrás y ella, del susto, casi gritó.

Espantada, se apartó y miró hacia esa persona. Era su marido, que estaba ahí de pie con cara de arrepentido. Se quitó los auriculares y apagó la grabadora.

—Me has asustado.

—Lo siento. No lo sabía.

—¿Qué no sabías?

Su voz todavía sonaba enojada. No quería perdonarle tan fácilmente.

Él le cogió las manos y, acariciándolas, dijo con voz suave:

—Estás furiosa, ¿no? He sido un imprudente. En mi defensa diré que en todo el día no he dejado de pensar en Ha-yeong y al verla llorar nada más entrar en su cuarto creo que perdí la cordura. Aun sabiendo qué clase de persona eres...

El marido de Seon-gyeong le acariciaba las mejillas.

—No sabes cuánto te lo agradezco. De veras. Gracias.

Ante las sinceras palabras de su esposo, Seon-gyeong se sintió mejor, aunque no lo tenía todo claro. Entonces se sentaron frente a frente agarrados de las manos.

—Quiero preguntarte algo.

—Dime.

—Hoy Ha-yeong me ha dicho... Me ha dicho que su madre murió por mi culpa.

De súbito, su marido se puso pálido. Al notar que sus pupilas temblaban, Seon-gyeong empezó a perder valor y se cuestionó si no estaría cometiendo un error al seguir preguntándole sobre ese tema. Pero tampoco podía guardárselo para siempre. Por eso, continuó:

—Acaso... ¿pasó algo para que la niña tenga esas ideas?

Su marido le soltó las manos y se frotó la cara. Para él, la situación era claramente insufrible.

—Por mí no te preocupes. Cuéntame lo que pasó.

Seon-gyeong lo convenció y este empezó a hablar.

—Poco después de volver de nuestra luna de miel, me llamaron para decirme que mi hija había sufrido una lesión. Yo no contesté a la llamada, por eso cuando vi el recado corrí como un loco a ver a la niña. Pero, para decir que había sufrido una lesión, las heridas que tenía eran tan solo unos raspones en el codo y la rodilla. Se habría caído en algún lado. Me enojé muchísimo y regañé a mi ex. Le dije que nunca más me llamara por cosas así, que yo ya estaba casado con otra mujer y que estaba harto de que pusiera como pretexto a la niña. Así que salí de su casa gritándole que jamás volvería.

Era la primera vez que Seon-gyeong escuchaba algo así de su esposo. La versión que ella sabía era que su marido no mantenía contacto con su exmujer y que esta no le dejaba ver siquiera a su hija. Sin embargo, por lo que contaba, parecía que la mujer solía mentir sobre el estado de la niña para verlo. Y si esa era la situación, Seon-gyeong no tenía por qué ser señalada como la culpable de su muerte.

—Entonces ¿por qué Ha-yeong dice que su madre murió por mi culpa?

El marido de Seon-gyeong se quedó callado sin poder mirarla de frente. Ella le tiró del brazo para apremiarlo a que contestara.

—Por algo la niña dirá eso, ¿no?

—Una noche, la madre de Ha-yeong se tomó unas pastillas. Empujó a la niña por las escaleras de la casa y se fracturó una pierna; después me llamó. Yo le dije que no iba a ir. Entonces se metió en su cuarto y...

Seon-gyeong podía imaginarse cómo terminaba esa frase aun sin escucharla.

La mujer, incluso tras el divorcio, se aferró emocionalmente al marido de Seon-gyeong. Y sin poder renunciar a él utilizó a su hija para retenerlo. Sin embargo, el hombre se casó con otra. Entonces asumió la realidad de que estaban divorciados, pero no el hecho de que su esposo la hubiera dejado. Y debió de tomarse las pastillas impulsivamente, desesperada al darse cuenta de que lo de poner como pretexto a su hija ya no le funcionaba.

—No sé qué pasó entre Ha-yeong y su madre esa noche, pero, a partir de ese día, mi hija rechazó verme. Debió de escuchar cosas terribles de boca de su madre.

Una hija se contagia de todo el sufrimiento y la desesperación de su madre. Y por mucho que la hubiera empujado y le hubiese roto la pierna, veía la situación desde la perspectiva de su madre, a quien consideraba más débil. Entonces, para Ha-yeong, la persona objeto de su odio era quien les había arrebatado a ella su padre y a su madre, el marido de esta.

—Comprendo.

Seon-gyeong se sintió exhausta. La relación madrastra-hijastra era de por sí difícil aun sin tener prejuicios. Pero Ha-yeong estaba llena de resentimiento y odio hacia ella. La situación no sería fácil de superar aunque se esforzara.

Su esposo la miró y Seon-gyeong sonrió para ocultar la

ansiedad y el miedo que crecían dentro de ella; para tranquilizarlo, dijo:

—No te preocupes. Viviendo juntos, podremos superar los malentendidos y lograr que me acepte.

—Gracias, mi amor.

—Pero prométeme una cosa.

Él la miró con ojos inquisitivos.

—Que pase lo que pase confiarás en mí.

Su marido asintió con la cabeza y la abrazó. Seon-gyeong tenía mucho que decir guardado en su interior, pero decidió ir con calma. Jae-seong le susurró en el oído:

—¿Tienes mucho lío?

Seon-gyeong sacudió suavemente la cabeza y de la mano de su esposo se levantó. Puso los archivos sobre la entrevista en la prisión y la grabadora en el cajón y apagó la luz del despacho.

Cuando estaba a punto de entrar en el dormitorio, oyeron gritos en el segundo piso.

Jae-seong le soltó la mano y subió corriendo. Seon-gyeong lo siguió. Se preguntaba qué podría haber ocurrido.

Ha-yeong estaba llorando sentada en la cama. Cuando vio a su padre, se abrazó fuerte a su cuello. El esposo de Seon-gyeong también la abrazó y le frotó la espalda.

—¿Qué te pasa? ¿Has tenido una pesadilla?

—Papá, tengo miedo. No te vayas. No te vayas.

—Está bien. No me voy a ir a ningún lado. No te preocupes y duerme.

Con las caricias de su padre, la niña se calmó. Seon-gyeong cruzó miradas con su marido. Podía percibir cuán incómodo se encontraba. Entonces suspiró y forzó una sonrisa.

—Yo mejor bajo. Ven cuando se duerma.

—Vale.

Seon-gyeong sintió cierto vacío al salir de la habitación de la niña.

Cuando estaba a punto de bajar por las escaleras, oyó los murmullos de su marido y la niña. A esta se le iba a quitar completamente el sueño. Tuvo curiosidad por su conversación, pero no quiso entrometerse mientras padre e hija compartían un momento agradable por primera vez en mucho tiempo. Bajó al primer piso en silencio.

No tenía ganas ni de leer. Por eso fue directamente al dormitorio. Dejó encendida una lamparita y se acostó. No pudo conciliar el sueño por estar prestando atención a todo el ruido, preguntándose cuándo entraría su marido a la habitación. No obstante, no llegó a oír sus pasos acercarse al dormitorio y se quedó dormida. Cuando se despertó, ya había amanecido.

La otra mitad de la cama estaba vacía.

Desconocía de qué habían hablado su marido y Ha-yeong, pero por la mañana notó a la niña mucho menos agresiva. Como desayuno, pensaba servir el curri que había preparado la noche anterior. A la niña le dio solo arroz en un bol pequeño.

Ha-yeong, sin moverse ni levantar los cubiertos, miraba fijamente el arroz.

—¿Qué? ¿Es mucho?

—Yo... Yo también quiero comer curri.

Lo dijo con una voz apenas audible. Seon-gyeong miró a su esposo y él le guiñó un ojo. Seguramente le había comentado a la niña la anécdota del curri.

Seon-gyeong retiró entonces el arroz para sustituir el bol por un plato más ancho y menos hondo y servir encima el curri. Colocó el plato frente a la niña, que empezó a comer con cuidado. La escena le causó una sensación extraña.

—¿Qué tal? Está rico, ¿no?

A la pregunta de su padre, la niña asintió esquivando con vergüenza la mirada de Seon-gyeong.

—Le pregunté sobre el curri y me dijo que nunca lo había probado.

Seon-gyeong comprendió la vacilación que había mostrado la niña cuando la noche anterior se lo sirvió. Y se sintió apenada por haberla malinterpretado. Por otro lado, consideró extraño que nunca hubiera probado el curri. ¿Qué clase de comida le habría dado su madre?

Al parecer, al marido de Seon-gyeong, la experiencia de compartir el desayuno alrededor de una misma mesa, una experiencia tan cotidiana, le conmovía. Cada dos por tres miraba con la boca abierta a su hija, y cuando Seon-gyeong lo pillaba, desviaba la vista. Incluso colocaba otros platos de comida que había sobre la mesa cerca de la niña, urgiéndola para que comiera más.

—Prueba esto. Tienes que comer verduras para estar más sana.

Cuanto más insistía, más incómoda se sentía la niña; pero parecía que el hombre no se daba cuenta.

—No seas tan insistente. Déjala comer a su ritmo y mejor prepárate para ir al trabajo, que se te hace tarde.

—¿Te he incomodado? —le preguntó a su hija.

La niña, aun negando con la cabeza, tenía los ojos clavados en el plato, concentrada en comer.

—¿Ves que está diciendo que no la he incomodado? Cómo exageras las cosas...

De repente estaba actuando como un niño y Seon-gyeong no hizo más comentarios, porque, de continuar, sabía que quedaría como una quisquillosa. Su marido, que estaba en todo momento pendiente de su hija, miró la hora y se levantó inmediatamente.

—Ha-yeong, puedo irme sin preocuparme, ¿no?

La niña movió la cabeza de arriba abajo para responder afirmativamente, eso sí, con cierta indecisión, a la pregunta de su padre.

—Ahora debemos cambiarla a una escuela cercana a casa y tendrás que ocuparte de muchos otros detalles. Te pido por favor que te encargues de ello.

—Está bien. Vete ya.

Después de despedirse de su marido, Seon-gyeong volvió a la cocina. La niña, por su lado, se levantó para recoger y limpiar su plato.

—Déjalo, que yo lo hago después de terminar de comer.

Entonces Ha-yeong volvió a sentarse para acompañarla en la mesa. El silencio llenó el ambiente y lo único que se escuchaba era el sonido de los cubiertos rozando los platos. Seon-gyeong, mientras comía, se percató de que la niña la observaba.

—¿Por qué me miras así?

—Papá me lo ha contado.

—¿El qué?

—Que tú tampoco tienes mamá.

La madre de Seon-gyeong había muerto hacía ya veinte años. No obstante, ella nunca había pensado que no tuviera madre.

—Ahora no la tengo a mi lado, pero eso no quiere decir que no tenga madre.

—¿Cómo murió tu mamá?

—En un accidente de tráfico.

—¿También la ves en tus sueños?

Parecía que la niña sí veía a su madre en sueños. Seon-gyeong de pronto sintió envidia. En su caso, nunca, ni siquiera en sueños, había visto a su madre tras su fallecimiento. Rezaba para que se le apareciera al menos una vez, pero su deseo nunca se cumplía.

—Tú sí ves a tu mamá en sueños, ¿verdad?

—Sí, por eso tengo miedo.

La niña tembló como si realmente algo la aterrara. Seon-gyeong se sorprendió al notar la expresión en su cara y se acordó de lo que le había contado su marido la noche anterior: que la madre de la niña la empujó por las escaleras el día en que se suicidó.

A Seon-gyeong le entró curiosidad por saber qué clase de persona había sido la madre de Ha-yeong. ¿Cómo se habría quitado la vida después de lastimar a su propia hija de tal modo, por muy desesperada que estuviera?

—¿Te da miedo tu mamá? —le preguntó a la niña, con cautela.

Ha-yeong se calló y la miró con frialdad y una dura expresión en el rostro, igual que el día anterior.

—No quiero hablar de mamá.

—Ah, lo siento. Olvida lo que te he preguntado.

Sin apartar la vista de la chiquilla, Seon-gyeong se quedó pensativa.

Por cómo se había comportado con ella el día anterior, creyó que la niña extrañaba profundamente a su madre. Pero ahora estaba diciendo que le daba miedo. Encima se calló cuando le preguntó por ella, aun habiendo sido la pequeña quien había sacado el tema. Era evidente su confusión.

La chiquilla odiaba y extrañaba al mismo tiempo a su madre.

Seon-gyeong se podía imaginar la actitud de la madre de Ha-yeong hacia la niña. Si solía poner como pretexto a su hija para presionar a su exmarido para que volviera aun después del divorcio, era posible imaginar que debió de padecer una severa inestabilidad psicológica. Y con una madre así la pequeña debió de vivir constantemente angustiada y desconfiada. La convivencia con una madre que era como una bomba de relojería debió de ser insoportable.

—Pero no pasa nada, son solo sueños. Porque... está muerta.

Ha-yeong tenía la mirada desolada. Una mirada demasiado apática para una niña. Seon-gyeong sintió escalofríos en la nuca.

¿Cuánto habría fastidiado esa madre a su hija para que esta dijera lo que dijo? Aunque apenas llevaba un día con la chiquilla, Seon-gyeong podía sospechar cuán difíciles debieron de ser aquellos tiempos para Ha-yeong. Lo que necesitaba la niña, por ende, era superar esa experiencia y recuperar la estabilidad; librarse del recuerdo de aquellos tiempos dolorosos y también del odio hacia su madre iniciando una nueva vida al lado de su padre.

—A ver, ¿qué quieres hacer hoy? ¿Qué tal si vamos de compras?

Seon-gyeong alzó el tono de voz para sonar más alegre y levantarle el ánimo a su hijastra. Esta, al escuchar su sugerencia, se rio por primera vez delante de ella. La expresión de su cara ya no era de apatía y frialdad, sino la típica de una niña.

13

Antes de la segunda entrevista con Lee Byeong-do, recibió una llamada del presidente Han de la Sociedad de Psicología Criminal. Seon-gyeong pensó en llamarlo ella primero después de finalizar la primera entrevista, pero se olvidó de hacerlo por todo lo que había ocurrido en casa con Ha-yeong.

Han le preguntó cómo le había ido en la entrevista y ella le contó que terminó mucho antes del tiempo fijado y le habló de la conducta de aquel hombre. El presidente le aconsejó no dejarse llevar por ese asesino, enfatizando que cualquiera podía protagonizar un tenso tira y afloja con los criminales en la primera entrevista. A la pregunta de si hubo otros inconvenientes, Seon-gyeong le habló del descontento del personal de seguridad de la prisión respecto a su intención de entrevistar a Lee Byeong-do.

Entonces el presidente Han le dijo que no titubeara en pedirle lo que necesitara, que él se encargaría de solicitar más colaboración a la Fiscalía y la Policía a través del Comité Asesor.

Tras hablar con él, Seon-gyeong se dio cuenta una vez más de que la entrevista suscitaba un enorme interés entre muchísima gente, pues podía presentir que tanto Han como la policía esperaban que ella les diera alguna pista sobre ese asesino para cerrar un caso sin resolver. Y ya anticipaba el aluvión de preguntas que le lanzarían tras cada encuentro con Lee Byeong-do. Al pensar en todo eso, le empezó a doler la cabeza.

Durante su segundo viaje a la cárcel, tres días después de la primera entrevista, Seon-gyeong se sintió inquieta.

Quizá porque la ansiedad se le notaba en el rostro, Lee Byeong-do fue más cooperativo. Seon-gyeong, como queriendo terminar una tarea pendiente, sacó el cuestionario redactado por la Sociedad de Psicología Criminal. Sin embargo, el hombre no movió ni un dedo. Solo la contemplaba. Recordando lo que le había dicho el presidente Han, que si le seguía el ritmo no sería fácil continuar con la entrevista, Seon-gyeong decidió ir directamente al grano.

—¿Pretende continuar con esta agotadora batalla mental?

Seon-gyeong se tocó con una mano la frente y reveló sin ocultarlos su desagrado y su descontento. Lee Byeong-do, sin decir nada, estiró un brazo y abrió la palma de la mano.

Seon-gyeong lo miró en silencio.

—¿No se lo dije? Que trajera una manzana grande y jugosa. ¿No cree que eso es lo mínimo que puedo pedir a cambio de contarle mi historia?

Hablaba en serio. Seon-gyeong le mostró la manzana que por si acaso había comprado en el mercado antes de llegar a la cárcel. Se la entregó y él la recibió con ambas manos esposadas.

El hombre levantó la manzana para disfrutarla un momento con la vista. La apreciaba como un sumiller que analiza el color del vino alzando la copa hacia la luz. Como pidió, era una manzana tan grande que apenas cabía en una mano.

—Es una fuji de la temporada anterior. Claro, todavía no es época de cosecha.

El hombre mordió la manzana sin titubear. Como si llevara mucho tiempo sin comer una, cerró los ojos y masticó lentamente saboreando plenamente la pulpa. Echó la cabeza hacia atrás para disfrutar de la fruta cuando, de repente, empezó a devorarla a grandes mordiscos. Como una persona hambrienta desde hace mucho tiempo, se la comió en un abrir y cerrar de ojos. El jugo de la manzana le chorreaba por la mano, pero se había comido hasta la cáscara y las pepitas. También tenía la boca empapada. En ese momento, Seon-gyeong recordó lo que le dijeron los policías.

Concentración. El hombre concentraba todos sus sentidos hasta para comerse una manzana. Por un instante, Seon-gyeong vio la actitud que él habría tenido al matar. Lee Byeong-do se rio satisfecho.

—Su elección de la manzana deja entrever qué clase de persona es.

Tenía los ojos traviesos cuando con la manga se limpió la boca, sin dejar de mirar a Seon-gyeong. Tal y como comentó el director de seguridad de la cárcel, ese hombre estaba divirtiéndose y el ambiente de la entrevista podría favorecerlo si Seon-gyeong seguía reaccionando a sus comentarios.

Ella titubeó y el hombre continuó.

—¿Sabe una cosa? Las manzanas, cuanto más grandes, más sosas. Son más ricas las que tienen un tamaño moderado.

—La próxima vez le traigo una más pequeña.

—No. A mí me gustan las grandes. Solo comía manzanas grandes.

El hombre tenía la mirada perdida en algún punto detrás de los hombros de Seon-gyeong. Todo parecía indicar que la manzana no era para él una mera fruta. Su cara delataba que trataba de rescatar un recuerdo lejano de una manzana, más que la satisfacción de haberse comido una grande y jugosa.

Seon-gyeong le pasó enseguida el cuestionario. De buen humor gracias a la manzana, Lee Byeong-do contestó a las preguntas con calma.

El cuestionario abarcaba preguntas para recopilar datos que son básicos para las estadísticas y que cualquiera podría responder sin mucho pensar, como edad, lugar de nacimiento, nivel académico, profesión, domicilio y edad de comisión del primer crimen. Eran datos generales, pero no por eso menos importantes, ya que a partir de ellos debía iniciar la entrevista.

—En la sesión anterior, hablamos del primer recuerdo de nuestra vida, ¿no?

—Zapatos rojos.

Lee Byeong-do se acordó de la respuesta de Seon-gyeong sobre el primer recuerdo de su vida.

—Sí. Me los compró mi madre. Entonces ¿qué le parece si empezamos hablando de la suya?

—¿Le gustaban esos zapatos rojos?

—Supongo que sí. De lo contrario, ya los habría olvidado, ¿no cree?

—Es posible que se acuerde todavía de ellos porque odiase que su madre le comprara zapatos de un color que no le gustaba.

Seon-gyeong miró detenidamente a aquel hombre para descifrar la intención detrás de tal comentario.

—Obviamente tengo recuerdos buenos y malos de mi madre. Sin embargo, y afortunadamente, tengo más recuerdos buenos que malos. ¿Y usted? ¿Qué recuerdos tiene de su madre?

La cara de Lee Byeong-do, que hacía un segundo parecía que se iba a poner a cantar, se nubló por un momento. Pero enseguida dibujó una sonrisa en los labios y empezó a hablar.

—Madre... Hacía mil años que no escuchaba esa palabra. En realidad, no me acuerdo bien de ella. No la veo desde que se fue de casa cuando yo tenía diecisiete o dieciocho años.

—¿Lo abandonó? —Él no contestó—. ¿Se acuerda de por qué lo abandonó?

—¿Por qué? Ah... el motivo por el que se fue de casa. Bueno, nunca me planteé cuáles habían sido sus razones para abandonarme.

Mientras que el hombre tanteaba su memoria, Seon-gyeong esperó en silencio a que hablara.

—Tal vez mi madre se marchó por la gata. Esa gata callejera que rondaba mi casa. Una gata negra con los ojos amarillos. Mi madre la mimaba mucho. Incluso le compraba latas de pescado en conserva y las guardaba para dárselas. Cuando mi madre se fue de casa, la gata también dejó de venir. Sabría que ella ya no estaba.

—¿Qué conexión existe entre el hecho de que su madre se marchase y esa gata?

—Pues... que la gata dejó de venir a casa.

Lo que decía no tenía ni pies ni cabeza. Implicaba que su madre, a quien le gustaba mucho la gata, se había ido de casa por culpa de ese animal. ¿Por qué diría algo tan ilógico? Sin embargo, Seon-gyeong detectó un punto interesante observándolo minuciosamente.

Cada vez que pronunciaba la palabra «gata», entrecerraba los ojos. Podía asegurar que esa palabra estimulaba más su memoria que la palabra «madre». Más allá de la correlación entre las dos, era evidente que él no quería hablar de su madre ni de su abandono.

—¿Tiene otros recuerdos de su madre?

El hombre levantó la cabeza y, tras mirarla un instante, esquivó sus ojos. Frunció el ceño mientras revolvía entre los recuerdos de su memoria y, vacilante, se mordió los labios y empezó a hablar.

—Ha pasado mucho tiempo y no me acuerdo bien, aunque sí tengo algunos recuerdos fragmentados. Por ejemplo, de cuando me resbalé en la bañera y me estaba ahogando, y ella me sacó del agua para luego salvarme con la reanimación cardiopulmonar; o cuando estaba de buen humor y me cantaba. Cantaba muy bien. Cantaba una canción que con solo escucharla se me cerraban los ojos y me quedaba dormido.

De pronto, Seon-gyeong se acordó de la canción de la primera entrevista.

El recuerdo más antiguo de su vida.

No podía ser otro que el recuerdo de la canción que le cantaba su madre. Seon-gyeong sintió que una luz empezaba a iluminar la completa oscuridad en la que se encontraba y decidió seguirla.

—¿Es la canción que me cantó la vez pasada?

Sobrecogido, Lee Byeong-do asintió mirando fijamente a Seon-gyeong.

—No me acuerdo de su cara, pero sí de esa canción. A veces resuena en mi mente.

No podía ser que no recordara la cara de su madre si esta se fue de casa cuando él tenía diecisiete años.

Estaba mintiendo. No había necesidad de hacerlo, pero estaba mintiendo en lo de no recordar su cara. No recordaba cómo era físicamente su madre, pero sí el color del pelaje y de los ojos de la gata que solía cuidar de vez en cuando.

O quizá no estaba mintiendo. Podría ser que realmente no se acordara de su cara. En ese caso, ¿por qué su cerebro estaba intentado borrarla? El hecho de que su memoria estuviera distorsionada significaba que ahí estaba la clave.

Seon-gyeong escribió algunas palabras («madre», «canción», «irse de casa» y «gata») y le preguntó de nuevo:

—¿No la echa de menos? ¿Nunca la ha buscado?

—No la echo de menos y no quiero buscarla.

Seon-gyeong lo miró inquisitivamente.

—Y ella igual. Nunca me ha buscado ni me ha echado de

menos —murmuró mientras miraba a la nada, como si tuviera a su madre delante; sonreía con los ojos y la boca, pero en realidad estaba camuflando su ira; la goma de la máscara estaba a punto de romperse y parecía que en cualquier momento iba a caerse, pero en realidad ya estaba rota por un lado y empezaba a revelar su verdadera cara.

—«Eres un malparido. No deberías haber nacido. Estás maldito...» Mi madre me decía estas cosas desde que era apenas un bebé. Usted nunca ha escuchado ese tipo de insultos, ¿verdad?

El hombre preguntó con toda la seriedad del mundo a Seon-gyeong. Ella sacudió la cabeza para negar, mirándolo directamente a los ojos.

—Yo crecí así, entre maldiciones. Para mi madre, yo era... ¿Qué piensa? ¿Soy tan terrible?

—Lo que yo piense no es importante.

—No, para mí sí lo es, ¡y mucho!

—¿Por qué? ¿Qué le importa mi opinión?

—Porque... porque usted me podría cambiar.

Sus palabras impregnaron a Seon-gyeong de una profunda tristeza, como tinta que cala en el algodón. Extrañamente, sus mentiras no sonaban como tales y, aunque era prácticamente un desconocido, escuchando su voz y mirándolo a los ojos un largo rato tuvo la sensación de que lo conocía de hacía mucho tiempo.

—¿Quiere que le hable sobre mi madre? ¿Sobre mi infancia?

Seon-gyeong dejó el bolígrafo y cerró su libreta de notas. Quería concentrarse en su voz temblorosa y en la historia que tenía que contar. Todo le pareció muy extraño. Se dio cuenta de que estaba centrada en el alma de ese hombre.

—Mi infancia fue...

Hizo una pausa y mantuvo la cabeza gacha un buen rato.

Parecía reflexionar sobre algo. De repente, con ambas manos casi inmovilizadas, se levantó la chaqueta del uniforme de preso. Tenía el cuerpo lleno de heridas cicatrizadas ya hacía mucho y que, por ende, eran unas marcas difusas.

—Esto es mi infancia.

Si su madre lo abandonó cuando él tenía diecisiete años, eso había ocurrido más de una década y media atrás. Sin embargo, a pesar del tiempo, las cicatrices de las crueldades que su madre cometió estaban grabadas, indelebles, en su piel. Las mismas cicatrices existirían también en su memoria. O lo que era peor, las heridas en su alma debieron de dejar cicatrices aún más profundas que las pruebas de violencia en su cuerpo.

Seon-gyeong se dio cuenta fácilmente de que los recuerdos de su madre a los que había aludido ese hombre minutos antes no eran recuerdos gratos, ya que, antes de aquellos momentos felices y hermosos compartidos con su madre, se acordó del día en el que casi se ahogó. Así, empezó a entender cómo una canción que le solía cantar su madre se convirtió en la banda sonora de sus crímenes.

También comprendió la razón por la que súbitamente concentraba toda su atención en él. El hombre estaba mostrando su alma desnuda y su franqueza la conmovió.

Seon-gyeong se quedó contemplando su rostro sin poder decir nada. Podía captar lo que pensaba gracias a su expresión facial, que cambiaba constantemente. De repente, un profundo dolor se vislumbró en su cara.

—¡Joder! No quiero hablar de toda esa mierda. No quiero recordar nada de esa mujer.

Lee Byeong-do golpeó varias veces la mesa con las manos esposadas. Se retorció y se cubrió la cabeza con las manos. El carcelero, que estaba sentado al lado de la puerta, se levantó. Seon-gyeong alzó la mano para advertirle que no se acercara.

El hombre necesitaba tiempo para exteriorizar sus emociones. Esa conducta cruda, no calculada previamente ni parte de la batalla mental con Seon-gyeong, proporcionaba mucha información sobre él.

—Para tratarme así, mejor que me hubiera estrangulado o abandonado cuando era un bebé. ¿Por qué diablos me torturó de ese modo? ¿Por qué? Mi madre... no debió haberme parido.

El hombre murmuró con voz temblorosa. Agitó la cabeza desesperadamente y se cubrió la cara con las manos. Por fin, se quedó inmóvil con la cabeza gacha. Parecía que no quería que lo viera con los ojos enrojecidos.

Era de suponer que había sido desde su nacimiento un ser no bienvenido a este mundo, ni siquiera por su progenitora. Creció con una madre que lo maldecía y lo maltrataba. Sus gritos de pena por no tener ni un recuerdo bueno, y el hecho de que todo lo que rememoraba fueran situaciones terribles que desearía borrar de su mente, conmocionaron a Seon-gyeong. Aunque resulte inexplicable, su madre lo sobrecargó con sus problemas y grabó su ira y su sufrimiento sobre la piel de su propio hijo. Si hubiera tenido al menos otro familiar a su lado, su vida habría sido un poco diferente.

—¿Por qué mi madre me habrá tratado de ese modo?

Seon-gyeong esperó un largo rato a que el hombre continuara. No obstante, este no se movió y siguió cubriéndose la cabeza con los brazos. El silencio se prolongó.

—¿Señor?

El hombre no se movió. Tal vez estaba furioso con Seon-gyeong, que le había hecho reabrir sus heridas y rememorarlas.

Tras un buen rato sin abrir la boca, Lee Byeong-do levantó la cabeza.

—¿Cuál es el plazo de prescripción de los asesinatos?

La pregunta, al ser totalmente imprevista, fue motivo de

desconcierto. Pero más se turbó Seon-gyeong al ver su cara absolutamente pacífica. No era lo que esperaba, ya que se había imaginado unos ojos rojos de exaltación. Incluso su voz sonaba serena. Sus transiciones emocionales eran como chubascos durante la temporada monzónica. Ya no era posible encontrar ni una pizca del nerviosismo de un momento atrás y en sus labios se dibujaba de nuevo una sonrisa silente. Se volvió a poner la máscara. Sintiéndose un tanto derrotada, Seon-gyeong suspiró.

—Los asesinatos ya no prescriben.

—Ya veo... Supongamos que...

El hombre no terminó la frase. Se fijó rápidamente en el carcelero, bajó la voz y se tapó la boca con las manos. Hablaba tan bajo que Seon-gyeong tuvo que inclinarse hacia delante.

—Supongamos que yo hubiera matado a mi madre. ¿Me condenarán a pena de muerte o a cadena perpetua?

Seon-gyeong lo miró pasmada. Se esmeró en interpretar la intención de sus palabras. El hombre lanzó una sonrisa cínica. Se levantó, fue adonde el carcelero y le gritó que deseaba regresar a su celda.

Seon-gyeong no consiguió ni ponerse de pie ni detenerlo.

Ante la palabra «madre», aquel hombre le mostró su cuerpo lleno de cicatrices. Describió su infancia como un infierno. Dijo que su madre lo había abandonado cuando él tenía diecisiete años, pero podía intuir que eso no era verdad. ¿No sería que la mató entonces?

De ser así, su primer asesinato dataría de mucho antes de lo que se creía.

Lee Byeong-do no hizo comentario alguno al salir de la sala. Ella tampoco lo miró siquiera. El hombre pretendía no mostrar expresión alguna, pero por un momento se quitó la máscara y se delató frente a Seon-gyeong. Y la conmoción de ese instante la petrificó.

Seon-gyeong no podía ni imaginarse lo que sería vivir desde el nacimiento entre insultos y maltratos de su propia madre, su única familia. De solo pensar en cómo esas condiciones de vida debieron de haber corrompido su alma, sintió compasión.

Cuando ya estaba a punto de recoger sus pertenencias y meter en el maletín su libreta de notas y la grabadora, se le cruzó por la cabeza la imagen de Ha-yeong.

La niña llegó a su casa el día en que mantuvo la primera entrevista con Lee Byeong-do. Aquel día no se dio cuenta, pero la mirada de su hijastra se parecía a la de ese hombre. Fingía ser fuerte, pero en el fondo era frágil; y más allá de su mirada fría y punzante yacía una profunda soledad.

Los ojos desolados de Lee Byeong-do a veces daban ganas de acariciarlo y abrazarlo para sanar sus heridas. Dentro de ese hombre de treinta y cuatro años había todavía un niño sin madurar. Quizá porque encontró en su mirada a ese niño lastimado, Seon-gyeong se acordó de su hijastra.

A la pequeña Ha-yeong también la hirió su madre.

¿Cómo influirían los recuerdos de la madre en la niña? ¿Cómo crecería? De pronto, Seon-gyeong sacudió violentamente la cabeza para desechar esos pensamientos. Era inconcebible comparar a Ha-yeong con ese asesino, y por hacer esa comparación se sintió mal, especialmente por su marido.

Ha-yeong era un caso totalmente diferente al de Lee Byeong-do. La niña tenía a su padre para protegerla y la criaron con amor sus abuelos, aunque estos fallecieron en un incendio. Y ahora le aguardaba un nuevo entorno, en el que podría superar todo lo que le había pasado y el dolor que llevaba dentro. Tenía el tiempo a su favor para sanar sus heridas. No dudaba de que crecería como una persona recta. Solo necesitaba un poco de atención para supurar y ver caer las costras.

Ha-yeong no era Lee Byeong-do.

14

Seon-gyeong estaba ocupada desde muy temprano por la mañana con lo de la escuela de Ha-yeong.

Desde la llegada de la niña a su casa, todo lo relacionado con ella era su responsabilidad.

A diferencia de su marido, que tenía que estar todo el día en el trabajo, Seon-gyeong podía gestionar su tiempo relativamente con más libertad. Además, como había terminado el semestre, no tenía necesidad de salir de casa. Esta situación hizo que ella se encargara automáticamente de la niña. Decoró la habitación de su hijastra y también le compró ropa y otras cosas básicas que necesitaba. Aunque ya lo había anticipado, se sentía abandonada, porque tenía que arreglárselas sola, sin su marido. Sin embargo, lo que experimentaba no era nada comparado con la decepción de Ha-yeong.

La niña seguía a todas partes a su padre antes de que este saliera al trabajo, cotorreando y pidiendo atención. Los primeros días de convivencia, el marido de Seon-gyeong se esmeró en tener en cuenta la conducta de su hija y compartir sus sentimientos, pero poco después empezó a prestarle menos atención y a responder casi mecánicamente a sus preguntas, si es que no las pasaba por alto. Tenía la cabeza llena de preocupaciones por una tesis en la que ponía su alma desde hacía un tiempo y por eso no podía cuidar de su hija; sin embargo, para la niña todo aquello era un mero pretexto.

La perspicaz Ha-yeong se dio cuenta del comportamiento de su padre y se volvió más callada. Dejó también de seguirlo y aferrarse a él. Esa mañana, ni siquiera bajó del segundo piso para despedirse.

Seon-gyeong subió a la habitación de su hijastra durante una pausa en sus preparativos para ir a la escuela de su distrito y matricularla.

Después de tocar a la puerta, la abrió y encontró a Ha-yeong acostada en la cama. La niña, que pensó que su padre vendría a consolarla antes de irse al trabajo, estaba enojada mientras desayunaba. Parecía que su ánimo no mejoraba.

—Voy a ir ahora a tu nueva escuela. ¿Quieres venir?

Seon-gyeong le hizo la propuesta considerando la angustia que sentiría al dejarla sola en una casa que para ella era todavía un lugar extraño y que tampoco estaría mal que conociera de antemano la escuela a la que asistiría.

Sin embargo, la niña no respondió.

—¿No tienes curiosidad por tu nuevo colegio?

Al notar que su hijastra no reaccionaba, Seon-gyeong ya no insistió más. No podía llevarla contra su voluntad.

Sin embargo, cuando terminó de prepararse y estaba a punto de salir, se encontró a Ha-yeong ya vestida de pie en la puerta de su dormitorio. Parecía que, por mucho que lo pensara, no cuadraba en su cabeza la idea de quedarse sola en casa.

Seon-gyeong primero fue con la niña al centro comunitario de su barrio a fin de anotar el nuevo domicilio y obtener el certificado pertinente para entregarlo en la escuela a la que su hijastra asistiría, como último paso del proceso de cambio de escuela. Esta estaba a menos de diez minutos a pie de casa, una distancia que Ha-yeong podría hacer caminando sola.

Mientras iban a la escuela, Seon-gyeong trató de animar a la niña.

Le preguntó por su colegio anterior y si quería contactar con alguna compañera, pero no escuchó respuesta alguna. La niña tampoco miraba el entorno con actitud curiosa para conocer la nueva zona en la que viviría. Era la indiferencia de alguien que actuaba como si no le importara dónde estaba. Parecía una tortuga que rehusaba salir de su caparazón, con el corazón cerrado a todo lo que la rodeaba como una mimosa que se contrae con los estímulos externos.

Tampoco estaba dispuesta a abrirse a Seon-gyeong. No la conocía ni tampoco intentaba hacerlo. Estaba con ella únicamente porque era la mujer con quien estaba casado su padre. Para conocerse y entenderse necesitaban tiempo y ocasiones, pero la persona que debía acercarlas no estaba cumpliendo su papel, ocupado con el trabajo.

Seon-gyeong percibía que la niña, si bien la seguía porque no tenía opción, se encerraba en sí misma cada vez más. Así, mientras pensaba en que lo mejor sería aconsejarle a su marido, cuando este regresara del trabajo, que le prestara más atención a su hija, enfrente de ellas apareció el nuevo colegio de Ha-yeong.

Al entrar con la niña en el patio de la escuela, Seon-gyeong se puso nostálgica al ver las pequeñas y acogedoras aulas.

Era la primera vez que estaba en una escuela primaria desde que se graduara. No era el colegio al que había ido, pero el paisaje ante sus ojos era similar al de su infancia. El edificio principal tenía cuatro plantas y estaba pintado de diferentes colores, y el patio era pequeño. Se oía el cotorreo de los estudiantes, que estaban en clase de Educación Física corriendo. Seon-gyeong también había tenido esa edad. Sin embargo, no recordaba nada, como si hubieran transcurrido más de cien años.

Apenas había pasado una semana desde la llegada de Ha-yeong, pero tenía la sensación de ser ya la madre de una niña de primaria, y eso la confundía. Aunque sus amigas que se habían casado jóvenes ya tenían hijos que iban al colegio, a ella, que ni siquiera estaba al cien por cien acostumbrada a la vida marital, cumplir el papel de madre de una niña en edad escolar la incomodaba como si estuviera vestida con ropa ajena. Encima, como le tocó ejercer dicho papel sin previo aviso para prepararse, nada le era fácil.

Las complicaciones comenzaron con los procedimientos de cambio de colegio. Seon-gyeong no tenía la menor idea al respecto ni había nadie en su entorno a quien pudiera preguntar. Por eso hizo búsquedas por internet y, siguiendo las instrucciones que encontró, preparó los papeles necesarios. No fue tan difícil, pero se dio cuenta de que ser madre requería conocimientos que ella no tenía.

Al poner los pies en el patio, los nervios y la ansiedad la invadieron, como si fuera ella la que estuviese cambiándose de colegio. Era un nuevo comienzo tanto para Ha-yeong como para Seon-gyeong. Entonces respiró hondo y cogió de la mano a su hijastra, que estaba a su lado.

La niña, sin embargo, sacudió la mano para esquivar la de su madrastra. Más allá de lo que sentía Seon-gyeong, la niña proyectaba firmeza en su boca cerrada mientras clavaba los ojos en la escuela. Parecía estar disgustada, aunque era indescifrable si estaba así por la situación que había tenido lugar esa mañana o por los nervios de ser una estudiante nueva en un colegio que no conocía.

Mientras Seon-gyeong hacía los trámites de matriculación con el jefe administrativo de la escuela, la niña se quedó quieta, sentada en una esquina de la oficina. Los trámites resultaron ser más simples de lo imaginado y finalizaron con la entrega del certificado de residente, seguida de la asignación de clase de Ha-yeong.

El jefe administrativo se levantó y le adelantó a Ha-yeong que enseguida conocería a su maestra.

—Va a venir la maestra. Ven, vamos a saludarla.

No obstante, la niña agitó la cabeza y corrió afuera. Cuando Seon-gyeong salió al pasillo detrás de ella, vio a su hijastra corriendo al fondo. Bajaron en ese momento por las escaleras del pasillo el jefe administrativo y una mujer que tendría alrededor de treinta y cinco años.

—Esta es la profesora Im Eun-sil. Aquí la madre de la alumna Yun Ha-yeong.

—Mucho gusto, pero me temo que la niña se ha ido corriendo hacia allá.

—No se preocupe. Seguramente querrá dar una vuelta por la escuela.

El jefe administrativo, sin turbarse, invitó a Seon-gyeong a pasar a la sala de profesores.

La profesora le entregó a Seon-gyeong una nota con todas las cosas que Ha-yeong necesitaría en el colegio, excepto los textos, que la escuela se comprometió a proporcionárselos. La maestra parecía buena persona y hablaba con calma. Sonaba como alguien acostumbrado a tratar con niños de primaria. Sin embargo, Seon-gyeong estaba tan distraída pensando en su hijastra que no pudo concentrarse en saludarla como era debido.

Eso sí, no se olvidó de encomendarle que cuidara de Ha-yeong y de entregarle su tarjeta personal. Presentía que estaría en contacto frecuente con la maestra hasta finalizar el período de adaptación. El comentario de la profesora, que decía que seguiría con interés la vida escolar de Ha-yeong, tranquilizó a Seon-gyeong. Por un momento, dudó si debía advertir a la profesora de la situación de Ha-yeong, pero desistió para evitar prejuicios innecesarios. Ambas se despidieron acordando que la niña empezaría en el nuevo colegio al día siguiente.

Ya una vez fuera, Seon-gyeong trató de localizar a Ha-yeong, pero no la encontró, ni siquiera en el patio. No dio con ella hasta dar una vuelta por los dos edificios e incluso por el almacén de la escuela.

Estaba en la huerta del colegio, en la falda de la montaña detrás de los edificios y al lado del almacén, un espacio cercado donde había sembrados diferentes tipos de verduras, como lechuga, ajo y tomate, con carteles de las clases que estaban a cargo del cultivo. A un costado de la huerta había un cerco alambrado para animales de granja.

Ha-yeong estaba observando a los conejos. Al verla ahí, Seon-gyeong por fin se relajó.

—Aquí estás. ¿Estabas mirando a los conejos?

De pie al lado de la niña, Seon-gyeong vio que dentro del cerco, al igual que la huerta con diversas verduras, había distintos tipos de animales. Conejos, gallinas y patos estaban agrupados ocupando el rincón que les correspondía. Aparte había pájaros en jaulas separadas.

Ha-yeong, tras observar a los conejos un rato, se sacudió el polvo de la ropa y se levantó como si hubiera perdido el interés en esos animales. No obstante, sin poder alejarse rápidamente de ese lugar, se acercó a los pájaros. Buscó a su alrededor algo para darles de comer y arrancó una hoja de lechuga de la huerta y la metió en una de las jaulas.

Los pájaros parecían no temer a los seres humanos por el constante contacto que tenían con los alumnos de la escuela. Por eso, inmediatamente se acercaron a la lechuga. Un par empezaron a picotearla. Enseguida, otros los imitaron. En ese instante, Ha-yeong abrió bruscamente la puerta de la jaula e intentó agarrar uno. Los pájaros que lograron esquivar su mano se escaparon de la jaula.

Seon-gyeong fue corriendo y retiró la mano de su hijastra. Cerró la jaula, pero algunos pájaros estaban ya tan lejos que no se los veía.

—¿Qué estás haciendo? ¿No ves que se escapan los pájaros?

La niña la miró como si nada. Giró la cabeza con desinterés y se dirigió hacia el patio. Seon-gyeong no fue capaz de enojarse, mucho menos de regañarla. Se limitó a dejar escapar un largo suspiro.

En el camino de regreso a casa, fueron al mercado y compraron ropa y mudas para Ha-yeong. También en la papelería material para el colegio. Tenían que adquirir un montón de cosas porque todo lo de la niña se había quemado en el incendio. Desde el día en que llegó a la casa, Seon-gyeong no paró de comprar, porque se iba acordando de cosas que podría necesitar, pero, aun así, sentía que faltaba algo. Adquirió cortinas nuevas y mantas adicionales. Sin embargo, incluso cargando las bolsas con ambas manos, seguía escribiendo en su mente una extensa lista de cosas que necesitaba.

Mientras hacían las compras, Ha-yeong respetaba la voluntad de su madrastra en silencio. Reaccionaba muy sutilmente cuando Seon-gyeong le iba mostrando los atuendos que escogía para ella. No decía que no, pero por la expresión de su cara era posible deducir si le gustaba o no. Y cuando Seon-gyeong le pasó la bolsa con su ropa nueva, la niña miró reiteradamente lo que había dentro, como si lo que acababan de adquirir realmente fuera de su gusto.

Conforme a los cambios de humor de la pequeña cambiaba también el estado de ánimo de Seon-gyeong. Hay quien podría pensar que estaba demasiado pendiente de ella, pero su opinión era que la niña en ese momento necesitaba de mucha atención y que cuando se adaptara al nuevo entorno ya no debería tener tantas consideraciones.

No estuvieron mucho tiempo fuera, pero Seon-gyeong estaba exhausta al llegar a casa. La crianza no era una tarea tan sencilla como muchos la pintaban.

Al día siguiente, mientras Ha-yeong estaba en la escuela, Seon-gyeong se ocupó de las muchas tareas que tenía pendientes. Fue de nuevo de compras para llenar el armario de la niña y encargar algunos libros y una cómoda para su habitación. También fue al supermercado. Cuando regresó a la hora a la que había quedado con los de la tienda de muebles y del súper, sus pedidos ya estaban frente a la casa.

Entonces se apresuró y abrió la puerta. Dio indicaciones a los trabajadores de la tienda de muebles, señalándoles que la cómoda era para la habitación del segundo piso. Gracias a que había limpiado antes de salir, acomodar el mueble no fue difícil, y ya con el mobiliario en su respectivo lugar todo empezó a marchar como pretendía.

El día anterior, Seon-gyeong había hecho subir a Ha-yeong sola a su habitación con su nueva ropa y el material para el colegio, diciéndole que los ordenara como le fuera más cómodo. Pero, al abrir el armario, vio que los paquetes estaban intactos. Seon-gyeong sacó primero las sábanas y las mantas e hizo la cama. Colgó en el armario la ropa nueva y metió en los cajones la ropa interior y los calcetines tras doblarlos bien. Y cuando terminó de colocar el maletín y el material escolar sobre el escritorio, se dio cuenta de que ya había pasado la hora del almuerzo.

Bajó al primer piso. Bebió un poco de agua fría en la cocina y se preguntó nuevamente si no se había olvidado de algo. Lo primero que pensó que faltaba era el ordenador y creyó que sería bueno comprarle a Ha-yeong uno portátil. Consideraba que incluso los niños de primaria necesitaban un ordenador, porque ya eran capaces de usar internet. Pero concluyó que mejor dejaba a su marido que se encargase de ello. Suponía que la niña se sentiría mucho mejor con su padre si su próximo día libre fueran juntos a comprar un ordenador.

Tras tomarse un respiro, Seon-gyeong fue a la sala de estar y, de pronto, se acordó del oso de peluche de Ha-yeong.

Ya tenía las mantas retiradas para lavar y pensó que mejor aprovechaba la ocasión para lavar también el muñeco. Entonces subió inmediatamente al segundo piso y lo trajo.

Llenó la bañera con agua. Vertió el detergente y metió allí el muñeco. Al apretarlo y frotarlo, empezó a salir la mugre. Lo lavó y enjuagó varias veces, pero seguía saliendo suciedad. Así, al cabo de una hora, finalmente vio el blanco original del oso.

Después de meter el muñeco en la lavadora y activar el centrifugado, Seon-gyeong se dejó caer sobre el sofá de lo agotada que estaba. Físicamente exhausta, pero satisfecha.

Le alegraba imaginarse la cara de contenta que pondría Ha-yeong al ver muebles nuevos, mantas nuevas y su oso de peluche bien limpio. Cuando se fijó en el reloj de pared, eran casi las dos de la tarde. Entonces se levantó y empezó a preparar algo de comer para la niña, que ya estaba a punto de llegar del colegio. Se dio cuenta en ese instante de que no había comido nada. Apenas se figuró cuán ocupadas vivirían sus amigas con hijos.

Las horas pasaban demasiado rápido y había una infinidad de quehaceres.

Sonó el pitido que avisaba del final del centrifugado. El muñeco parecía nuevo. Encima olía bien. Lo tendió para que se secara y, cuando ya se encontraba en la sala de estar, llamó su marido para decirle que saldría temprano del hospital y que se preparara para comer fuera en cuanto regresara Hayeong de la escuela. Era obvio que le inquietaba el comentario que Seon-gyeong había hecho la noche anterior de que debería interesarse más por su hija, que estaba herida por su conducta.

La niña regresó a eso de las dos y media. Seon-gyeong tenía mucha curiosidad por su primer día en el nuevo colegio.

—¿Cómo te ha ido? ¿Has hecho amigos?

Ha-yeong no respondió, probablemente porque estaba cansada, y subió a su habitación.

—Tu papá ha dicho que vendría a casa temprano. Descansa un rato y cámbiate, que vamos a salir.

Seon-gyeong supuso que la niña podría estar agotada de tanto calor que hacía. Por eso fue rápidamente a la nevera. No sacó lo que había preparado porque tan pronto como llegara su marido saldrían a comer fuera. Solo sirvió zumo en un vaso. Pero, mientras colocaba de nuevo en la nevera la botella de zumo y se daba la vuelta, Ha-yeong bajó con paso enojado y se acercó agresivamente.

—¿Has estado en mi cuarto?

—¿Qué?

Seon-gyeong no entendía a qué venía esa pregunta. No podría haber instalado los muebles nuevos y ordenado su ropa sin entrar en su habitación. Realmente no comprendía la conducta de Ha-yeong.

—¿Dónde está?

—¿El qué?

—Mi oso.

Cuando entendió lo que pasaba, Seon-gyeong dijo sonriendo:

—Lo he lavado. Estaba muy sucio y...

—¡He preguntado que dónde está!

La niña gritó sin dejarle terminar la frase. Tenía en la cara una expresión violenta y Seon-gyeong no podía decir nada.

Ha-yeong le dirigió una mirada de reproche y salió corriendo. Seon-gyeong fue incapaz de pensar en nada y de quitarse de la cabeza el rostro resentido y los gritos de su hijastra.

Pasaron unos cuantos minutos y la niña volvió de la terraza con su muñeco entre las manos. Pero ignoró a Seon-gyeong y directamente subió a su habitación, aún furiosa, oliendo su muñeco. Toda esa situación le parecía a Seon-gyeong absurda y se desvanecieron la alegría y la satisfacción que había sentido toda la mañana yendo de aquí para allá con tal de hacer lo mejor para la niña. Lo peor era que no podía desahogarse retándola. Entonces respiró hondo. Trató de calmarse y le habló a su hijastra con su voz de siempre:

—Ha-yeong, el muñeco todavía no está seco. Tráelo.

Para que la humedad desapareciera completamente, había que secar el muñeco al menos durante tres días. Pero la niña no bajaba ni contestaba a Seon-gyeong. No se escuchaba nada desde el segundo piso. Seon-gyeong volvió a llamarla, sin obtener respuesta. No tuvo más remedio que subir a su habitación.

Cuando abrió la puerta del cuarto, Seon-gyeong se topó con una situación que no se había imaginado: la habitación estaba hecha un caos, con trozos de tela de peluche, algodón y bolitas de poliestireno por todas partes.

—¿Qué... qué estás haciendo?

La niña estaba abriendo con la tijera la barriga del oso. Enseguida, al tener dificultades para cortar la tela del peluche, tiró a un lado la tijera y con las manos empezó a arrancarla y a sacar el relleno de algodón. Tras vaciarle la barriga al oso, cogió de nuevo la tijera para esta vez atacar la cabeza del muñeco. Lo apuñaló agresivamente con la tijera hasta lo más profundo. Actuaba como si Seon-gyeong no estuviera presente.

—Pero ¿qué haces? ¡Basta!

Seon-gyeong tomó el brazo de la niña, pero esta se la quitó de encima.

—He dicho que basta.

Cuando volvió a extenderle la mano, la niña alzó la tijera

y clavó en Seon-gyeong una mirada hostil. Parecía estar lista para atacarla. Una escalofriante llamarada le brotaba de los ojos y su rostro mostraba una expresión agresiva que Seon-gyeong jamás había visto en nadie. No se podía creer que quien estaba frente a ella, con mirada iracunda y armada, fuera una niña de once años.

Seon-gyeong se quedó petrificada, mirando a Ha-yeong sin poder decir nada.

La tijera que sostenía la niña destelló de pronto con un rayo de sol. Entonces Seon-gyeong vio que el brillo de la tijera caía sobre ella. Instintivamente, cerró los ojos y giró el cuerpo. Así logró esquivar esa luz, que en realidad era la tijera de Ha-yeong, que por poco no le dio en la cara. Sin embargo, no se salvó del todo, pues le empezó a doler el brazo. Entonces vio un corte que sangraba. Seon-gyeong por fin atinó a decir algo:

—¿Qué estás haciendo?

Pero la niña no movió ni una pestaña. Es más, no le dio importancia y gritó mirándola con frialdad:

—¡Fuera! ¡Sal de mi cuarto! ¡Que salgas!

Ha-yeong seguía gritando. Su boca pronunciaba insultos que Seon-gyeong nunca había escuchado en su vida. Al ver a esa niña maldiciendo en su cara, perdió los estribos. Sin darse cuenta, hasta le alzó la mano. Su ira le había paralizado el raciocinio y no era capaz de actuar con prudencia.

Ha-yeong se quedó inmóvil tras recibir una bofetada de su madrastra. Pero esta situación no solo pasmó a la niña, sino también a Seon-gyeong, que justo en ese momento se dio cuenta de lo ocurrido. No comprendía su propio comportamiento. Admitía la existencia de una fuerte tensión entre ella y su hijastra desde la llegada de esta a su casa, pero era la primera vez que se exaltaba tanto. Seon-gyeong vio que la niña estaba pálida.

Ha-yeong dejó caer la tijera.

—¿Estás... estás bien?

Seon-gyeong, también confundida, acercó la mano para acariciarle la mejilla. En ese momento, cambió la expresión en el rostro de Ha-yeong y, con cara de inocencia, la niña estalló en llanto. Sus ojos se humedecieron y unas gruesas lágrimas empezaron a resbalarle por las mejillas. Seon-gyeong, que se desconcertó al advertir que de repente la niña se demudaba.

En ese momento, la niña levantó los brazos y caminó hacia la puerta, pasando al lado de su madrastra.

—Papá...

Esa palabra pilló por sorpresa a Seon-gyeong y, cuando se giró, vio a su marido parado en la puerta de la habitación.

No estaba segura de cuánto tiempo llevaba allí, pero por su actitud podía deducir que la había visto pegar a su hija. El hombre abrazó a la niña y la acarició mientras le dirigía una mirada gélida a su mujer. Esa mirada revelaba además su gran decepción.

Entonces Seon-gyeong comprendió el súbito cambio en la expresión de su hijastra y eso le dio escalofríos. No podía salir del aturdimiento después de ser testigo de lo manipuladora que podía ser esa niña.

La reacción de su marido era lo de menos, ya que podría hacerle entender lo sucedido si hablaban con calma. Su confusión se debía más bien a la conducta de Ha-yeong. Se sorprendió al ver cómo cambiaba tan bruscamente de expresión, como si conociera el arte tradicional chino del cambio de máscaras, y podía asegurar que su comportamiento no era el de una niña que corría a los brazos de su papá para desahogarse y buscar consuelo. El repentino cambio de expresión no era algo espontáneo, sino premeditado. En efecto, Seon-gyeong leyó la intención de la niña en el momento en el que esta la miró unos segundos para luego correr hacia su padre. Todas sus acciones eran calculadas.

Ha-yeong actuaba consciente del impacto emocional que su conducta tendría en otros o para obtener la respuesta que esperaba. ¿Dónde habría aprendido una niña tan pequeña semejante forma de manipulación? Esa duda perturbaba a Seon-gyeong, pero al mismo tiempo se imaginaba las circunstancias determinantes en que había crecido.

Tras contemplar un buen rato a su hijastra llorando entre los brazos de su padre, Seon-gyeong abandonó la habitación en silencio. Sobre ese incidente tendría que hablar detenidamente con su marido más tarde, pero antes Ha-yeong necesitaba el consuelo de su padre.

Seon-gyeong fue al estudio y trató de calmarse. No tenía ni idea de cómo actuar en adelante con su hijastra. También le preocupaba su marido, que acababa de ver con sus propios ojos la bofetada que le había dado a su hija. Eso era algo injustificable, aun para Seon-gyeong.

Como era de esperar, su marido estaba furioso. Cuando entró en el estudio, se paró frente a la ventana sin decir nada y así dejó pasar varios minutos. Luego, arrastró una silla y se sentó frente a su mujer.

—¿Vas a explicarme qué ha pasado?

Su voz sonaba más serena de lo que ella esperaba.

No obstante, esa serenidad inquietó más a Seon-gyeong. Sabía que su marido se volvía más prudente cuando se enojaba.

—Sobre la bofetada... Sí, reconozco que lo he hecho mal. No sé qué ha pasado. La niña empezó a gritarme e insultarme y no pude soportarlo.

—¿Por qué te gritaba y te insultaba?

—No sé. No comprendo por qué se puso así.

—Algo debió de ocurrir, ¿no?

—Solo lo del muñeco. Tú has visto lo sucio que estaba. Lo único que he hecho ha sido lavarlo.

—¿Solo eso?

—Por lo que recuerdo, sí. En cuanto regresó de la escuela, me preguntó por su oso de peluche y yo le dije que lo había lavado. Entonces agarró el muñeco aún mojado y subió a su habitación. Después, ya sabes qué ha pasado...

Seon-gyeong sintió escalofríos nuevamente al recordar a Ha-yeong despedazando el muñeco que tanto atesoraba. ¿En qué rincón de su interior habría estado escondida tanta ira? La cara de la niña apuntándole con una tijera paralizó los latidos de su corazón. No quería reconocerlo, pero la niña le causaba miedo. Seon-gyeong la temía y la abofeteó por temor.

Su marido no la entendería. ¿Cómo iba a decirle que su hija le daba pánico?

«Las cosas no pueden seguir así», pensó Seon-gyeong. Algo tenía que hacer para mejorar la situación.

15

Después de que su padre saliera de la habitación, Ha-yeong perdió fuerza en las piernas y cayó sentada.

Si su padre no hubiera llegado, habría ocurrido algo realmente serio. A la niña se le vino a la cabeza el rostro de su madrastra al ver la tijera en el suelo. De veras quiso apuñalarla. Por mucho que le diera vueltas en la cabeza, no podía entender cómo alguien podía hurgar entre objetos ajenos. La ira le volvía a subir de solo pensarlo.

Empezó a tirar todo lo que había a su alcance y a gritar. Pero de repente consideró que su padre podría venir si seguía gritando de esa manera. No quería que la regañara, así que no tenía más remedio que aguantarse.

El día que la trajo, su padre la abrazó y le susurró al oído:

—Si deseas vivir aquí conmigo, debes portarte bien con ella.

Ya que su padre le había dicho eso, Ha-yeong evitaba hacer comentarios, incluso si algo la molestaba.

Por ejemplo, no se quejó por la ropa anticuada que su madrastra le escogió en la tienda. Ninguna niña de su edad se ponía esa clase de ropa. Sin embargo, la mujer de su padre estaba entusiasmada, como si estuviera jugando a las muñecas con ella, cambiándole de ropa. Y pese a que le dolían las piernas y tenía hambre, no dijo nada, atendiendo a la orden de su padre.

Al regresar de la escuela, vio mantas rosadas sobre la cama. Sintió náuseas. No expresó su desagrado porque su madrastra estaba a su lado, pero le dieron hasta escalofríos de imaginarse durmiendo entre tanto color rosa. Para colmo, las cortinas eran de cuadros de color verde claro y rosa. La desordenada mezcla de colores dentro de la habitación la mareaba. El color que más odiaba era el rosa, pero no se lo comentó a su madrastra.

No dijo nada atendiendo a la orden de su padre, pero también porque sabía que los adultos no prestaban atención a las palabras de una niña. Solo imponían su voluntad y, si acaso exteriorizaba lo que se guardaba, la consideraban una niña maleducada o irrespetuosa y se lo recriminaban. Conviviendo con sus abuelos, Ha-yeong aprendió que era mejor ahorrarse las palabras. En realidad, la situación no era tan diferente cuando estaba su madre, que ni siquiera le permitía llamarla mamá.

Esta la obligó a callarse incluso cuando Ha-yeong fue hospitalizada tras fracturarse el brazo. No le permitió responder a las preguntas de los médicos ni de su padre. Cuando quiso decir algo, su madre le apretó el brazo tan fuerte que casi la hizo llorar del dolor y habló por ella.

Tan solo el recuerdo de su madre la malhumoraba. Por eso sacudió la cabeza para borrarla de su mente.

A Ha-yeong no le agradaba la idea de vivir con su padre y la esposa de este, pero estaba mucho mejor que cuando vivía en la casa de sus abuelos.

Su abuela la regañaba desde que se despertaba por la mañana hasta la hora de ir a la cama, incluso cuando Ha-yeong estaba dormida. Cuando entraba a la casa sin quitarse los calcetines que había llevado todo el día, la regañaba por no sacudirse el polvo. Y cuando entraba con los pies desnudos, le recriminaba que dejara huellas sobre el suelo de madera. Desaprobaba todo lo que hacía y le reprochaba su modo de comer, tanto cuando comía rápido como cuando tardaba en terminarse la comida.

Parecía que su abuela no aprobaba su existencia. La seguía a todas partes para pegarle en la espalda y criticarla cada vez que tuviera oportunidad. Una vez, Ha-yeong, decidida y llorando, insistió en que quería vivir con su padre. Sin embargo, su abuela se rio con cinismo y hasta le pegó, recordándole que su padre no tenía el menor interés en ella desde su matrimonio con otra mujer y que jamás volviera a decir que deseaba irse a vivir con él.

Pero Ha-yeong era consciente de que su abuela le mentía, que su padre sí quería estar con ella. El problema era que el dinero que su padre les daba a sus abuelos para criarla era el único ingreso de la pareja anciana y esta no quería por nada del mundo perderlo. De eso, es decir, de la razón que tuvo su abuela para no dejarla ir aun odiándola tanto, la niña se enteró un día cuando escuchó por casualidad una pelea entre sus abuelos.

Por culpa de su abuela, a Ha-yeong se le hizo cada vez más difícil incluso hablar por teléfono con su padre. Llegó un momento que hasta empezó a inquietarse por miedo a no poder volver a verlo. Si no hubiera sido por el incendio, su vida seguiría igual, entre los reproches y los golpes de su abuela.

Lo mejor de la casa de su padre y su madrastra era para Ha-yeong el silencio. Acostada en su cama, no oía nada. El asqueroso rosa podía evitarlo cerrando los ojos. Y su madrastra, aunque estuviera en casa, casi no salía del estudio. Por eso, Ha-yeong podía disponer de tiempo suficiente para reflexionar sobre muchas cosas.

Como le aconsejaba su padre, para vivir en esa casa debía portarse bien con su madrastra. Su padre obedecía demasiado a su mujer. Hacía todo como ella decía. A Ha-yeong le enfurecía el hecho de que su padre hiciera más caso a esa mujer que a ella, pero decidió no darle tanta importancia.

Aunque con el paso de los días veía cada vez con menos frecuencia a su padre, eso no la molestaba. Ya con solo vivir en una misma casa con su padre el sueño de Ha-yeong se había hecho realidad. Por eso, respetó en todo la voluntad de su madrastra. Hasta aguantó el rosa.

Si la mujer de su padre no hubiera tocado el oso de peluche, nada habría ocurrido.

Cuando al regresar del colegio no vio el muñeco sobre la cama, donde lo había dejado, Ha-yeong casi se volvió loca. No lo encontró en ningún lado y al notar cambios en su habitación, claras señales de que su madrastra había entrado al cuarto sin su permiso y hurgado entre sus cosas, intuyó que ella tenía algo que ver con la desaparición del muñeco. Enfurecida, Ha-yeong bajó al primer piso. Temía que lo hubiera tirado. Por suerte, eso no había pasado.

«Pero no es momento de estar lloriqueando», pensó Ha-yeong de pronto. Se secó las lágrimas con las manos y empezó a recoger los trozos de tela de peluche y algodón dispersos por el suelo. En uno de los cajones de la cómoda estaba la bolsa de las mantas nuevas. La sacó y puso en ella la tela de peluche, el algodón y las bolas de poliestireno del muñeco. También extrajo todo el relleno de algodón que quedaba. Aun así, no encontró lo que buscaba.

«Pero si estaba aquí», se dijo Ha-yeong para sus adentros.

Para estar segura, revisó de nuevo todos los pedazos de algodón, sin éxito. Entonces, el desasosiego se apoderó de ella. Lo que buscaba era algo que no debía perder, pues era un regalo de su padre y el único recuerdo de su madre.

Al terminar de recoger todo el algodón del suelo, la niña se fijó para asegurarse de que no quedaba nada. Debajo del escritorio vio la cabeza del muñeco y la sacó tirando de las orejas. Luego metió la mano dentro para revolver el relleno, hasta que sintió algo duro. ¡Ahí estaba!

Retiró la mano de la cabeza del oso y vio lo que tenía en la palma. Era lo que tanto había buscado.

Ha-yeong se sentía aliviada y suspiró sin querer. Recogió los restos y dejó la bolsa fuera, en la puerta de su habitación. Cerró con llave y luego se sentó en la cama. Allí se quedó mirando el objeto en su mano. Era un frasquito de color marrón que brilló con el sol.

Ha-yeong pensó que mejor lo guardaba donde nadie pudiera encontrarlo. De ninguna manera podía dejar que otros lo tocaran de nuevo. Entonces inspeccionó con la mirada muy detenidamente su habitación y una sonrisa se dibujó en sus labios.

Ya tenía el escondite perfecto.

16

Las noches se hicieron de nuevo largas y se reanudaron las pesadillas que creía que habían desaparecido.

Mejor hubiera sido no pedirle a Seon-gyeong que le trajera la manzana. Su error fue oler esa fruta y probarla. Todo se complicó a partir del mordisco que dio en la sala de entrevistas.

Al morder la manzana, le invadió de golpe todo el apetito que había estado reprimiendo. También fue debido a esa manzana que se dejó afectar por la entrevista con Seon-gyeong. Ahora su sabor se esparcía por todo su cuerpo después de que la pulpa atravesara el esófago y pasase por el estómago, reviviendo recuerdos de hacía más de diez años.

Recuerdos sobre ese lugar al que era imposible retornar y que había borrado de su mente empezaban a quitarle el sueño.

Acostado sobre el frío suelo de madera, sentía como si respirara de nuevo el aire gélido del almacén de manzanas en el que había estado en el pasado.

Vendían cientos de cajas de manzanas durante el invierno y las que sobraban se pudrían y desprendían un olor dulce cuando el frío empezaba a remitir. De ahí que la señora de la granja y sus hijas separaran las manzanas buenas de las podridas a medida que la temperatura subía, para colocar las malas en una caja y tirarlas al río que corría frente a la granja.

Entonces, observando cómo la corriente se llevaba las manzanas podridas o cómo se quedaban atascadas entre las piedras o las plantas, pensó que él era como esas manzanas. Aunque nadie se había dado cuenta, su cabeza estaba corrompiéndose poco a poco desde el instante en el que escuchó de nuevo la canción que solía cantar su madre. Temeroso, caía dormido temblando y se despertaba con pánico aun con el sonido del viento o del movimiento de los árboles.

—Tienes que fijarte bien, ya que una manzana podrida puede estropear el resto en la caja.

La señora de la granja separaba incluso manzanas que por fuera parecían buenas. Él no podía diferenciarlas, pero la señora no se dejaba engañar. Fue ella también la primera persona que se percató de su cambio.

—¿Te pasa algo?

Él se comportaba igual que antes, pero la señora era consciente de que algo había cambiado. Hablaba y comía igual y aun así parecía que la señora percibía la tormenta fría que arrasaba todo su ser. Entonces no supo qué contestarle. Pese a que meneó la cabeza enfatizando que no le pasaba nada, la señora no podía ocultar la compasión que sentía hacia él ni siquiera con una sonrisa.

—Si tienes algo que decirme, ya sabes que lo puedes hacer en cualquier momento.

Quiso arrancarse la parte podrida de su cabeza y vivir, tal y como le respondió a la señora, como si nada le pasara. Pero no pudo. El recuerdo de su madre, que ya estaba dentro de él como una enfermedad, le había contaminado la sangre, la piel y los huesos. Y viendo cómo todo él se echaba a perder, se lanzó al río.

Dentro del agua, tan helada que hacía que se le estremecieran hasta los huesos, se dio cuenta de que había llegado el momento de marcharse. Que no era más que una manzana podrida flotando en el río. Que, si se quedaba, solo perjudicaría a la señora y sus hijas con su olor a podrido.

Tras abandonar la granja, no volvió nunca más.

El día en el que sepultó a su madre, se acordó de ella. Se acordó del robusto manzano cuyos frutos solía comer. Sintió nostalgia al pensar que allí seguirían existiendo manzanas para saciar su hambre. Sin embargo, agitó la cabeza para no pensar más en ello. El tiempo era irreversible y esa granja era tierra perdida para él. No podía regresar. Así, eliminó completamente el recuerdo de esos años que había pasado allí, que para él fueron como un sueño.

Si no hubiera conversado con Seon-gyeong, estaría esperando su ejecución sin despertar esos recuerdos.

En la cárcel, ante el lento transcurrir del tiempo, vivía rememorando los asesinatos cometidos, incluidos los diecitantos de los que no le había hablado a la policía. Esos eran casos que solo él conocía y recordaba. No tenía manzanas fragantes, pero tampoco nada que pudiera perturbarlo. No escuchaba más la canción de su madre. Incluso pensaba que no sería malo esperar la muerte en ese estado. No obstante, algo en él cambió a partir de su encuentro con Seon-gyeong.

Ese día no se sentía bien.

En un espacio abierto sin gente ni edificios, estaba persiguiendo a una gata. No sabía de dónde venía, solo que ese animal con pelaje de color ceniza y ojos amarillos le rondaba emitiendo maullidos semejantes al llanto de un bebé. Al principio, la ignoró y siguió su camino. Sin embargo, la gata empezó a fastidiarlo. Se detenía cuando su mirada chocaba con la de él y se escapaba si iba detrás de ella. Esta situación se repitió varias veces, hasta que la gata finalmente dejó de huir de él y entraron ambos en una casa vieja y deshabitada.

Era la casa en la que había enterrado a su madre. La gata ya no se encontraba allí y el patio estaba lleno de hierbas y plantas desconocidas, pues llevaba años descuidado. Había una pala oxidada tirada y el muro estaba medio derrumbado. Cuando se dio cuenta de dónde se encontraba, se le puso la piel de gallina. Inmediatamente, trató de salir corriendo por la puerta. Pero esta, que parecía estar cerca, se alejó y el suelo duro se ablandó como una ciénaga que lo absorbía. Cuanto más pataleaba, más profundo se sumergía.

En ese momento, estiró los brazos para agarrarse a algo. Sujetó las plantas que creaban una jungla en el patio; pero, cuando estaba a punto de lograr escapar con la ayuda de esas plantas, algo le tiró de los tobillos. Cuando se dio la vuelta, lo que vio fue una mano escuálida que sostenía dicha parte de su cuerpo. Intentó librarse de ella, pero fracasó, y de nuevo su cuerpo empezó a hundirse. Estaba en un verdadero infierno sin salida. Trató de alcanzar otras plantas de alrededor, pero su cuerpo se hundía más en la ciénaga junto con todo lo que había en el patio.

—Miau.

La gata que lo había guiado hasta esa casa estaba en la sala. Desde allí lo veía sumergirse en la tierra. Gritando a ese animal, se despertó.

Ese sueño lo puso de mal humor. Era el día en el que estaba programada la entrevista mensual con el abogado de oficio a cargo de su caso. Por un momento, quiso cancelar la entrevista, pero un extraño presentimiento lo hizo desistir. Así, pese a estar malhumorado, se encaminó hacia la sala de entrevistas.

Cuando estaba a punto de entrar al edificio de las salas, vio por la ventanita de la puerta a un grupo de estudiantes con tarjetas de visitantes colgadas del cuello. Todos estaban tensos y expectantes al mismo tiempo.

Entonces, el carcelero lo detuvo. Era obvio que no pensaba permitirle entrar hasta que el grupo de estudiantes pasara. Esperando, miró sin prestar mucha atención a los alumnos y al final de la fila una mujer llamó su atención. Al ver su cara, se quedó muy conmocionado, como si un rayo hubiera caído sobre él.

No podía pensar en nada y no veía nada. No veía ni su entorno ni al carcelero. Parecía que en ese espacio estaban solo él y esa mujer.

No se podía creer lo que estaba viendo. Sospechó que sus ojos podrían estar engañándolo.

Esa mujer había venido caminando desde sus recuerdos, tan antiguos que se habían convertido en fósiles. La semejanza que mostraba con alguien de su pasado era sorprendente, sobre todo en la manera como se peinaba con la mano el flequillo desde su frente perfecta hacia la nuca.

La señora de la granja solía hacer ese mismo movimiento mientras recogía manzanas con una canasta en uno de los hombros. Se reía mirándolo mientras se secaba con el dorso de la mano el sudor de la punta de la nariz. Y, cuando se reía, allí se formaban unas pequeñas arrugas.

Esa mujer se parecía a la señora de la granja cuando la conoció. Rápidamente, se fijó en la tarjeta que tenía colgada en el cuello:

VISITANTE: LEE SEON-GYEONG

No podía explicar bien por qué, pero el sueño de la noche anterior le pareció una premonición. Concluyó que su determinación de dejar a un lado su mal humor y acudir a la entrevista con el abogado de oficio lo había llevado a encontrarse con aquella mujer. Ella pasó por su lado y se integró en el grupo de estudiantes. No se dio cuenta de que alguien la estaba mirando.

Siguiendo su camino hacia la sala de entrevistas, él le preguntó al carcelero por aquellos alumnos que estaban de visita en la prisión. El carcelero no sabía mucho, solo que eran estudiantes universitarios de la carrera de Criminología, pero fue suficiente información para él.

A medida que aumentaban las pesadillas, se acordaba más de ese día. Si no hubiera acudido a la entrevista con su abogado reprimiendo su malhumor, no se habría topado con ella. Solo él era el responsable de perturbar su propia paz.

Por el río que fluía cerca de la granja, que durante un período de su vida fue su hogar, flotaban cientos, miles de manzanas. Los árboles, que alguna vez estuvieron llenos de frutos, tenían tan solo unas ramas esqueléticas. Estaban o bien destrozados o bien moribundos. La culpa era de él y de su deseo egoísta de volver a ese lugar y encontrarse aunque fuera por última vez con la señora que lo había acogido en su hogar. Así, debido a su egoísmo, ese lugar que creía tan puro y sagrado se contaminó, y no había manera de salvarlo.

Cuando se despertó, reflexionó en la oscuridad sobre qué era lo que deseaba realmente y qué esperaba de Seon-gyeong. Se repitió a sí mismo que Seon-gyeong no era la señora de la granja para convencerse de ello, pero no sirvió de nada.

Entonces su ansiedad se agudizó, máxime porque presentía que el canto de su madre se asomaba lentamente.

Sabía que, si abría de nuevo la habitación de los recuerdos, ese lugar jamás volvería a ser el paraíso.

17

Antes de ir al hospital, Seon-gyeong llamó a Hee-ju, que dirigía un centro de psicología infantil.

Hee-ju había estudiado Psicología con ella en la universidad. Ambas perdieron el contacto cuando Seon-gyeong se fue a estudiar al extranjero, pero se reencontraron un año atrás. Entonces Hee-ju sorprendió a Seon-gyeong al aparecer en su boda sin haber sido invitada. Se sacaron fotos antes de comenzar la ceremonia junto con otros amigos y, cuando se quedaron solas, Hee-ju le dijo a Seon-gyeong:

—Si te soy sincera, no me gusta nada.

Hee-ju tenía la costumbre de expresar sus opiniones siempre con un «Si te soy sincera». De esa forma, exteriorizaba sin ocultar lo que pensaba o sentía, algo que la mayoría no se atrevía a hacer.

A veces su exceso de sinceridad incomodaba, pero al final ella y Seon-gyeong terminaron siendo mejores confidentes la una para la otra.

En la boda, Hee-ju le contó a Seon-gyeong que había visto al novio en la puerta.

—¿Qué no te gusta?

—Que ese hombre sea el novio.

Y mientras Seon-gyeong estaba sumergida en el recuerdo

de cómo se reencontraron, el empleado de la recepción del centro de Hee-ju le pasó con ella.

—¿Una niña de once años? ¿Y dices que vas a hacerte cargo de ella?

Hee-ju se exaltó al escuchar sobre Ha-yeong. Su reacción no era inesperada, pero Seon-gyeong se sintió desmoralizada al recibir tal respuesta de su amiga aun antes de iniciar la consulta. Percatándose de ello, Hee-ju no dijo nada más.

—Bueno, de nada sirve ahora que yo reaccione así, ¿verdad? A ver. Cuéntame. Tendrás mucho que contar si hasta me has llamado a mí, ¿no?

Ante la buena disposición de su amiga, Seon-gyeong titubeó aún más tratando de encontrar las palabras para hablarle de lo que le sucedía. Pero, tras reflexionar brevemente, empezó por el día en que su hijastra llegó a casa. Su amiga la escuchó atentamente hasta que no aguantó más y la interrumpió mientras aludía al incidente del oso de peluche.

—Espera, ¿me estás contando que le quitaste su muñeco a una niña que acababa de perderlo todo en un incendio?

—No se lo quité. Solo lo lavé.

—¿Y dices ser psicóloga?

Seon-gyeong se quedó sin palabras.

—¿Te planteaste qué significado podía tener el oso de peluche para esa niña? Si no lo soltó ni en medio del caos producido por el incendio, deberías haberte imaginado lo importante que era para ella. ¿Y si es un objeto que le recuerda el olor de su madre? Entonces tú serías la persona que borró ese recuerdo.

Seon-gyeong entonces comprendió lo que le decía su amiga.

Ella misma vivió una experiencia similar.

Cuando su madre falleció, después del funeral regresó a casa y se metió en el armario de ella para oler su ropa. Aun sabiendo que el olor de su madre ya no estaba en esas prendas, se aferró a ellas y hundió la nariz para encontrar aunque fuera un pequeño rastro de ella. Cuando horas después su padre la encontró dentro del armario, ella le mostró una bufanda de su madre y le dijo:

—Papá, esto huele a mamá.

No se acordaba de la cara que puso su padre en ese momento, pues antes de que ella se la viera bien él la abrazó y se puso a llorar.

Más tarde su padre le habló de juntar las pertenencias de su madre y quemarlas. Seon-gyeong se negó y no le dirigió la palabra por un buen tiempo. La enfureció que su padre tratara de borrar el recuerdo de su madre tan pronto.

Seon-gyeong se puso en la piel de Ha-yeong.

Para la niña, ella era la mujer que se había adueñado de su padre, dejando al margen a su madre. Para colmo, trataba de borrar su recuerdo. Era natural que la niña se resistiera. Y encima le pegó. Desde el punto de vista de Ha-yeong, era definitivamente una situación intolerable.

Seon-gyeong recordó la conducta que había visto en su hijastra por la mañana.

La niña ni la miró. Tampoco respondió a las preguntas de su padre. Dijo que no quería comer. Aunque su padre la persuadió para que se sentara a la mesa, no pudo obligarla a comer. La niña empujó violentamente el plato. Su padre la regañó, pero no movió ni un dedo. Un frío silencio dominó la hora del desayuno.

—¿Me estás escuchando? —preguntó Hee-ju.

—¿Cómo? Sí, sí. Sigue.

—Solo te diré una cosa. A esa edad, los niños no son tan niños como uno cree. Son capaces de comprender las circunstancias que los rodean, la relación causa-efecto, y hasta son capaces de darse cuenta rápidamente de quién es el que manda. No olvides que, mientras tú la observas y haces tu propio análisis, la niña también está haciendo lo mismo contigo.

Seon-gyeong no había pensado en eso. Entonces ¿cuán distanciadas iban a estar ella y Ha-yeong después de lo sucedido?

—Pero no te preocupes tanto. Ahora estáis en una etapa difícil. Cuando la niña recupere la estabilidad emocional y determine que eres de fiar, se olvidará de esto.

Por un momento, Seon-gyeong se distrajo con sus pensamientos y entonces oyó que Hee-ju hablaba con otra persona.

—Perdona, tengo una sesión ahora.

—Ah, bueno, gracias por todo.

—Llámame si te surge alguna duda más o si llegas a tener algún problema.

Fue una llamada breve, pero Hee-ju, como buena experta, le aclaró a Seon-gyeong muchos aspectos que esta no había llegado a considerar. No pensó en el significado que podría tener el oso de peluche para Ha-yeong. Vio la situación solo desde su propio punto de vista y pasó por alto el hecho de que ese muñeco quizá fuera más importante para su hijastra justamente porque estaba sucio y viejo. Encima borró con detergente el único recuerdo de su madre que quedaba en ese objeto. Finalmente se dio cuenta de su error y entendió la ira de Ha-yeong.

Para no cometer errores más graves, Seon-gyeong necesitaba saber más sobre su hijastra. Y para ello tenía que hacerle muchas preguntas a su marido.

Salió de casa disparada.

—¿A qué viene preguntar de repente?

La voz del marido de Seon-gyeong, que hacía unos segundos sonaba dulce, súbitamente se endureció cuando ella le preguntó sobre la relación entre su hija y su exmujer. El hombre se tomó de un sorbo el café de la máquina expendedora en la sala de descanso del hospital y aplastó agresivamente el vaso desechable.

El esposo de Seon-gyeong, aunque confundido por la inesperada visita de su mujer a su trabajo, hizo con gusto una pausa en su jornada laboral cuando escuchó que ella quería hablar sobre la niña. Le dijo que había terminado con las consultas de la mañana y que podía estar con ella hasta la hora de la comida. Era obvio que también quería hablar con su mujer de su hija. Sin embargo, reaccionó nerviosamente cuando Seon-gyeong le preguntó no solo sobre su hija, sino también sobre su exmujer. Seon-gyeong sabía algo de lo ocurrido con su ex, pero de su conducta podía deducir que lo que había pasado afectaba tanto a su hija como a él mismo.

—Ya adivinarás lo que pudo haber pasado por lo que te dije el otro día, ¿no?

—Insisto. Debo saber exactamente cómo era la relación de Ha-yeong con su madre y qué pasó entre ellas para entenderla mejor.

El marido de Seon-gyeong, que miraba el cielo por la ventana en silencio, empezó a hablar con voz grave sobre su anterior esposa.

—Ella estaba siempre sedienta de algo. Siempre quería el doble, el triple o diez veces más de lo que le daba. Deseaba que yo estuviera junto a ella en todo momento. Solo me miraba a mí y exigía que yo hiciera lo mismo. No soportaba que me distrajera. Lo suyo, más que amor, era obsesión. Era sofocante. Y yo, cuanto más se aferraba ella a mí, más trataba de escapar. Creí que divorciándome quedaría libre, pero eso empeoró la situación.

El marido de Seon-gyeong comentó que, a medida que la

relación de pareja se agravaba, su exesposa empezó a usar a su hija como pretexto para retenerlo. La mujer se había dado cuenta de que él contactaba con ella inmediatamente cuando se trataba de asuntos relacionados con la niña, mientras que a sus llamadas o mensajes de texto nunca respondía. Desde entonces aumentó notablemente la frecuencia con la que Ha-yeong enfermaba o se lastimaba.

—¿Has oído hablar alguna vez de «MSBP»?

Seon-gyeong contestó que sí con la cabeza a la pregunta de su marido. Era precisamente el trastorno que se le pasaba por la mente mientras escuchaba la historia de Ha-yeong y su madre.

—Al principio no dudé de lo que me decía. Pero, llegado un momento, me extrañó que la niña se lastimara e incluso fuera hospitalizada tan a menudo. Entonces le pregunté a Ha-yeong. Naturalmente la niña no era consciente de lo que le estaba ocurriendo. ¿Cómo se iba a imaginar que su propia madre estaba provocando que enfermase a propósito? Aun así, creo que intuía que algo andaba mal, porque se indisponía tras comer lo que le daba su madre o se lastimaba cada vez que estaba con ella.

El MSBP o «síndrome de Münchhausen por poderes» se refería al trastorno facticio infligido a otro, un trastorno mental del comportamiento que muestran algunos individuos para atraer la atención de los demás hiriendo física o mentalmente a los niños bajo su cuidado o a sus mascotas. Y la madre de Ha-yeong había optado por lastimar a su hija para obtener el interés de su exmarido.

Seon-gyeong sabía de esa enfermedad. Incluso había asistido a una clase e, intrigada por ese tema, había recopilado información por su cuenta.

El síndrome de Münchhausen es un trastorno mental que consiste en fingir que uno está enfermo a fin de recibir la atención de los demás. Así, quien lo padece trata de obtener la compasión o el interés de los demás mediante mentiras y dolencias fingidas, y, cuando ese interés se debilita, se inventa otra enfermedad.

El MSBP o «síndrome de Münchhausen por poderes», sin embargo, es un trastorno aún más grave, dado que el paciente no finge una enfermedad propia, sino que provoca lesiones físicas o mentales en otros que están a su cargo con la intención de atraer la atención de quienes lo rodean como cuidador del lesionado.

—Entonces ¿pasó eso el día en que murió tu exmujer?

—Eso parece. Ese día yo le dije que no iría aun tras escuchar que la niña se había lastimado. Estaba harto. Supongo que se desesperaría al darse cuenta de que el pretexto de la niña ya no le funcionaba.

El marido de Seon-gyeong le contó que, el día del suicidio de su esposa, su hija se había fracturado una pierna. Con razón la niña decía que soñar sobre su madre le daba pavor. ¿Cómo recordaría Ha-yeong a su madre? Era deducible por sus palabras que soñar con su mamá le daba miedo, que era duro para ella acordarse de esa etapa de su vida. Todas las víctimas del síndrome de Münchhausen eran amenazadas por seres a los que querían y en quienes confiaban. En este sentido, Ha-yeong debió de estar confundida y preguntarse cuál podría ser la verdadera cara de su madre.

—Fui a ver unas cuantas veces a Ha-yeong después de la muerte de mi exmujer.

No obstante, el marido de Seon-gyeong dijo que los abuelos maternos de la niña, que estaban a cargo de ella, lo persuadieron para que no fuera más. Que así lo hicieron tras concluir que sería mejor criar a la niña ellos en lugar de él, que era el padre, considerando que estaba ya casado con otra mujer. En ese momento, la decisión de los abuelos parecía la más adecuada.

Pero ¿cómo se habría sentido Ha-yeong? A la niña, que no habría salido todavía de la conmoción por el suicidio de su madre, seguramente la decisión de los adultos le hubo causado otra herida más, pues, por lo que contaba el marido de Seon-gyeong de que su hija rehusó verlo durante un tiempo considerable, era de suponer que en esa situación la niña debió de sentir que su padre la había abandonado.

Seon-gyeong quería acusar a su esposo de egoísta, pero no podía. Ella sabía que su existencia había influido de algún modo en la decisión de su marido, aunque él no lo dijera. Y si nada les hubiera pasado a los abuelos de la niña, ella no habría conocido a Ha-yeong.

En el coche, tras conversar con su marido, Seon-gyeong pensó una y otra vez en Ha-yeong y su madre.

Ha-yeong perdió a su madre a la edad de diez años. Por mucho que maltratara y agrediera a sus hijos, una madre nunca dejaba su condición de ser absoluto para ellos. ¿Podría comprenderlo una niña de diez años? ¿Podría entender que su madre tomara como rehén a su propia hija para recibir la atención y el cariño de alguien? Lo innegable era que, a pesar de todo, la niña extrañaba a su madre. De ahí sus gritos y su enfado cuando su madrastra borró el olor que quedaba de ella en el muñeco.

Al pensar en el oso de peluche, Seon-gyeong dejó escapar un largo suspiro de culpa. Se dio cuenta de cuán arbitraria había sido. Ni siquiera se le había cruzado por la cabeza esperar a que la niña volviera de la escuela para preguntarle su opinión. Y el problema no era solo ese muñeco. Seon-gyeong hizo todo según su criterio, tanto decorar la habitación de Ha-yeong como elegir su ropa. Escogió las cortinas y las mantas para su cama sin siquiera saber qué colores le gustaban a su hijastra. Si bien consultó su opinión sobre la ropa que quería, decidió qué comprar aun antes de escuchar la respuesta de la niña. Así, analizando su conducta de los últimos días, se dio cuenta de que había hecho comer, vestirse y dormir a la niña como mejor le parecía.

Se dio cuenta de que estaba acorralando a Ha-yeong.

De pronto se acordó del comentario de Hee-ju. Su amiga le había dicho que, igual que ella observaba a la niña, esta la examinaba a ella. Entonces no se quiso ni imaginar cómo la vería su hijastra. Tenía que admitirlo: había sido torpe y muy poco cautelosa; había actuado con demasiada prisa y sin ninguna consideración. Debía reconocer que no estaba preparada para criar a una niña.

Seon-gyeong se echó la culpa una y otra vez. Sentía un profundo remordimiento por haber herido a una niña que ya estaba más que lastimada en cuerpo y alma. Estaba arrepentida y el pesar la abrumó.

Pero tampoco podía quedarse sin hacer nada. Tenía que arreglar las cosas. Entonces decidió pedir ayuda a Hee-ju para encontrar una manera de reconciliarse con su hijastra y mejorar su relación con ella. También quería hacerle olvidar el dolor causado por su madre. Sabía que no era algo posible de lograr de un día para otro, que la superación del dolor llegaría lentamente con la acumulación de emociones más cotidianas y positivas.

Conducía el coche sumergida en sus pensamientos sobre Ha-yeong cuando, inadvertidamente, levantó la vista y vio un cartel que indicaba cómo llegar al colegio de la niña. El cartel le pareció un presagio.

Entonces giró en dirección hacia la escuela.

18

Como era la hora de la salida, Seon-gyeong decidió esperar en la puerta del colegio.

Poco después de sonar la campana, escuchó que el ruido de los profesores y los alumnos en el patio se hacía más intenso y vio que algunos niños ya estaban saliendo por la puerta principal de la escuela. Aún en el coche, Seon-gyeong no apartaba la mirada de la puerta, por si Ha-yeong salía.

Pronto se formó una avalancha de niños y su búsqueda se intensificó para encontrar lo antes posible a su hijastra. Enseguida pensó que se había preocupado por nada, porque localizar a Ha-yeong entre la muchedumbre le resultó más que sencillo. Otra niña, de quien parecía haberse hecho amiga, hablaba sin parar a su lado mientras que Ha-yeong caminaba con la boca cerrada.

—¡Ha-yeong! —Seon-gyeong la llamó levantando la mano y la niña la vio tras fijarse a su alrededor por unos segundos; sus ojos se engrandecieron por la sorpresa cuando Seon-gyeong se le acercó corriendo y le preguntó—: ¿Quién es? ¿Una amiga?

—Nos sentamos juntas. Me llamo Choi Ga-eun.

—Hola, mucho gusto. Así que os sentáis juntas. Ayúdala mucho, porque Ha-yeong es nueva y todavía no tiene amigos.

—Claro. Mis amigas son también amigas de Ha-yeong. ¿Es suyo ese coche? ¡Qué bonito!

Mientras su amiguita hablaba sin cesar, Ha-yeong no pronunció ni una sola palabra. Incluso estaba ignorando a Seon-gyeong. Pero esta se acercó más a la niña y le preguntó mientras le cogía la mochila:

—¿No tienes hambre? ¿Vamos a comer algo rico? ¿Qué tal si se viene tu amiga?

—¿Lo dice en serio?

Ante la reacción de su amiga, Ha-yeong la miró con ojos de desaprobación y dijo:

—Vete a tu casa.

—Pero...

—Yo también me voy a ir a casa, ¿vale?

La amiguita de Ha-yeong se desconcertó por lo nerviosa que sonaba su compañera y miró a Seon-gyeong.

—Lo siento. Parece que hoy Ha-yeong quiere volver a casa pronto. Pero, Ga-eun, te prometo que la próxima vez que nos veamos te invitaré a algo rico. Hoy despidámonos aquí.

—Está bien. Hasta luego, entonces. Hasta mañana, Ha-yeong.

Ga-eun se alejó hacia la avenida agitando la mano como gesto de despedida. Daba la impresión de ser una niña sociable y alegre que ponía de buen humor a todos a su alrededor. A Seon-gyeong le aliviaba el hecho de que su hijastra tuviera en la escuela compañeras como ella.

Seon-gyeong le rozó el hombro a Ha-yeong como si nada hubiera pasado.

—¿Nos vamos?

La niña no respondió.

Seon-gyeong caminó hacia donde estaba estacionado el coche, pero la niña se quedó inmóvil.

Cuando se giró para mirarla, Ha-yeong se le acercó y extendió el brazo cerrando los labios con firmeza.

—Dame mi mochila.

—Vamos en el coche.

—No quiero. Prefiero caminar.

—Ha-yeong, por favor.

La niña no se movió. Solo sujetó con fuerza su mochila, aún en manos de Seon-yeong, y no le dirigió la mirada ni por un segundo. Seon-gyeong, sin más remedio, la tomó del brazo.

—Antes de devolverte la mochila, tengo que hablar contigo. —La niña no dijo nada—. Te pido disculpas por lo de ayer. Lo hice mal. Debí haberte preguntado antes. Actué según mis propios criterios y lo siento por ello. Creo que no pensé cuán importante era ese muñeco para ti.

Ni una palabra.

—También te pido perdón por haberme enojado contigo y por haberte pegado. En adelante, jamás volverá a pasar algo así.

Aunque la niña seguía sin mirarla, Seon-gyeong percibió que la niña le prestaba atención. Entonces se agachó y se puso a su altura.

—Es que no sé nada de niños. Solo tengo amigos adultos y no sé cómo hacerme amiga de una niña. —Como no dijo nada, continuó—: Yo quisiera llevarme bien contigo. ¿Podrías enseñarme qué debo hacer?

Tras unos segundos de vacilación, Ha-yeong respondió afirmativamente con la cabeza con la mirada fija en la cara de su madrastra.

—Gracias.

—Eh... —Seon-gyeong se sobresaltó al escuchar súbitamente la voz de la niña—. Tengo sed. Quiero agua.

Ante una petición tan ordinaria, Seon-gyeong se sintió desconcertada y al mismo tiempo aliviada. Era la primera vez que su hijastra le pedía algo. Encontró enseguida una tienda de veinticuatro horas.

—Quédate aquí que ahora regreso.

Seon-gyeong dejó a la niña en el coche, pero, cuando regresó de la tienda, ya no estaba allí. Asustada, la buscó con la mirada hasta que la encontró frente a la vitrina de un local.

Seon-gyeong se le acercó y, pasándole la botella de agua, se fijó en lo que estaba mirando.

Lo que había acaparado el interés de la niña eran unos perritos.

Frente a la tienda de mascotas de al lado del colegio había otros niños que, como Ha-yeong, se entretenían viendo a los cachorros del escaparate. Evidentemente era la mayor atracción a la salida de clase. Algunos simplemente miraban a los perritos y otros los saludaban con las manos.

—¿A ti te gustan los perritos? —preguntó Ha-yeong de repente mientras miraba embobada a los cachorros.

—¿Por qué lo preguntas? ¿Quieres uno?

Ante la pregunta de Seon-gyeong, la niña volvió rápidamente la cabeza para mirarla. No dijo ni una sola palabra, pero sus ojos delataban sus ganas de tener un perro. No lo había planeado, pero Seon-gyeong concluyó que tener una mascota podría ayudar a la niña a adaptarse al nuevo entorno y disfrutar de una mayor estabilidad mental.

Seon-gyeong extendió la mano hacia Ha-yeong y esta la cogió. Su suave manita cabía perfectamente en la de Seon-gyeong. Entonces el calor de la niña le provocó una ternura enorme. Había necesitado una semana entera para sentir esa mano.

Entraron en la tienda de mascotas.

Allí había perros de diversas razas —shih tzus, beagles y malteses— esperando a su futuro dueño. Ha-yeong, como si ya hubiera hecho su elección, alzó uno entre los varios que había en la tienda, un shih tzu blanco con los ojos y las orejas de color castaño.

—¿Te gusta ese?

La niña asintió con la cabeza y le acarició la coronilla al cachorro. El perro, que ya tenía dueña, le lamió la mano y se pegó más a su pecho.

Seon-gyeong compró tanto el perro como las cosas necesarias para cuidarlo: una casita para el cachorro, comida para perros, champú y hasta juguetes; tantas cosas que el paquete era tan grande que resultaba casi imposible llevarlo de una sola vez.

Cuando Ha-yeong salió de la tienda con el perro en los brazos, los niños que estaban frente al escaparate la rodearon. Pero, al ver que estiraban los brazos para tocar al animal, la niña gritó.

—¡No! ¡No toquéis a mi perrito!

Dejando atrás a esos niños que la miraban con envidia, Ha-yeong corrió al coche. Cuando Seon-gyeong se sentó al volante tras colocar todo lo que habían comprado en el maletero, vio que su hijastra estaba en el asiento trasero del coche dándole de comer a su nueva mascota.

—No le des mucho de comer. Recuerda que nos dijeron que unas pocas golosinas al día son suficientes.

Pero la niña no parecía hacerle caso, pues estaba concentrada en el perro. Seon-gyeong se quedó mirándola, pero enseguida arrancó el coche. Se sentía relajada solo de pensar que a la niña se la veía mucho más alegre que hacía un rato.

De vuelta en casa, las dos tuvieron una breve discusión sobre dónde instalar la casita del perro.

Ha-yeong quería tenerla al lado de su cama, mientras que Seon-gyeong insistió en dejarla en la sala de estar, porque era apenas un cachorro y le sería difícil subir y bajar las escaleras.

La niña tomó entonces al perro entre los brazos y dijo que ella se encargaría de bajar y subir con él. Aun durante la cena comió abrazando al perro y por eso Seon-gyeong la reprendió. Pero ni los regaños sirvieron para apartarla del animal. Lo que no podía negar era que el perro suavizaba enormemente el ambiente de la casa. Ha-yeong ya no habló más del muñeco y después de cenar se quedó jugando con el perro en la sala sin subir a su cuarto.

Seon-gyeong esperó más relajada a que volviera su marido del trabajo. Estaba ansiosa por mostrarle el cambio ocurrido respecto a esa mañana de tensión extrema. Incluso pensaba que así su hijastra y ella se acostumbrarían la una a la otra y se tratarían con más confianza.

Al no tener noticias de su marido pasada la hora a la que siempre llegaba a casa, Seon-gyeong lo llamó por teléfono.

Su marido la avisó de que estaba en una reunión. Tenía planeado viajar a Washington D. C. de ahí a un mes para presentar su tesis y parecía que la reunión era con los miembros de su laboratorio sobre ese viaje.

El esposo de Seon-gyeong regresó casi a las diez de la noche. Estaba exhausto. Se quitó la chaqueta y se la dio a ella. Luego, cuando estaba a punto de entrar al baño, empezó a toser.

Ha-yeong bajó del segundo piso con el perro.

—Mira, papá. Ahora tengo un perrito. Se llama...

La niña le mostró el perro a su padre, pero el marido de Seon-gyeong, en vez de acariciarlo, se echó para atrás. Le estaba dando un ataque de tos.

—Aléjalo de mí.

—¿Eres alérgico a los perros? —preguntó Seon-gyeong.

—¿De dónde ha salido? Debiste haberme consultado antes. —El hombre se enfadó más de lo necesario. Su hija, que quería compartir con su padre la alegría de tener una mascota, se decepcionó y retrocedió—. Devuélvelo inmediatamente.

El marido de Seon-gyeong entró al baño con la cara irritada.

Alérgico a los perros. Quién se lo iba a imaginar. Seon-gyeong, sin saber qué hacer, miró a Ha-yeong. La niña tenía la cara larga por la decepción y la desilusión. Al notar su tristeza, Seon-gyeong se enfureció con su marido.

Los ojos de la niña se humedecieron. En cualquier momento podría explotar en llanto. Pero abrazó más fuerte al perro, como si se aguantara para no llorar. Seon-gyeong se le acercó y le acarició el cabello.

—No te preocupes. Voy a hablar con tu papá.

—¿De veras? —le preguntó la niña con expectación, pero con el primer parpadeo varias lágrimas le cayeron por las mejillas; Seon-gyeong la tranquilizó y se las secó.

—Sí. Confía en mí.

—¿Qué vas a hacer si mi papá no cede?

El marido de Seon-gyeong estaba en casa solo un rato por las mañanas, muy temprano, y por las noches. Apenas pasaba unas dos o tres horas al día con la familia, excepto el tiempo que dormía. Por eso Seon-gyeong creía que no habría ningún problema si durante esas pocas horas el perro se quedaba en la habitación de la niña. Aun así, no estaba segura de si podría convencer a su marido, de ahí que no pudiera darle una contestación inmediata.

Ha-yeong, por otra parte, esperaba una respuesta afirmativa de su madrastra. Ella y el perro estaban como a la espera de una sentencia.

—Espera, voy a intentar convencerlo.

Ha-yeong sonrió. Sus ojos brillaban y se mostró enteramente dócil.

Tras subir la niña a su habitación con el perro, Seon-gyeong le preparó ropa a su esposo para que se cambiara y lo esperó sentada en el sofá. En cuanto el sonido de la ducha terminó, llamó a la puerta del baño y le pasó a su marido la ropa que había preparado. El hombre la cogió y se metió en el dormitorio, como si no quisiera hablar de lo sucedido hacía unos minutos. Seon-gyeong entró detrás de él.

—¿Quieres una cerveza?

—No. Estoy muy cansado. Necesito dormir.

—El perro...

—Parece... —la interrumpió su marido justo cuando Seon-gyeong estaba a punto de hablar del perro—. Parece que te llevas mejor con la niña. ¿Qué ha pasado?

—Es gracias a ese perro al que detestas.

—Sí, los detesto.

—Pero ¿no has visto lo contenta que estaba con el perro?

Su esposo la miró fijamente.

—¿Me estás diciendo que nos quedemos con él?

—Ya está aquí. Por primera vez la niña me ha pedido algo. ¿No te das cuenta de que la has decepcionado con tu reacción? Llevaba toda la noche esperando a que vinieras...

Incómodo, el marido de Seon-gyeong se rascó la cabeza, pero no cedió en cuanto al perro.

—Tengo alergia a los perros. Me dan ataques de tos y me pica todo el cuerpo.

—Podemos hacer que el perro se quede en el segundo piso cuando estés en casa.

—Pero la casa va a estar llena de pelos de perro. ¿Por qué se lo has comprado?

Las quejas de su marido empezaban a enfurecer a Seon-gyeong, por eso lo miró con desaprobación.

—¿Por qué me miras así?

—Toma alguna medicina. Eres doctor, ¿no? ¿Acaso no hay medicinas para la alergia a los perros?

Su esposo se sorprendió al ver a Seon-gyeong tan enojada.

—Cariño...

—¿No puedes concederle ese capricho? ¿Por qué eres tan egoísta? ¿Por qué te comportas de esa manera y nos pones a todos de mal humor? —le dijo conteniéndose para no soltarle que era su hija.

Ni se imaginaba la de veces que se vería tentada a decir eso en los días siguientes.

A medida que su marido prestaba cada vez menos atención a la niña, Seon-gyeong se disgustaba más con su actitud. Por muy ocupado que estuviera, eso no podía ser un pretexto si era consciente de la inestabilidad psicológica de Ha-yeong. Ya era inexcusable que regresara tan tarde a casa después de haber conversado con Seon-gyeong sobre la niña esa tarde. Para colmo, reaccionó con gritos delante de Ha-yeong y se negó a ceder.

Seon-gyeong quería echarle en cara que se trataba de su hija. Pero no lo hizo. El problema era que a esas alturas el tema era tabú. En el momento en que ella aceptó tener a la niña en casa, Ha-yeong dejó de ser la hija de su esposo para ser la de ambos.

Era evidente que su marido estaba anonadado debido al enfado de Seon-gyeong. Un tanto inhibido por ello, el hombre se rascó nuevamente la cabeza y, mostrándose complaciente, le dijo a su esposa:

—Está bien, pero no tienes que molestarte tanto.

—No quiero hablar más del tema. Acuéstate.

Al notar su frialdad, Jae-seong intentó suavizar un poco el ambiente. Sin embargo, ella se alejó y salió del dormitorio.

Pensaba ir al estudio a relajarse cuando, de pronto, cambió de dirección y subió al segundo piso. Una tenue luz salía por la abertura de la puerta.

—Ha-yeong.

Seon-gyeong abrió la puerta de la habitación. La niña ya

estaba dormida y el perro se removía debajo de su brazo. Entonces lo cogió para meterlo en su casita y le dio unos cuantos juguetes. Se fijó atentamente en la cara de la niña dormida. Trataba de encontrar algún parecido con su padre, pero no encontró muchas similitudes. Por suerte, la chiquilla parecía estar más tranquila en comparación con la primera noche que había pasado en la casa, cuando se despertó gritando. Quería convencerse de que así, con el tiempo, la niña podría sanar sus heridas.

Acariciándole la cabeza, Seon-gyeong se acordó de cuando su madre murió.

Entonces era mayor que Ha-yeong. Aun así, le costó superar el dolor. Por eso sabía que la sensación de pérdida tras la muerte de una madre producía un vacío en el corazón difícil de llenar. Nada podía taparlo. En aquellos tiempos Seon-gyeong, cada vez que percibía la amenaza de una oscuridad sin fondo bajo los pies, lista para devorarla, quería lanzarse a ese vacío.

Quien la ayudó a alejarse de allí y encaminarse hacia la luz fue su padre. Al imaginarse que Ha-yeong podría también tener un vacío profundo y oscuro dentro, sintió una honda compasión por la niña. Quería por eso ser su guía, como lo fue su padre para ella.

Seon-gyeong la cubrió bien, apagó la luz y bajó al estudio.

19

Cuando abrió la puerta de la calle, había allí dos hombres desconocidos.

El que estaba delante tenía el pelo muy corto y era fornido. Llevaba un traje negro. Tenía la frente sudada por el calor que hacía. El de atrás, que llevaba camisa a cuadros, también estaba sudando. Es más, tenía el pelo completamente mojado de tanto sudar y se secaba la cara constantemente con un pañuelo.

—¿Esta es la casa del señor Yun Jae-seong?

—Sí. ¿Qué se les ofrece?

—Tenemos algunas preguntas sobre el incendio que hubo en el domicilio del señor Park Yong-seok.

¿Park Yong-seok? A Seon-gyeong no le sonaba. Sin embargo, al escuchar la palabra «incendio», se acordó de su hijastra. Intuía que esos hombres habían venido por el incendio producido en la casa de los abuelos maternos de la niña.

—Ahora mismo mi marido no se encuentra en casa.

—No venimos a ver a su marido, sino a su hija. Yun Hayeong.

—Ah... ¿Quieren pasar, entonces? —Seon-gyeong los invitó enseguida a entrar en la casa después de vacilar un instante.

Pronto Ha-yeong volvería del colegio. Tampoco podía dejarlos afuera, encima viendo cómo sudaban bajo el sol radiante.

—¿Desean tomar algo?

Al ofrecimiento de Seon-gyeong, el hombre con la camisa a cuadros pidió sin titubear agua fría.

Después de guiarlos hasta el sofá de la sala, Seon-gyeong fue a la cocina y trajo una jarra con agua fría y dos vasos. Ambos hombres vaciaron el primer vaso de un solo trago y el de la camisa a cuadros se sirvió otro más, como si uno no hubiera sido suficiente para calmar su sed. Mientras se secaba el sudor que le caía por el cuello con un pañuelo todo arrugado que tenía en una mano, murmuró:

—El sol pega tan fuerte que tengo la cabeza caliente de tan solo caminar por la callecita frente a la casa.

Seon-gyeong sonrió y encendió el aire acondicionado. También trajo un ventilador y lo puso cerca de los hombres.

—Muchas gracias. Ahora me siento un poco mejor. Es que soy muy sensible al calor.

Al contrario del hombre de la camisa a cuadros, el del pelo corto no sudaba mucho. Parecía aguantar relativamente bien el calor. Veía con cierto desagrado cómo su compañero se sacudía la camisa frente al ventilador con impaciencia. Pero al rato dejó de mirarlo y le entregó a Seon-gyeong su tarjeta:

Yu Dong-sik, sargento
Equipo de investigación de incendios,
Departamento de Investigación de Incendios
POLICÍA METROPOLITANA DE SEÚL

El hombre de la camisa a cuadros lo imitó y también sacó su tarjeta para pasársela a Seon-gyeong. A diferencia del otro, pertenecía a la Dirección Nacional de Bomberos:

Lee Sang-uk,
INVESTIGADOR DE INCENDIOS

Seon-gyeong sabía que el Departamento de Investigación de Incendios contaba con un equipo, pero era la primera vez que conocía a un agente especializado en incendios. Además, era información nueva para ella que dicho agente colaborara con un investigador de incendios del cuerpo de bomberos.

—¿Pertenecen a entidades diferentes?

Los dos hombres se miraron y se rieron ante la pregunta curiosa de Seon-gyeong. De su intercambio de miradas le fue posible deducir que entre ellos había esa confianza propia de dos personas que habían pasado mucho tiempo juntas.

—Es muy perspicaz. Por lo general, la gente solo reconoce lo de investigador de incendios —dijo el investigador de incendios Lee Sang-uk, sin duda, el charlatán del equipo—. Teóricamente, la inspección de incendios es trabajo de la Dirección de Bomberos. Pero, al realizar las investigaciones, surgen situaciones en las que es indispensable la intervención de la Policía. De ahí la colaboración entre ambas instituciones.

—Entiendo.

Seon-gyeong leyó detenidamente las dos tarjetas que acababa de recibir.

Por lo que tenía entendido, un investigador de incendios era el agente a cargo de examinar el lugar afectado inmediatamente después de las maniobras de extinción y entrevistar a los testigos *in situ*. Por eso la extrañaba la visita de aquellos hombres.

Inconscientemente, Seon-gyeong encogió los hombros por el frío. El ambiente dentro de la casa se había refrescado demasiado. Entonces, el sargento Yu tomó el control remoto del aire acondicionado y lo apagó.

Seon-gyeong le miró. Y el hombre dijo que con el ventilador era suficiente.

Ella se dio cuenta de que era sagaz y cauteloso. Sin embargo, se sintió incómoda al percibir que no le quitaba el ojo de encima. Para romper el perturbador silencio, empezó a decir:

—Por lo que sé, la investigación sobre incendios se realiza en el lugar de los hechos. ¿Hay alguna razón en particular por la que han venido hasta aquí?

A esta pregunta, respondió el sargento Yu. Era evidente que había división de tareas entre él y su compañero.

—El día del incendio fue un caos y la niña no pudo responder bien a las preguntas. Supongo que porque estaba demasiado conmocionada. Es la única testigo, pero no pudimos escuchar de ella qué pasó ese día. Ya analizamos el estado del lugar del incendio y ahora tenemos algunas preguntas pendientes para la niña.

—Ah... —Seon-gyeong asintió con la cabeza y miró la hora—. Ya debe de estar a punto de llegar.

Se sintió ansiosa. Le inquietaba que Ha-yeong pudiera llegar tarde y que dos hombres desconocidos estuvieran en su casa, pero más le inquietaba la mirada del sargento Yu, que estaba clavada en ella. Captando su ansiedad, el investigador Lee le dijo sonriendo:

—No se preocupe por nosotros. Haga lo que tenga que hacer, que esperaremos aquí.

Sus palabras de nada sirvieron. Seon-gyeong seguía intranquila. Sin darse cuenta, miraba a cada rato el patio por la ventana.

—Eh...

La voz del sargento Yu le hizo darse la vuelta. Al notar que el hombre la observaba, inclinó la cabeza hacia un lado, perpleja.

—¿Sí?

—Por casualidad, ¿trabaja en algo relacionado con la policía?

—Podría decirse que sí. Soy psicóloga criminal.

Entonces el policía se tocó la frente con un dedo tratando de acordarse de algo. Su compañero lo miró y también a Seon-gyeong, sin entender la situación, y preguntó:

—¿Qué? ¿La conoces de algo?

—¿No asistió usted el invierno pasado a un seminario sobre psicología criminal en el Servicio Forense Nacional?

—Sí, en enero.

En efecto, había acudido a un seminario hacía cinco meses. Un seminario académico sobre investigación forense y psicología criminal, organizado por el Servicio Forense Nacional. Parecía que el sargento Yu también había estado allí.

—Ya me parecía que lo había visto en alguna ocasión.

Seon-gyeong entonces comprendió su mirada incómoda de unos minutos atrás. El policía estaba tratando de recordar dónde la había visto, pero tras aclarar su duda, como si hubiera acabado una tarea difícil, miró hacia otro lado. Seon-gyeong, por su parte, sintió alivio y la tensión en el ambiente desapareció.

—Es muy observador, además de tener buena memoria...

—El sargento Yu tiene buena memoria para recordar a mujeres hermosas.

La broma de Sang-uk fastidió a Yu, que lo detuvo rápidamente punzándole las costillas con el dedo.

—Disculpe. Es un poco indiscreto. En realidad, la recuerdo por lo que dijo en el seminario.

—¿Qué dije?

Seon-gyeong no recordaba haber hecho ningún comentario en aquel entonces. No había participado como ponente ni había hecho preguntas. De ahí su extrañeza ante lo que le decía el policía.

—Dijo que las heridas convierten a las personas en monstruos.

Las palabras del sargento la turbaron. No recordaba que hubiera conversado con él en el seminario.

El sargento Yu continuó agitando las manos como negación:

—No, no me lo dijo a mí directamente. Yo estaba sentado justo delante de usted y escuché lo que conversaba con la persona de al lado. Y ese comentario lo hizo refiriéndose al caso de Yu Yeong-cheol.

—¡Ah!

Justo entonces Seon-gyeong se acordó de ese seminario. Un amigo había insistido en que fuera. Allí conoció a un columnista que escribía para una revista especializada en asuntos policiales. Como era una persona que se ganaba la vida escribiendo, tenía un don especial para contar historias y por eso terminaron conversando de diversos temas a pocos minutos de conocerse.

Cuando Seon-gyeong le contó que había estudiado Psicología Criminal en Estados Unidos, el columnista le preguntó sobre perfilación criminal y le empezó a hablar de la infancia del asesino en serie Yu Yeong-cheol, al que él había investigado. Su conclusión era que el maltrato sufrido en la infancia por parte de sus padres había provocado un terrible trauma en aquel criminal.

El columnista entonces comentó, citando a Robert K. Ressler, que coincidía con él en que nadie cambia de repente de carácter después de cumplir los treinta para convertirse en asesino y que es posible detectar desde la niñez de una persona conductas que pueden ser consideradas el augurio de futuros asesinatos. Y Seon-gyeong, al exponer su opinión sobre el término «trauma», dijo que las heridas convierten a las personas en monstruos.

—Usted es de esas personas que más temor me causan —dijo Seon-gyeong

—¿Cómo?

—Tengo amigos como usted, que se acuerdan de algún encuentro de hace más de diez años y recuerdan hasta los más mínimos detalles, desde la ropa que llevaba y la conversación que tuvimos hasta lo que comimos y la música que sonaba en el restaurante. Francamente, me da miedo.

—El sargento Yu es justo esa clase de persona. Se acuerda hasta de lo más superfluo.

Ante el comentario de Seon-gyeong y el tono bromista de Sang-uk, el policía se rio y dijo que era así desde niño.

Por suerte, Ha-yeong regresó a tiempo de la escuela.

Sonó la puerta de la calle y la niña ya estaba cruzando el patio.

—Ahí viene.

Con el aviso de Seon-gyeong, el sargento Yu y su compañero levantaron la cabeza y dirigieron la mirada hacia la pequeña.

Desde la entrada, Ha-yeong notó la presencia de aquellos dos hombres. Mostró una expresión dura en el rostro.

—¿Te acuerdas de estos señores? Están investigando el incendio de la casa de tus abuelos. Han venido para hacerte algunas preguntas.

Ha-yeong se quedó mirando a los dos hombres y se sentó en el sofá cuando su madrastra se lo pidió. Su cara delataba nerviosismo. Seon-gyeong trató de tranquilizarla abrazándola por los hombros.

—No pasa nada. No tienes por qué tener miedo. Solo cuéntales lo que recuerdes.

Las palabras de Seon-gyeong no lograron hacer que la niña bajara la guardia.

El sargento Yu se quedó mirando fijamente a Ha-yeong,

y cuando su compañero le dio un suave golpe en el brazo empezó a preguntar.

—¿Te acuerdas de mí?

Ha-yeong respondió que sí con la cabeza.

—Te asustaste mucho ese día, ¿no? ¿Estás bien ahora?

—Sí.

—¿Podrías contarme detalladamente qué pasó el día del incendio?

Ha-yeong se quedó en silencio tras la pregunta del policía. Vaciló un momento y agitó la cabeza.

—No me acuerdo de nada.

El sargento Yu seguía mirando a la niña directamente a los ojos. De pronto, le hizo otra pregunta dibujando en su cabeza la disposición de la vivienda incendiada.

—¿Cuál era tu cuarto?

—El que estaba al lado de la cocina. La ventana daba a la escalera de fuera para subir a la azotea. Ahora que me lo pregunta, cuando noté el incendio subí allí. Fue donde me rescataron los bomberos.

Mientras contestaba parecía que le iba volviendo la memoria.

—Cuando saliste por la ventana, ¿no encontraste a nadie sospechoso rondando la casa?

La niña negó con la cabeza.

—No pude ver nada por el humo.

—¿Estabas durmiendo sola?

—Sí.

—¿Cómo te diste cuenta del incendio?

—Me desperté porque me dolía la garganta. El humo ya estaba entrando en mi habitación. Por eso salí por la ventana.

—¿No recuerdas nada más?

El policía aguardó por si la niña tuviera algo más que decir mientras tomaba nota de sus respuestas. Sin embargo, la chiquilla no volvió a hablar.

Ante esta reacción, el sargento Yu concluyó que no podría escuchar nada más de la pequeña testigo. Guardó su libreta de notas en el bolsillo y sacó su tarjeta.

—Voy a dejarte mi tarjeta. ¿Podrías llamarme si te acuerdas de algo más?

Ha-yeong asintió con la cabeza.

El policía se levantó y se despidió de la niña.

Se levantó y, de súbito, se detuvo como si acabara de recibir un impacto fuerte y se quedó contemplando sus pies. Inmediatamente se giró y miró hacia donde estaba sentada la niña.

Ha-yeong, al cruzar su mirada con la del sargento Yu, abandonó la sala con prisa y subió a su habitación.

El policía le pidió su número de móvil a Seon-gyeong en la puerta de la casa. Lo guardó en la lista de contactos de su teléfono.

—La llamaré personalmente más tarde.

—Está bien. Hasta luego.

—Ah, una cosa más. ¿La niña acostumbra a dormir con los calcetines puestos?

—¿Cómo? —La pregunta del sargento Yu la confundió. No podía comprender a qué venía—. La verdad, no lo sé.

Aun tras cerrarse la puerta de la calle, el sargento Yu permaneció un buen rato allí. Su compañero, tapando el sol con la mano, le metió prisa.

—Marchémonos que nos vamos a asar.

Ya estaba empezando a sudar. Entonces sacó otra vez el pañuelo y empezó a abanicarse. Pero el sargento Yu seguía sin moverse. Frunció el ceño y, tras un momento más de silencio, dijo:

—¿No te parece extraña esa niña?

—¿Por qué?

—Dijo que se dio cuenta del incendio porque el humo empezó a penetrar en su habitación. Por lo general, ¿cómo se comporta un niño en esa situación?

—Generalmente escapan del humo o se esconden...

Cuando se produce un incendio, lo más doloroso es encontrar cadáveres de niños. Estos instintivamente buscan donde ocultarse si ven fuego. Se ocultan, por ejemplo, en un armario, como si jugaran al escondite con las llamas. Por eso, muchos se mueren asfixiados antes de que les alcance el fuego.

El sargento Yu pensó en la disposición de la casa incendiada. La ventana de su habitación estaba en la pared perpendicular a la puerta. Si en la oscuridad la niña se diera cuenta de que la casa estaba incendiándose, ¿cómo habría actuado? Lo común habría sido que se fuera al fondo del cuarto, no que saliera de él.

—Ahora que lo dices...

En ese momento, Sang-uk tuvo una revelación y exclamó:

—¡Ese día, el día del incendio! Por eso le has hecho esa pregunta.

El sargento Yu movió la cabeza de arriba abajo como afirmación. Había confirmado la sospecha que seguía en su mente desde el día del incendio.

Esa madrugada, la niña, que según su propio testimonio se escapó por la ventana al percatarse de que había un incendio en su casa, llevaba calcetines y tenía bien puestos los zapatos. Eso significaba que, o bien sabía de antemano que se produciría un incendio, o bien estaba fuera de la casa.

Fuera cual fuese la verdad, la niña estaba mintiendo.

«¿Por qué mintió?», se preguntó el sargento Yu tratando de descifrar qué podría estar ocultando. También había otro detalle que lo perturbaba.

«Llame a mi papá», le había pedido la niña aquel día entregándole la tarjeta de su padre. Pero ¿podía una chiquilla de su edad escapar de un incendio y en una situación tan caótica guardar la tarjeta de su padre en el bolsillo, ponerse los zapatos y encima salir con un muñeco en brazos?

Rememorando lo ocurrido esa madrugada y el estado de la niña entonces, el sargento Yu se formó una hipótesis. Una hipótesis terrible y que deseaba que fuera equivocada, pero que empezaba a ramificarse en su cabeza.

El policía agitó la cabeza como queriendo sacudirse esos pensamientos. Todavía faltaba el informe forense sobre la autopsia de los abuelos de la niña. Los resultados ya estaban listos, pero había que analizarlos para saber exactamente la causa de la muerte. Del laboratorio de estudios patológicos del Servicio Forense le habían avisado de que le entregarían el informe final dentro de poco. Ese informe esclarecería las cosas. Las hipótesis las podría establecer entonces.

TERCERA PARTE

20

La mañana en la que estaba prevista la entrevista con Lee Byeong-do, Seon-gyeong llamó al jefe del equipo de investigación criminal del Departamento Policial de Gangbuk para preguntarle si sabía algo de su madre desaparecida.

Aquel sabía de esa mujer solo por las declaraciones de Lee Byeong-do. Seon-gyeong entonces le comentó, tal y como había oído del propio asesino, la posibilidad de que él hubiera matado a su propia madre. Tras escucharla, el policía le preguntó si tenía alguna pista más. Por su actitud era posible deducir que estaba más interesado en las pruebas que podría haber en la casa de Lee Byeong-do sobre otros desaparecidos que en un caso ya prescrito, como el presunto asesinato de su madre.

Seon-gyeong le dijo que en la entrevista le preguntaría a Lee Byeong-do sobre los otros crímenes que cometió aparte de los conocidos.

—Pero..., para serle sincera..., lo he llamado porque quería pedirle un favor.

En realidad, Seon-gyeong tenía otras razones para llamar al jefe de policía. Es que presentía saber los motivos por los que el asesino la trataba como lo hacía y quería comprobar si su presentimiento era acertado.

—Por casualidad, ¿encontró alguna foto de su madre cuando registró su casa? Si es así, quisiera pedirle una copia.

El jefe de policía cortó la llamada diciéndole que contactaría con ella después de preguntar también a los otros detectives.

No pasaron ni diez minutos cuando el jefe de policía la llamó. La informó de que había una foto de la madre de Lee Byeong-do que un compañero había guardado como prueba en los expedientes. Hasta se ofreció a mandársela por móvil.

Cuando estaba a punto de salir de casa con su maletín, Seon-gyeong recibió la foto en cuestión. Inmediatamente la miró, pero la cara de la foto no era la que ella se había imaginado.

La suposición que se había hecho era que Lee Byeong-do pudo haber aceptado tener una entrevista con ella y que le daba un trato especial porque se parecía a su madre. No obstante, con la foto pudo comprobar que ambas eran totalmente diferentes. Ese hombre sí tenía muchas similitudes con su madre. Aun en una foto no tan nítida, pudo ver que había sido una mujer muy bella.

Seon-gyeong metió el teléfono en el maletín y se dirigió deprisa a la prisión.

Lee Byeong-do tomó la manzana que le había traído Seon-gyeong, pero esta vez no se la comió. Simplemente la colocó sobre la mesa. Habían pasado solo unos días, pero al hombre se lo veía mucho más flaco. Cuando estaba a punto de sentarse, Seon-gyeong se dio cuenta de que la estaba observando.

—Algo le pasa, ¿no? —dijo Lee Byeong-do.

—¿Por qué dice eso?

—Está diferente.

El hombre la empezó a examinar con cuidado. Su voz

suave, si no fuera por el lugar donde se encontraban, podría haberse percibido como el dulce susurro de un ser amado. Seon-gyeong tenía curiosidad por saber por qué aquel hombre le decía que estaba cambiada.

—¿Eso le parece?

Seon-gyeong reprimió su curiosidad. Tampoco contestó a la pregunta del hombre. Lo único fuera de lo ordinario que le pasaba era la nueva convivencia con su hijastra, pero ese no era un asunto del que pudiera conversar con Lee Byeong-do. Decidió concentrarse en la entrevista con él, solo que aquel hombre no tenía la mínima intención de cooperar y le dijo:

—Usted también tiene ahora... una gatita, ¿no?

—¿Cómo?

Desconcertada, Seon-gyeong lanzó una mirada firme al hombre al otro lado de la mesa. Sus labios mostraban una sonrisa fría mientras cubría la manzana con las manos. Seon-gyeong, sin dejarse influir por sus actos, abrió los expedientes y encendió la grabadora.

—Hoy vamos a hablar de los asesinatos que ha cometido. Me pregunto qué aspectos de usted habrán atraído a las víctimas.

—Y usted quiere saber qué me atrajo a mí de su persona, ¿verdad?

Lee Byeong-do intentaba de nuevo imponer su propio ritmo a la entrevista. Seon-gyeong no estaba segura si desviarse o no por donde ese hombre quería llevarla. Pero al final decidió seguirlo. Como bien le había aconsejado el presidente Han de la Sociedad de Psicología Criminal, esa podía ser también una forma de entender a Lee Byeong-do.

—Hoy... ¿me lo va a decir?

—Si usted así lo desea.

Seon-gyeong dejó el bolígrafo sobre la mesa y rectificó su postura.

—Estaría mintiendo si dijera que no tengo curiosidad. A ver. Adelante.

—Había un bebé mono que perdió a su madre cuando nació. La gente que lo crio le hizo dos madres: una de alambre de la que colgaba un biberón con leche y otra que no tenía leche, pero sí un pelaje suave y cálido. ¿Cuál de ellas dos cree que eligió el monito?

Seon-gyeong también conocía ese experimento. Lo había visto en un documental. El monito, al final, acudía a la madre de alambre solo cuando tenía hambre, mientras que la mayoría del tiempo estaba con la madre de pelaje suave.

—¿Tiene eso algo que ver con lo que quiero saber?

El hombre dibujó en sus labios una sonrisa sospechosa.

¿Qué quería decir con el experimento del mono?

En ese instante algo le cruzó la mente a Seon-gyeong. Si su madre biológica era la madre de alambre del monito, ella podría ser la madre de pelaje suave. O también era posible que ese hombre hubiera tenido una segunda madre. Una madre que sí se encargó de curarle las heridas y consolarlo.

Seon-gyeong supo entonces que no se había equivocado tanto al suponer la razón por la que Lee Byeong-do había aceptado tener una entrevista con ella. Lo que sí la sorprendió era que aquel hombre pudiera haber tenido una segunda madre.

—Usted tuvo dos madres. Una segunda que, al contrario de la de alambre, lo trataba con cariño...

El hombre sonrió y agitó suavemente la cabeza como si expresara decepción.

—Demasiado tarde. Me ha defraudado.

—Quiere que le lea la mente aun sin darme pista alguna.

Él no dijo nada.

—Qué raro... Sobre esa madre a la que tanto odia hablamos mucho el otro día. Sin embargo, de la otra ¿no tiene nada que decir?

Seon-gyeong quería provocarlo. Eso sí, tenía miedo, porque podía cambiar su ánimo en cualquier momento. Por eso iba con cautela. El hombre pretendió no haberla oído. Claramente no deseaba hablar de su segunda madre.

Seon-gyeong eligió entonces preguntarle sobre su primer asesinato, sobre su madre biológica.

—¿Se acuerda de lo que me contó la otra vez? ¿Que mató a su madre?

—¿Eso le dije?

Era evidente que este Lee Byeong-do no era el Lee Byeong-do de la vez anterior. Entonces fue un hombre sincero. Ahora andaba con rodeos o esquivaba astutamente las preguntas. Y como si se hubiera propuesto irritar a Seon-gyeong, empezó a golpear la mesa, a distraerse y a retrasar sus respuestas.

—Cuénteme de su vida.

Estaba determinado a no hablar. Seon-gyeong se acordó del consejo del presidente Han, que le dijo que no se dejara influenciar por él. Entonces apagó la grabadora y la metió de vuelta en su maletín. Lee Byeong-do entrecerró los ojos ante tal conducta inesperada de su interlocutora.

—Parece que hoy no está de humor para hablar. Volveré en unos días.

Al ver a Seon-gyeong levantarse, el hombre cedió.

—Está bien. Siéntese. Si se va así, usted tampoco se sentirá bien.

El hombre, un tanto derrotado, titubeó, como buscando qué decir. Justo cuando Seon-gyeong reformuló la pregunta, empezó a hablar. Tardó un poco, pero pronto se sumergió en su historia.

—Usted nunca sabrá qué se siente al matar a su propia madre.

En efecto, nunca lo sabría.

—Al principio uno no sabe qué está haciendo. Pasa súbitamente, como un relámpago en el cielo. Mis manos obran, pero yo... soy una mera herramienta. Sí. Como si alguien me hubiera ordenado hacerlo. Por eso al principio uno no se da cuenta de lo que está cometiendo.

Ella no dijo nada.

—Mi vida fue un infierno cuando mi madre estaba viva, pero también lo fue después de su muerte. Claro que ese infierno lo construí yo mismo.

Los ojos se le ensombrecieron. Aunque la repudiara, no era solo odio lo que sentía por su madre. A pesar de que fue la persona que le llenó el cuerpo de marcas de maltrato y violencia, en lo más hondo de su ser, ese hombre estaba sediento del amor de su madre. Y quizá esa sed era lo que lo había motivado a matar.

Lee Byeong-do había dicho que su madre lo abandonó cuando él tenía entre diecisiete y dieciocho años. Hacía diecisiete años. Los asesinatos en serie por los que ahora estaba en la cárcel habían comenzado tres años atrás. A Seon-gyeong entonces le nació una duda. ¿Por qué ese hombre habría vuelto a matar después de vivir quince años en silencio tras asesinar a su madre? Además, los asesinatos que cometió fueron brutales. ¿Qué lo habría convertido en un asesino en serie tan cruel?

—¿Por qué volvió a matar quince años después de asesinar a su madre? ¿Hubo algún motivo en particular? ¿Pasó algo?

—Dice que han pasado quince años, pero para mí el tiempo se detuvo el día en que maté a mi madre. Ese día se detuvo mi reloj interior.

El hombre volvió a sus recuerdos para explicar el mundo en el que vivía. Se callaba y se metía en sus pensamientos cuando no encontraba las expresiones adecuadas para describir lo que sentía o lo que veía. Seon-gyeong percibió su intención de contar su historia con la mayor precisión posible.

—El tiempo no fluye a una velocidad uniforme. Unas veces los años parecen un instante y otras un minuto parece más largo que un mes o un año. En mi caso, estoy viviendo los momentos más terribles de mi vida como si fueran una eternidad y lo peor es que se repiten: ese día que llovió; ese día en el que el maullido de una gata me enfureció; ese momento en el que le canté a mi madre acostada en el patio... Se repiten sin fin dentro de mí. Por eso todavía siento rabia hacia mi madre y me pongo nervioso con el sonido de la lluvia. Son hechos que no duraron ni una hora, pero los fragmentos de esos momentos los vivo desde hace quince años cada segundo, cada minuto, cada hora, los trescientos sesenta y cinco días del año. Cuando se repiten, parecen recuerdos nuevos; por eso los siento más fuertes y me enfadan más. Usted ni se imagina cómo es vivir así.

El hombre decía que ella no podía ni imaginarse cómo era su vida, pero Seon-gyeong sabía exactamente cómo era. Y se acordó de ese momento de su vida que se repetía constantemente: el funeral de su madre.

Su mente reproducía constantemente a cámara lenta ese día en el que ella estuvo con una foto de su madre en un monte lleno de cerezos en flor. Los pétalos rosa pálido de ese abril bailaban con el viento y aterrizaban lentamente en la tierra. En su memoria, esos pétalos caían tan lentamente que parecían estar suspendidos en el aire.

Una vez que el ataúd entró en la tierra, los dolientes lanzaron crisantemos sobre él; en ese momento sopló un fuerte viento y los pétalos de los cerezos cayeron como nieve. Con una breve exclamación, Seon-gyeong alzó la cabeza y, siguiendo el movimiento de uno de los pétalos, dejó caer su vista en el ataúd. Entonces el viaje vertical de los pétalos, si bien su duración fue breve, a Seon-gyeong le pareció una eternidad. Las flores se movían contra el viento o a su compás y parecían permanecer en el vacío. Seon-gyeong recordaba la forma, el color y el movimiento de cada uno de los pétalos en fragmentos de microsegundos. Lo que a ella le pasaba era similar a cuando una persona, después de sufrir un accidente de coche, recuerda cada minuto del choque a cámara lenta. Era el resultado de un proceso de almacenamiento que el subconsciente realizaba para guardar cada momento vivido en el cerebro.

Cuando se acordaba de ese día, Seon-gyeong sentía el viento al mismo tiempo frío y cálido. Todo, desde el viento y sus manos sosteniendo la foto de su madre hasta su padre tomándola con firmeza de los hombros, lo sentía como si ocurriera en el presente.

Así que comprendía, aunque no fuera al cien por cien, lo que le pasaba a Lee Byeong-do.

Ese hombre vivía reproduciendo una y otra vez el asesinato de su madre.

—La única manera de borrar ese recuerdo era matar a otra persona.

Ella se quedó mirándolo, afectada.

—Solo eliminaba ese recuerdo de mi mente cuando dejaba sin aliento con mis manos a otra persona. Solo después de mancharme las manos de sangre lograba dormir y dejar de escuchar esa canción.

El hombre ya no tenía su máscara de arrogancia. Sus ojos eran los de un muchacho de diecisiete años y miraban la manzana sobre la mesa. Tras quedarse inmóvil varios minutos concentrado en la manzana, murmuró algo. Tenía los ojos rojos.

—¿Le darías un abrazo a este monito con las manos llenas de sangre? ¿Me lo darías?

Seon-gyeong no pudo decir nada. Solo lo miró.

Los ojos de aquel hombre se humedecieron. A Seon-gyeong le confundía un cambio emocional tan repentino. El hombre extendió los brazos para coger la manzana, pero desistió. Parecía que no se atrevía a tocarla.

Lee Byeong-do agitó violentamente la cabeza para librarse de los sentimientos que lo invadían. Empujó hacia atrás la silla y se levantó.

Seon-gyeong no pudo moverse de su asiento aun después de que el hombre abandonara la sala.

En sus oídos se repetían sus últimas palabras. Palabras que no iban precisamente dirigidas a ella, sino a la madre de pelaje suave. Seon-gyeong quería saber qué significaba ese ser en la vida de Lee Byeong-do, que hacía que aquel cruel asesino actuara como un niño y le pidiera que lo abrazara.

Sobre la mesa seguía la manzana sin brillo.

De vuelta en su celda, Lee Byeong-do abrió el grifo del lavabo y vio correr el agua. Al igual que las lágrimas que le anegaron los ojos súbitamente, el recuerdo de la granja de manzanas que le vino de repente lo turbó. Después de matar a su madre, quiso volver. Todos los días pensaba en su vida allí. Todo lo que hacía en la época de los cambios de estación era imaginar qué estarían haciendo en la granja. Sin embargo, no pudo regresar. Sabía que, aunque volviera, nada sería como antes. Por eso decidió olvidarlo.

A veces, cuando miraba el cielo en un día fresco de otoño, podía saborear el jugo de las manzanas en la boca. Así, en ocasiones en las que no podía dejar de pensar en esa granja, compraba manzanas. Pero, cuando las mordía, no sabían a nada. Tras repetir esta experiencia, se dio cuenta de algo: estaba siendo castigado, no tenía derecho a volver porque él mismo había salido en busca del infierno.

Cerró el grifo y se miró al espejo. Sabía por qué actuaba con tanta prisa.

Se acercaba la hora.

Antes de la llegada de un tifón, el cielo se ve inestable. Aunque siga despejado y transparente, el aire se siente diferente. Con las emociones ocurre lo mismo. Cuando la tensión invisible parece estar a punto de estallar, empiezan a soplar el viento y a amontonarse las nubes.

Lee Byeong-do sintió que se le alteraba el ritmo de sus latidos, como si presintiera la inminente llegada de un tifón. Dio varias vueltas dentro de su celda, lleno de ira y ansiedad al mismo tiempo, y también angustia.

Se acercaba de nuevo la hora. A estas alturas sabía cuándo y cómo llegaba aquella hora. Empezaba a escuchar ruidos extraños en los oídos y en la cabeza, notas descompuestas que flotaban y se unían progresivamente formando compases. Entonces los mismos compases sonaban en sus oídos y desaparecían, sonaban y desaparecían, y así sucesivamente. Finalmente, esa canción, completa, le azotaba el alma.

Debía acabar la historia antes de que empezara a escuchar esa canción, antes de que esa melodía subiera de volumen. Ya quería terminarlo todo. Él mismo se había atado las manos; no podía seguir viviendo con el fantasma de su madre. En realidad, ya no era dueño de su vida. O, mejor dicho, nunca lo había sido. Y, si no había manera de escapar de las garras de su madre, no tenía otra alternativa.

Decidió entonces poner punto final. En ese momento, vio el rostro de Seon-gyeong. Y por fin se dio cuenta.

Ella era la única persona capaz de terminarlo todo.

21

La escuela de primaria Junam se ubicaba entre el riachuelo Mokgamcheon y la colina Gaeungsan.

Detrás del colegio había una colina y una ruta de senderismo por la que los profesores llevaban a sus alumnos para enseñarles la naturaleza. También era para los niños un buen lugar en el que divertirse. Enfrente de la escuela fluía el riachuelo, a lo largo del cual había un camino por el que los estudiantes venían por las mañanas a clase y por las tardes regresaban a casa.

Los alumnos de la clase C del cuarto año empezaron a guardar las cosas en su mochila en cuanto sonó la campana, como si lo único que quisieran fuera que acabara el colegio. La profesora no se dio cuenta de que algunos intercambiaban miradas cómplices mientras salían, sin hacer caso de su consejo de regresar directamente a casa.

Ga-eun, que estaba lista para seguirlos, le tocó el hombro a Ha-yeong, que estaba sentada contra la ventana sin siquiera recoger sus cosas.

Su amiga le susurró:

—¿Quieres venir?

—¿Adónde?

—Vamos a subir a la colina con los chicos.

Ha-yeong parecía no entender la situación, por lo que su amiga señaló con el dedo hacia fuera.

—Vamos a atrapar a ese gato callejero que mató a nuestro pájaro.

Los ojos de Ha-yeong brillaron.

—¿Dónde?

—En la colina de atrás. Ya te lo he dicho. Gang y Si-hyeon han dicho que saben qué lugares frecuentan los gatos callejeros.

Ha-yeong siguió a su amiga aparentando indiferencia.

Se accedía a la colina desde el almacén que había en la parte trasera del edificio del colegio. Pero había un alambrado que bloqueaba el paso, aunque también había una puerta que permitía el acceso a la ruta de senderismo.

Ha-yeong y su amiga fueron a esa puerta, donde se encontraban reunidos varios alumnos. Estaban pateando la puerta y quejándose de que todo se les había complicado.

—¿Por qué seguimos aquí?

A la pregunta de Ga-eun, los chicos señalaron con el dedo la puerta. Estaba cerrada con candado. Entonces Ga-eun, decepcionada aún más porque había traído también a su nueva amiga, preguntó de nuevo:

—Entonces ¿no podemos subir a la colina?

Enseguida Ha-yeong preguntó también:

—¿No hay otro acceso?

Los chicos contestaron que no con la cabeza. Todos estaban desilusionados porque el gran plan de la tarde se les había arruinado. El grupo estaba a punto de disolverse. Solo faltaba que alguien dijera que mejor sería regresar a casa.

Ha-yeong observó minuciosamente la colina y el alambrado.

—¡Ahí!

Ha-yeong estiró el brazo hacia una determinada dirección y todos los niños giraron la cabeza hacia el lugar que indicaba la punta de su dedo. Al otro lado del alambrado, en mitad de la colina, se veía una abertura.

—¿Qué pasa?

—Cuando llueve, el agua se cuela por ahí, ¿verdad?

Los chicos, colgándose del alambrado, miraron el lugar que señalaba su compañera. A simple vista parecía un declive desnivelado, pero escuchando a Ha-yeong pensaron que quizá tenía razón. Se veía que las raíces de algunos árboles estaban descubiertas y que las hojas caídas estaban amontonadas como si algo las hubiera barrido.

Ha-yeong dibujó en el vacío con el dedo el recorrido del agua en un día lluvioso empezando por esa abertura. Sus compañeros siguieron su dedo hasta llegar a un punto del alambrado.

—¡Guau!

Gang, el chico más fornido del grupo, fue quien entendió más rápido la intención de Ha-yeong. Por eso, mientras los otros permanecían confusos, tiró su mochila y se acercó al alambrado. La lluvia había producido ligeros corrimientos de tierra y en el punto señalado por Ha-yeong el agua había formado un hueco por debajo del alambrado.

—¿Alguien tiene un palo o algo similar? —preguntó Gang a gritos.

Si-hyeon, su compañero, trajo unas ramas. Ambos empezaron a cavar. No les costó mucho porque había más hojas que tierra. Cavaron un hoyo de un tamaño considerable y Gang metió primero la cabeza. Como era el más grande de los chicos, si él pasaba, el resto también podría. Se atascó por los hombros, pero girando el cuerpo un poco salió sin lastimarse.

Al verlo al otro lado del alambrado, los niños gritaron de euforia.

—Eres genial. ¿Cómo lo has sabido? —dijo Ga-eun maravillada por el ingenio de su amiga.

Ha-yeong, sin contestarle, se quedó mirando cómo sus compañeros se metían por el hueco para cruzar el alambrado.

—Vamos.

Solo quedaban Ha-yeong y su amiga. Ga-eun tiró del brazo de Ha-yeong y juntas se acercaron al hoyo. Quería que su amiga fuera primero.

—Tú primero.

Ha-yeong se arrastró por el hoyo y se unió al grupo de chicos. En ese momento, Gang gritó:

—¡Mi mochila!

Se acababa de dar cuenta de que se había dejado la mochila tirada al otro lado del alambrado. Por suerte, Ga-eun todavía estaba en ese lado y, después de pasarle a su compañero la mochila, también pasó por el hoyo. Fue la última en cruzar.

Los niños empezaron a subir una cuesta empinada, sujetándose a las ramas de los árboles. Sabían que era la parte más difícil, porque al final de esa cuesta empezaba la ruta de senderismo.

Ga-eun, que se estaba quedando rezagada, preguntó:

—Pero ¿adónde vamos?

Gang y Si-hyeon, los que habían ideado la expedición, se miraron y se rieron con cierta malicia.

—Te enterarás si nos sigues.

Ha-yeong, por su parte, caminaba manteniendo el mismo ritmo que el resto, pero sin hablar, como si no quisiera intervenir en la conversación de sus compañeros.

Los dos chicos que estaban al frente llevaron el grupo al otro lado de la cima.

Gaeungsan es una colina de apenas ciento veinticinco metros en el límite entre los barrios Gaebong-dong y Oryudong. Había un manantial hasta el que los locales caminaban o corrían por las mañanas para ejercitarse, así como un pabellón y unas máquinas de gimnasia en la cima. La gente que vivía alrededor sembraba en las faldas de esa elevación lechuga, pimientos, espinacas y otras hortalizas para consumo propio durante el verano.

Lo malo era que la basura había empezado a amontonarse. Al principio eran cosas como palos de madera usados para enderezar los cultivos de hortalizas. Pero, a medida que los desechos iban aumentando, la gente empezó a tirar otros tipos de desperdicios, como restos de comida. Las cáscaras de sandía y los *kimchis* demasiado maduros en verano olían mal y atraían a las moscas.

Los gatos callejeros para los que la ciudad entera era su casa iban a ese lugar convertido en un vertedero de basura a comer. Al comienzo eran solo unos cuantos, pero con el tiempo el número creció. Incluso algunos no se conformaban y bajaban hasta zonas residenciales para hurgar en las bolsas de basura. Era como un dolor de cabeza para los residentes.

Los compañeros de Ha-yeong estaban convencidos de que esos gatos se habían colado en el colegio y habían estado jugando con la jaula.

Los gatos son ágiles, máxime los callejeros, que están acostumbrados a escapar de los humanos. Los niños eran conscientes de que con su velocidad sería imposible atraparlos.

—¿Cómo vas a agarrarlos? —le preguntó alguien a Gang.

Este, con una sonrisa pícara, abrió la mochila y sacó una bolsa de plástico de color negro en cuyo interior había una red.

—¿Y eso qué es? —preguntó Ga-eun—. ¿Cómo vas a atrapar a los gatos con eso?

Ga-eun no confiaba en su compañero. No entendía cómo pretendía atrapar a los gatos con esa red, y tampoco el resto del grupo.

—Pero ¿no veis la televisión? En un programa, unos agentes de rescate de animales atrapaban gatos callejeros arrojando una red.

—Eso lo pudieron hacer porque eran muchos y los gatos estaban acorralados en un callejón sin salida. Aquí estamos en un espacio abierto.

Gang se disgustó al ver la reacción tibia de sus compañeros y replicó:

—Entonces ¿alguien tiene otra idea?

Nadie contestó. Parecía que nadie más aparte de Gang había pensado en cómo atrapar a los gatos. Los niños se miraron con vacilación. En ese momento, Ga-eun preguntó:

—Si-hyeon, ¿alguna idea?

Un poco dudoso, el chico sacó un objeto de su mochila.

—¿Esto servirá?

Era un tirachinas. Una horqueta de madera en forma de i griega con dos tiras de caucho atadas en las puntas superiores, entre las que había un trocito de cuero para colocar la piedra o el objeto que lanzar. Si-hyeon hizo enseguida una demostración con una piedra. Esta voló mucho más lejos y rápido de lo que todos se habían imaginado.

—¡Es perfecto!

Entre el asombro de sus compañeros, Gang se disgustó. En cambio, Si-hyeon, que hacía unos minutos no estaba seguro de si hacía bien en sacar su tirachinas, se sintió orgulloso de sí mismo. Pero Gang señaló un inconveniente:

—Si la piedra no se ve al lanzarla, ¿cómo sabremos que dio en el blanco?

Los niños necesitaban otra demostración más clara de la efectividad del arma. Entonces Si-hyeon cogió una lata vacía. La puso sobre una roca y se situó en un punto bastante alejado de ella. Sus compañeros miraban con expectación. El chico tiró de las gomas con serenidad apuntando al blanco y disparó. Esta vez tampoco vieron la piedra, pero sí la caída de la lata, que produjo un sonido estridente. Gang no tuvo más remedio que reconocer que el arma de su compañero funcionaba.

Así, los niños le dieron a Si-hyeon la importante misión de atrapar al gato. Se ocultaron en un rincón desde donde podían ver el vertedero de basura. Esperar el gato con el calor que hacía no era tan divertido. A los diez minutos, cuando muchos estaban empezando a sudar, alzaron la voz para quejarse. No había gatos, solo moscas. Y nadie podía asegurar que aparecería por ahí alguno.

Ga-eun se paró y se secó el sudor de la frente.

—Yo me voy. Ya me estoy aburriendo.

—Ten un poco de paciencia. El gato acabará apareciendo.

Gang, sin quitar la vista del vertedero de basura, trató de persuadir a su compañera. Pero Ga-eun ya no quería seguir allí y, como no quería volver sola, le dijo a Ha-yeong:

—Vámonos.

E insistió al ver que su amiga no se movía. Le tiró del brazo.

—Vámonos. Te invito a un helado.

En ese instante, Ha-yeong la hizo sentarse y dijo en voz baja:

—Ahí está.

Todos sus compañeros giraron la cabeza hacia ella. La tensión se respiraba en el aire.

—¿Dónde? —preguntó Si-hyeon también en voz baja.

Ha-yeong levantó la mano y señaló la ruta que daba al manantial. El camino estaba desolado, pero entre los árboles de alrededor se veían dos gatos deambulando.

Gang, ansioso, le preguntó a Si-hyeon:

—¿Puedes disparar hasta allí?

Si-hyeon negó con la cabeza y dijo:

—Mejor esperamos a que se acerquen un poco más.

Los niños hasta contenían la respiración por los nervios, mirando cómo se movían los gatos. Ga-eun, que hacía un momento había dicho que quería irse, también estaba pendiente de los animales.

Uno de los gatos empezó a bajar lentamente hacia donde estaban los niños. Con sus compañeros metiéndole prisa, Si-hyeon levantó el tirachinas y apuntó hacia él. Sin embargo, y quizá por el ruido que hacían los niños, el gato desapareció hacia una de las calles adyacentes. Se escucharon suspiros entre el grupo.

Entonces Gang le dio un codazo suave a su amigo.

Instintivamente, el chico cambió de objetivo hacia el otro gato, que se acercaba a los desechos alimenticios que estaban en un costado del vertedero. Deseando que la misión fuera un éxito, los niños seguían al gato con la mirada nerviosos y luego a su compañero con el tirachinas.

—Un poco más. Un poquito más —murmuró Si-hyeon.

¡Pum! El chico disparó y las gomas de caucho del tirachinas perdieron tensión. Se escuchó un sonido casi sordo al rebotar la piedra sobre alguna superficie. El gato, asustado, levantó la cabeza y los niños corrieron todos al mismo tiempo hacia él. El animal, aturdido por el ataque, tardó en reaccionar. Sin embargo, al presentir el peligro, empezó a escapar, pero, desorientado por el ataque de los niños, fue hacia donde estaba Gang, que tenía la red. El chico la lanzó aprovechando el movimiento desacelerado del gato al cambiar de dirección y, ya cuando estaba dentro de la red, la pisó para que la presa se quedara quieta.

—¡Lo hemos logrado!

Los niños rodearon al chico de la red. Él y el compañero del tirachinas chocaron las manos como gesto de triunfo. Así celebraron el éxito de esa operación conjunta. Los niños se acercaron al gato atrapado en la red.

—¿Es este el que mató a los pájaros?

—Qué importa. Démosle un escarmiento para que nunca más vuelva a la escuela.

Aun en esta situación, Ga-eun, como si hubiera visto algo

sobrenatural, acercó la mano para tocar al gato. Pero en ese momento alguien se asustó quien sabe por qué y ella también gritó.

—Como por aquí anda mucha gente, mejor vayamos más hacia dentro.

Alguien hizo esta propuesta y el grupo, sin objeciones, empezó a subir la colina. Gang y Si-hyeon llevaban la red. Dentro, el gato, tras patalear un rato para escapar, se encogió al darse cuenta de que nada podía hacer y maulló.

Los niños llegaron a la cima de la colina y se reunieron detrás de un árbol caído al lado de un pabellón.

—¿Qué hacemos con el gato? —preguntó Gang.

—Tenemos que pensarlo. ¿Qué podemos hacer para darle un escarmiento?

Los niños pensaron en ello mientras su presa temblaba de miedo. No parecían los mismos niños que hasta antes de atrapar al gato habían estado fanfarroneando que le darían al gato una lección que nunca olvidaría. Llegado el momento de la sentencia, no sabían qué hacer.

—¿Qué tal si le pegamos? —dijo Ga-eun.

Los niños lanzaron una mirada de desaprobación a su compañera y la niña se calló intimidada. Entonces, Ha-yeong, que había estado siguiendo a los otros sin decir nada, se dirigió a los dos chicos que llevaban la red con el gato.

—Sacadlo de la red.

—¿Se te ha ocurrido algo?

A la pregunta que le hacía uno de los chicos, Ha-yeong sonrió y dijo:

—Sí. Así que sacad al gato y sostened cada uno una pata.

Acto seguido, Ha-yeong sacó su estuche de la mochila. Sus compañeros, con expectación y nervios, metieron la mano en la red para sacar al gato y agarrarle las patas. Pero el animal se resistió. Hasta los arañó.

Al ver eso, Ha-yeong cogió al gato de la nuca y lo alzó. La presa dejó de resistirse. Tenía las patas estiradas sin fuerza, como si estuviera resignado y esperando su sentencia. Los niños miraron con asombro a su compañera.

—Los gatos y los perros, si los agarráis así, no pueden moverse.

El asombro de los niños cambió a admiración.

Siguiendo las órdenes de Ha-yeong, el chico del tirachinas lo cogió de la nuca y otros cuatro de cada una de las patas.

Ahora el gato estaba frente a Ha-yeong con la barriga, su punto más débil, expuesta.

La niña tenía en la mano un cúter. Miraba fijamente el vientre del gato mientras sacaba la cuchilla.

Sus compañeros se sobresaltaron al verla.

—¿Qué... qué vas a hacer?

En realidad no necesitaban oír una respuesta para saber qué pretendía Ha-yeong. Su amiga Ga-eun y Gang la miraron horrorizados.

—¿De verdad vas a...?

—¿No dijisteis que queríais darle al gato un escarmiento?

—Sí, pero...

Gang quiso decir algo, pero Ha-yeong no vaciló ni un momento. Cuando los niños creían haberla visto levantar el cúter, la cuchilla ya iba encaminada hacia la barriga del gato.

Ga-eun se tapó los ojos con las manos. El resto del grupo giró la cabeza para no presenciar aquella escena sangrienta.

—¡Ay!

Gang cayó sentado mientras se cubría una mano con la otra. El gato se había escapado e iba corriendo a lo lejos.

—¿Qué ha pasado? —se preguntaron los niños mientras Gang y Si-hyeon le lanzaban miradas de reproche a Ha-yeong, aunque esta actuaba con indiferencia y les devolvía la mirada como si nada.

—Oye, por tu culpa se ha lastimado Gang.

—No es culpa mía. No le habría pasado nada si hubiera agarrado bien al gato.

Parecía que el chico se había lastimado al soltar al gato por miedo a que el cúter de Ha-yeong le cortara a él. Al retirar la mano que cubría la otra, vieron que la herida sangraba. Por suerte, no era profunda.

—¿Qué hacemos? Está sangrando.

El grupo entero acusó a Ha-yeong con la mirada por lo ocurrido. Pero la niña no le dio importancia; se guardó el cúter y dijo:

—Cobardes. No podéis ni sujetar bien a un gato.

—Gang, ¿te duele?

Mientras Ga-eun le limpiaba con su pañuelo la sangre a su compañero, Ha-yeong empezó a bajar la colina como si el asunto que le interesaba ya hubiera terminado.

Ninguno de sus compañeros la llamó. Nadie podía borrarse de la mente la conducta que acababa de mostrar, blandiendo el cúter contra la barriga de un gato. Un niña hasta se estremeció mientras la veía alejarse del grupo. Nadie dijo nada, pero todos pensaban lo mismo.

El juego de la tarde llegó así a su fin.

22

Después de marcharse su hijastra a la escuela, Seon-gyeong se ocupó de los quehaceres de la casa; al terminarlos se preparó una taza de café y se metió en el estudio.

Comenzó a transcribir la grabación de la entrevista del día anterior con Lee Byeong-do. Era una tarea que tomaba tiempo, ya que no solo debía anotar lo que decía, sino también dejar constancia sobre su entonación, la velocidad a la que hablaba y el vocabulario que usaba.

«Había un bebé mono... Perdió a su madre cuando nació... La gente que lo crio le hizo dos madres... Una de alambre...»

Seon-gyeong detuvo la reproducción de la grabación. Una madre de alambre y otra con pelaje.

La madre que lo trajo al mundo era de alambre. Por eso le punzaba. Una madre hermosa por fuera, pero fría y cruel por dentro.

No obstante, el hombre tenía otra madre. Una madre de la que nadie tenía conocimiento, pero que había sido la única persona que le había dado abrazos y mimos. En la entrevista, Lee Byeong-do extendió la mano hacia esta madre, a quien veía detrás de su entrevistadora. Lloraba y le suplicaba a esa madre sin nombre que lo abrazara, en lugar de buscar a la madre que murió en sus manos. Seon-gyeong se preguntaba quién podría haber sido la madre con pelaje de aquel hombre.

Concluyó que era parcialmente cierta su hipótesis de que Lee Byeong-do veía en ella a su madre. Entonces anotó en su libreta la expresión «madre con pelaje» entre signos de interrogación para preguntarle sobre ella.

Cuando estaba a punto de reiniciar la reproducción de la entrevista grabada, le sonó el teléfono. Era la profesora de Ha-yeong.

La maestra le pedía que fuera a la escuela. Seon-gyeong preguntó impaciente si la niña estaba enferma o lastimada, pero la profesora respondió que no. Su voz sonaba tensa mientras le explicaba que no era un asunto del que pudieran hablar por teléfono. Seon-gyeong intuía que había pasado algo malo, pero trató de calmarse y se preparó.

Cuando llegó a la escuela, no había pasado siquiera una hora desde la llamada de la profesora.

Justo entrando en la sala de profesores, encontró a la maestra. Ella le sugirió a Seon-gyeong hablar fuera, por eso fueron a la huerta, detrás del edificio del colegio. La huerta se veía mucho más poblada que la última vez que Seon-gyeong había estado allí.

La profesora no se atrevía a hablar. Solo miraba la parte de la huerta a cargo de su clase. Era evidente que no le resultaba fácil expresar lo que tenía que decir.

Entonces, Seon-gyeong rompió el hielo:

—¿Qué ha pasado?

Al recibir la pregunta, la profesora apenas se animó a responder:

—No sé cómo se lo va a tomar y yo tampoco creo que Ha-yeong haya sido capaz de semejante cosa, pero todos los chicos dicen lo mismo, por eso desde mi posición debo creerlos...

Por cómo andaba con rodeos, intuía que el asunto era

grave. También por cómo aludía a otros alumnos supuso que podría tratarse de algún pleito entre Ha-yeong y sus compañeros.

—Dígame qué ha pasado.

—Los chicos dicen que... que Ha-yeong los ha apuntado con una navaja.

—¿Cómo?

Era algo para lo que Seon-gyeong no estaba preparada. Por eso, se quedó muda.

—¿Ve el cerco alambrado que hay ahí? Hace unos días empezaron a desaparecer los pájaros que estaban en las jaulas junto a ese cerco. Parece que los niños pensaron que un gato callejero se los estaba comiendo. Entonces, unos alumnos, con la intención de desquitarse, atraparon a un gato que andaba por ahí. El caso es que Ha-yeong parece que trató de apuñalarlo con la navaja.

—Un momento, ¿usted no ha dicho que la niña la usó contra sus compañeros?

—Sí. Lo que ocurrió fue que el gato se escapó y a quien acabó lastimando Ha-yeong fue a un compañero suyo.

—Profesora, comprendo la situación, pero ¿no cree que está exagerando? Además, no puede ser que una niña lleve en su mochila una navaja.

—Fue un cúter, para ser exacta.

Seon-gyeong se enfureció. La profesora estaba exagerando.

—¿Usted me está haciendo creer que el uso de un cúter escolar por parte de Ha-yeong contra un gato es como si la niña hubiera apuntado con una navaja a sus compañeros?

—¿Qué dice? Creo que no he sido precisa. Solo estoy tratando de comunicarle lo que escuché de los alumnos.

—¿Por qué exagera la situación si dice conocer los antecedentes y las consecuencias de lo sucedido? La intención de la niña era escarmentar al gato, no agredir a sus compañeros, ¿verdad? Son dos acciones diferentes.

—Es que...

Puesto que Seon-gyeong la estaba acorralando con argumentos racionales, la profesora titubeó. Sin embargo, enseguida continuó hablando:

—Es que no la habría llamado si solo hubiera pasado lo del gato. Hoy entre los chicos sentí un ambiente extraño. Les pregunté qué pasaba y me contaron que esta no era la primera vez que Ha-yeong mostraba un comportamiento violento. Incluso me comentaron que, si un compañero ponía la mano sobre su pupitre, le clavaba el lápiz...

La profesora también dijo que una vez empujó a una compañera por las escaleras. Que esta, afortunadamente, no se cayó porque otros la sujetaron, pero que por poco sufre una lesión grave.

Muchas cosas habían sucedido sin que Seon-gyeong se enterara. Estaba impactada por la conducta de su hijastra en la escuela, pero estaba más enojada consigo misma por no haberse dado cuenta de nada durante todo ese tiempo. Por su parte, había tratado de mostrar interés en la vida escolar de la niña. Le preguntaba si le iba bien en las clases o si tenía amigos nuevos. Claro que Ha-yeong no le contestaba. Sin embargo, su silencio lo interpretaba como su manera de expresar que no le era tan fácil adaptarse al nuevo entorno o hacer amistades nuevas. Pero no era así y se sintió culpable por no haberle prestado más atención. Entonces se acordó de la amiga de Ha-yeong.

—Ha-yeong parecía llevarse bien con la compañera que se sienta junto a ella, ¿no es así?

—Ga-eun es una niña de buen carácter. Creo que, como se sienta al lado de Ha-yeong, sintió cierta responsabilidad y quiso ser su amiga. Pero después de lo de ayer su madre me llamó pidiéndome que la cambie de lugar. —Seon-gyeong fue incapaz de decir nada—. Parece que no habla en casa de lo que le ocurre en la escuela, ¿no? Por lo que he podido observar y, no se lo tome a mal, creo que la niña necesita ayuda psicológica.

Seon-gyeong se quedó pensativa. Transcurrido un momento, decidió contarle a la profesora la historia de Ha-yeong. Le hizo un breve resumen de cómo había sido su vida desde el divorcio de sus padres hasta la muerte de su madre y el incendio en la casa de sus abuelos. Agregó que su comportamiento era consecuencia de todo el dolor que había sufrido y le pidió a la maestra tener más paciencia, porque sanar sus heridas tomaría tiempo.

Tras escuchar a Seon-gyeong, la profesora puso una expresión de lástima en la cara.

—Ni me lo imaginaba. Solo supuse que algo le pasaba, porque su rostro no parece el de una niña. Pero comprendo lo afligida que debe de estar todavía, puesto que desde el incendio no ha pasado mucho tiempo.

—En casa también estamos tratando de que recupere la estabilidad mental y emocional lo antes posible. Pero debe entender que este proceso es lento. Le agradecería que le prestara un poco más de atención.

—No se preocupe. Y en cuanto a Ga-eun y su madre, yo me encargaré de explicarles la situación y pedirles su comprensión.

La conversación terminó satisfactoriamente, porque la profesora entendió las circunstancias de Ha-yeong. Pero, aun así, Seon-gyeong estaba abrumada.

Fue a un parque y se sentó en una zona sin mucha gente. Sacó el teléfono para llamar a Hee-ju.

—Estaba esperando a que me llamaras. ¿Qué tal?

—Acabo de estar en el colegio de la niña.

—¿Algún problema con los compañeros?

Seon-gyeong le contó a su amiga todo lo que había escuchado de la profesora. Su amiga no hizo ningún comentario durante el relato.

—No son buenas noticias. Todo será más difícil si encima no se lleva bien con los niños de su edad. Pero ¿en casa nunca ha mostrado ese tipo de comportamiento?

Seon-gyeong se acordó del día en que la niña despedazó su oso de peluche con una tijera. Ahora estaba mucho más alegre con el perro, la nueva mascota que le había conseguido Seon-gyeong. De todos modos, sintió la necesidad de contarle a su amiga toda la verdad y empezó por hablarle de la madre de Ha-yeong. Mientras hablaba, no percibió reacción alguna al otro lado del auricular. Por un momento, hasta pensó que la llamada se había cortado.

—¿Me estás escuchando?

—Sí. Si te parece bien, ven mañana mismo a mi consultorio con la niña.

Seon-gyeong se asustó.

—¿Por qué?

—Mira, pasa lo mismo que con una enfermedad física. Estás mal, tienes que curarte. De lo contrario, la enfermedad se agrava. Encima, la niña está mal desde hace mucho.

Seon-gyeong no pudo contradecirla. Sabía exactamente el significado de sus palabras. Lo único que temía era la etiqueta que llevaría Ha-yeong desde el momento en que entrara en un centro psiquiátrico. Y más que nada la preocupaba lo que le podría decir su marido. Por eso, determinó que sería mejor hablar con su esposo antes de tomar cualquier decisión.

Seon-gyeong se despidió de su amiga diciéndole que volvería a llamarla.

De vuelta en su hogar, Seon-gyeong no podía concentrarse mientras esperaba a Ha-yeong.

Con sus archivos abiertos sobre el escritorio, retrocedió al día en que la niña llegó a la casa.

Pensó que todo sería mejor si su hijastra fuera todavía un bebé. Podría estar mucho más cansada físicamente, pero emocionalmente no tendría nada que le pudiera inquietar. Convivir con una niña que a punto estaba de entrar en la adolescencia era como caminar sobre un campo de minas con una bomba de relojería que podía estallar en cualquier momento. Cuidaba sus palabras y se preocupaba por el mínimo cambio de expresión en su cara.

Si estaba junto a ella, la incomodaba su presencia, pero tampoco dejaba de pensar en ella aunque no estuviera cerca. Daba igual lo que estuviera haciendo: no paraba de pensar en Ha-yeong.

Cuando estaban solo su marido y ella, la vida no era tan complicada.

Si su esposo estaba en casa, lo atendía. Pero, cuando estaba sola, se concentraba por completo en sí misma y su trabajo. Como ambos trabajaban, cuando uno estaba ocupado le pedía al otro comprensión y cada quien trataba de ceder en lo posible. Y si estaba cansada o no quería preparar la cena, llamaba a su marido y quedaban para comer fuera. Leía cuando necesitaba leer y dormía cuando quería dormir. Su marido hacía lo mismo. Pero, con la niña, eso ya no era posible.

Además, Ha-yeong había atravesado muchas vicisitudes.

Ciertamente, la relación de Seon-gyeong con la niña era mucho mejor que al comienzo. Aun así, no le era tan fácil recortar la distancia entre las dos. Tampoco podía dejar las cosas de ese modo, porque no quería que la niña pensara que era demasiado fría o no tenía interés en ella. Justo se había dado cuenta de que, últimamente, desde que despertaba hasta que se iba a la cama, en todo momento estaba pendiente de su hijastra.

Seon-gyeong se sintió como un payaso haciendo equilibrismos sobre un barril, como si estuviera moviendo constantemente los pies según rueda el barril sin saber cómo mantener el equilibrio.

Algo que la aliviaba era el ambiente más relajado en la casa tras la llegada del perro. Ha-yeong se reía de vez en cuando. Incluso era a veces la primera en hablar. Por eso, Seon-gyeong concluyó que la situación estaba mejorando. Que la niña ya seguía un buen proceso de adaptación, suponiendo que en el colegio también se llevaba bien con sus compañeros.

No tenía ni idea de qué decirle a la niña cuando volviera de la escuela. Entonces decidió preparar algo de merienda.

Cuando estaba a punto de recoger los papeles dispersos sobre el escritorio, se acordó de algo y leyó sus notas. Encendió la grabadora y retrocedió la entrevista grabada.

«¿Le darías un abrazo a este monito con las manos llenas de sangre? ¿Me lo darías?»

Seon-gyeong se acordó de la cara que puso Lee Byeong-do cuando dijo eso. El niño hambriento de afecto estaba rogando un abrazo. Vio el rostro de Ha-yeong solapado con el de ese hombre. Ambos habían sufrido el maltrato de su propia madre. Lee Byeong-do se acorraló a sí mismo hasta un infierno sin salida. Pero el caso de Ha-yeong era diferente. Seon-gyeong debía esforzarse al máximo para curar la enfermedad de su alma y sanar sus heridas.

Ha-yeong volvió como si nada. Seon-gyeong tampoco le contó lo de su encuentro con la profesora y le ofreció agua y algo para merendar.

—Hay tarta de queso o fruta. ¿Qué quieres comer?

—Tarta.

Mientras comía, la niña se fijaba como tratando de adivinar el estado de humor de Seon-gyeong. Parecía que la angustiaba más su silencio que sus preguntas.

—En la esquina han abierto una panadería. ¿Qué te parece si la próxima vez vamos allí? A ti, ¿qué te gusta más?

—La tarta de espuma de chocolate.

—¿De veras? A mí también me gusta el dulce. Me pone de buen humor cuando estoy disgustada.

A la niña parecía incomodarla estar con su madrastra. Contestaba sin mucho entusiasmo a las preguntas de Seon-gyeong y, cuando se acabó la tarta, se levantó enseguida de la mesa.

—Ha-yeong...

Seon-gyeong la detuvo cuando esta estaba a punto de subir a su habitación. La pequeña la miró con la cara tensa, como si presintiera que estaba por ocurrir lo que tanto quería evitar. Su rostro iba ensombreciéndose segundo tras segundo.

Entonces Seon-gyeong se le acercó. Se agachó y la abrazó con fuerza. Sintió que el cuerpo de la niña por un momento se estremecía. Tenía miedo de que la rechazara, pero se quedó quieta. Sintió en el pecho sus pequeños hombros y el calor de su cuerpo. De pronto pensó que quizá la distancia entre ambas la había inventado ella misma. Percibió que ya no estaba tan rígida.

—Todo te parece raro y difícil, ¿no? Gracias por ser tan paciente. Las cosas mejorarán de aquí en adelante. Si tienes alguna dificultad o si algo te agobia, no dudes en hablar con tu papá o conmigo.

Seon-gyeong tenía la voz ronca y las palabras no le salían con claridad. Soltó a la niña y la miró de frente. Ha-yeong estaba ahí parada con la mirada ausente, confundida.

23

Antes de la entrevista con Lee Byeong-do, el jefe de seguridad de la prisión quería hablar con Seon-gyeong. La llevó a su oficina diciendo que deseaba conversar en privado. Su despacho se ubicaba en el edificio más viejo dentro del recinto penitenciario. La puerta, toda deteriorada, se cerró tras empujar varias veces. El aparato de aire acondicionado, que era un modelo muy antiguo, parecía emitir viento polvoroso. Dentro de la oficina, había un extraño olor a humedad. Sin embargo, tales condiciones encajaban perfectamente con su inquilino.

—¿Quiere beber algo? —le preguntó a Seon-gyeong trasladándose a pasos lentos hacia donde había una nevera pequeña. Parecía actuar así a propósito a sabiendas de que no faltaba mucho tiempo para la hora de la entrevista. Seon-gyeong quería que fuera al grano.

—¿De qué me quiere hablar?

—No se apresure. Primero, relajémonos un poco.

El hombre puso frente a su invitada una lata de refresco recién sacada de la nevera y él se metió en la boca un cubito de hielo que le quedaba. Seguidamente, se sentó en el sofá mientras lo trituraba con los dientes. Sin decir nada, examinó a Seon-gyeong de arriba abajo, se tragó el pedazo de hielo aún sin derretir y empezó a hablar.

—Dejémoslo aquí.

—¿Cómo?

—Lo de las llamadas es una cosa... —Se refería a las llamadas del presidente Han, de la Sociedad de Psicología Criminal; era evidente que las peticiones de cooperación tuvieron un efecto adverso—. Pero es que además el tipo está medio extraño estos días.

—¿Cómo extraño?

Seon-gyeong no podía entender de qué estaba hablando. ¿Le habría pasado algo a Lee Byeong-do?

—Como usted viene y se va, no debe de notarlo. Pero nosotros, que lo vigilamos todo el rato, nos damos cuenta de cualquier cambio, por muy sutil que sea.

El jefe de seguridad le contó a Seon-gyeong el cambio de rutina de aquel recluso desde la última entrevista.

—Últimamente casi no duerme. A menudo se queda parado frente al lavabo mirándose en el espejo o murmurando de cara a la pared. Otras veces se tapa las orejas y sacude violentamente la cabeza.

Por la expresión en su cara, Seon-gyeong percibía que el hombre hablaba muy en serio. Aparte, la conducta que describía era en efecto para preocuparse. Por eso, al final decidió hacerle caso.

A decir verdad, las entrevistas empezaban a agobiarla. También era consciente de la creciente inestabilidad de su entrevistado, así como de su propia confusión, que aumentaba a medida que se acumulaban sus encuentros con él. Pero lo peor era que, sin querer, estaba reflejando en Ha-yeong la compasión o la lástima que sentía por aquel asesino. Concluyó entonces que no sería malo guardar un poco de distancia si de momento no podía ser objetiva.

Se le cruzó por la mente por un instante la cara del presidente Han, pero Seon-gyeong tenía que reconocer su propia falta de capacidad. No podía más que aceptar que no poseía suficiente experiencia para ese tipo de entrevistas. Era mejor interrumpir ahora que seguir abatida por sus propios sentimientos y confusión.

Al escuchar a Seon-gyeong responder que haría lo que le decía, el jefe de seguridad cambió de humor drásticamente. Era como si se hubiera librado de una carga pesada. Seon-gyeong nunca antes lo había visto tan alegre.

—Me inquietaba verla dominada por el ritmo de ese tipo. Pero, como la entrevista de hoy va a ser la última, le deseo mucha suerte. Ojalá que todo termine como desea.

Para el jefe de seguridad, las entrevistas de Seon-gyeong debieron de ser como un dolor de cabeza. Podrían haber sacado a relucir que dentro de la cárcel había trato de favor hacia ciertos reclusos y, peor, que las autoridades penitenciarias debían tomar mayores medidas de precaución, porque no era posible ignorar la inestabilidad psicológica que se hacía patente en Lee Byeong-do. Encima, en esta cárcel se había producido un suicidio no hacía mucho. Estas condiciones hacían del jefe de seguridad un hombre quisquilloso. Pero, si las entrevistas finalizaban sin problemas, todos estarían más aliviados.

Ya dentro de la sala, Seon-gyeong puso una manzana sobre la mesa, enfrente de la silla en la que se sentaría el entrevistado. Hubiera escogido con más esmero la manzana de haber sabido que sería la última vez que lo haría.

Seon-gyeong estaba preparándose para la entrevista cuando abrieron la puerta y entró Lee Byeong-do. Ella se levantó y esperó de pie a que el hombre se sentara. Enseguida cruzaron miradas con la mesa por frontera entre ambos. El reencuentro estaba teniendo lugar una semana después de la última entrevista.

Seon-gyeong se sorprendió al verle la cara.

No vio en él a aquel hombre tan seguro de sí mismo que hasta parecía antipático, sino a un individuo desconfiado y acorralado. El comentario que le había hecho un rato antes el jefe de seguridad no había sido exagerado: Seon-gyeong percibía el efecto de la última entrevista en Lee Byeong-do.

El recluso bajaba la mirada y era incapaz de mirar directamente a Seon-gyeong. Movía a cada rato la cabeza como si le molestara una mosca. También la inclinaba hacia un costado o se tapaba las orejas. En fin, su conducta era extraña.

—¿Le pasa algo? ¿Está bien? —inquirió Seon-gyeong preocupada, pero el hombre no contestó.

Tras contemplarlo un momento, empezó a hacerle las preguntas que tenía anotadas en su libreta. Para ocultar su nerviosismo, trató de hablar en un tono más formal.

—Entre las pruebas recogidas durante el registro de su domicilio, hay objetos cuyos dueños siguen sin identificar. ¿De dónde los obtuvo?

No contestó.

—¿Hay más víctimas, como la policía sospecha?

Siguió sin contestar.

—¿Señor Lee Byeong-do?

Seon-gyeong alzó la voz al no recibir respuesta alguna de aquel hombre.

Justo en aquel momento empezó a prestar atención a su interlocutora.

—¿Hay más víctimas?

Después de pensar un poco, Lee Byeong-do contestó que sí.

—¿Qué hizo con ellas?

En vez de responder, sonrió. Su expresión era la de un hombre que disfruta guardándose secretos para sí mismo. Cualquiera podía anticipar que no sería fácil hacerlo hablar y Seon-gyeong pensaba que no le sería posible satisfacer a los detectives del Departamento Policial de Gangbuk. Esperó largo rato a que Lee Byeong-do respondiera, pero este no dijo nada, solo fruncía el ceño a menudo y se presionaba las sienes.

Seon-gyeong, sin otra opción, dejó de hacer preguntas sobre los asesinatos para hablar de lo que él le había contado en la última entrevista. Creía que, si iba a dejar de asistir a la cárcel, lo correcto sería centrar toda su atención en él.

—¿Me podría hablar sobre la madre mona de pelaje suave que me nombró la vez pasada?

El hombre inclinó la cabeza hacia un lado, mirándola.

—¿Tiene otra madre, aparte de la que le hacía sufrir?

—Eso...

Él, que había estado callado cuando le preguntó por los asesinatos que había cometido, sobre sus madres tenía mucho que contar.

—Eso debe de ser un sueño. Un sueño muy dulce y por eso más cruel.

Su mirada llena de ansiedad cambió a otra de nostalgia y de súbito empezó a hablar de otra forma. ¿Estaría nadando en su imaginación? ¿O más bien recordando algún día específico del pasado?

Seon-gyeong quería saber si la madre con pelaje había existido realmente.

—¿Esa madre se parecía a mí?

Lee Byeong-do se quedó mirándola largo rato a la cara y empezó a hablar más despacio.

—Puede ser. En realidad, es algo que ocurrió hace mucho. Tampoco estoy seguro de si es preciso lo que recuerdo. Puede que haya pintado y repintado a mi antojo mis recuerdos.

Con el tiempo, los buenos recuerdos, o bien se tergiversan, o bien se idealizan. Como sucede con el primer amor de muchas personas, Lee Byeong-do debió de dibujar una y otra vez a su madre con los pinceles del tiempo.

El hombre, que hasta hacía unos segundos rememoraba

sus recuerdos con una expresión plácida en el rostro, se tensó y gritó con voz muy áspera.

—Era mi única oportunidad. ¡La única! Pero la cagué...

Lee Byeong-do empezó a enojarse consigo mismo por razones que Seon-gyeong desconocía.

—Señor, ¿a qué se refiere con su única oportunidad?

—La cagué... Sí...

Ahora, el hombre, que se culpaba a sí mismo con la cabeza gacha y voz agonizante, levantó la quijada y abrió los ojos. Seguidamente se dirigió a Seon-gyeong:

—Me va a dar otra oportunidad, ¿verdad? ¿Verdad que sí?

Sin poder descifrar de qué hablaba, Seon-gyeong asintió con la cabeza ante su desesperación. Eso tranquilizó a Lee Byeong-do. El hombre suavizó la expresión de su cara y suspiró de alivio.

La espontánea respuesta de Seon-gyeong también le trajo cierta paz. En ese ambiente, Seon-gyeong le lanzó una pregunta que ni ella se imaginó que le haría.

—¿Alguna vez ha matado a un gato?

La pregunta derivaba de la superposición de la historia que Lee Byeong-do le había contado de la gata que recibió los mimos de su madre y a la que por eso odiaba y de lo que hicieron Ha-yeong y sus compañeros para darle un escarmiento a un gato. Al hombre le desconcertó la pregunta, pero enseguida empezó a reírse sin apartar la mirada de Seon-gyeong.

—¿Por fin se ha dado cuenta? Las mujeres son todas como los gatos. Se hacen las difíciles y parecen haber desaparecido, pero vuelven. Todas las mujeres que he matado eran así. Se me acercaban, pero se escapaban después de arañarme. Por eso les cantaba. Algunas hasta tarareaban conmigo, sin anticipar lo que iba a pasarles.

El hombre se rio. No lograba concentrarse en las palabras

de Seon-gyeong y se sumergía en sus propios pensamientos.

La historia de Lee Byeong-do le trajo muchos pensamientos. Había conexiones entre lo que contaba sobre el día en que mató a su madre y las mujeres que se convirtieron en sus víctimas. Era deducible que su instinto asesino despertaba cuando descubría en otras mujeres alguna similitud con su madre. La investigación policial reveló que sus víctimas no presentaban puntos comunes o similares en cuanto a apariencia. Entonces ¿no habrán sido sus víctimas mujeres que le recordaban a su madre psicológica o emocionalmente?

El hombre, tras actuar ansioso durante toda la entrevista, no podía ni controlar bien su cuerpo y al final dio el pretexto de que estaba cansado para volver a su celda. Ni siquiera después de que el carcelero hiciera que se levantara de la silla y antes de que saliera con él por la puerta le contó Seon-gyeong que esa había sido su última entrevista.

Concluyó que, aunque continuaran las entrevistas, no podría obtener de ese asesino confesiones sobre otras personas a las que mató ni los crímenes que cometió pero que todavía no habían salido a la luz. Eran desconocidas las razones por las que insistía en no hablar sobre esos otros asesinatos, pero algo seguro era que de ninguna manera quería exponer sus secretos. Aunque fracasó en averiguar aquello que se tenía reservado, la última entrevista sirvió para conocer muchos más aspectos de su vida, los suficientes como para escribir un informe que pudiera satisfacer al presidente Han.

Seon-gyeong abandonó la sala con sentimientos encontrados.

Ese lugar al comienzo le había dado miedo. El primer día que entró en aquella sala se sintió incómoda y como si le faltara el aire. Sin embargo, con el tiempo y a medida que pudo hablar más libremente con aquel hombre, se dio cuenta de que un espacio cerrado, como la sala de entrevistas de la prisión, ayudaba muchísimo a mantener la concentración.

Al levantarse de su asiento tras recoger todo y meterlo en su maletín, Seon-gyeong vio la manzana que ella misma le había traído a Lee Byeong-do. La cogió y la mordió.

Se le llenó la boca del sabor fresco de la fruta. Seon-gyeong dejó la manzana sobre la mesa para que el recluso la terminase y salió de la sala.

CUARTA PARTE

24

Por la mañana, el marido de Seon-gyeong partió hacia Washington D. C.

La noche anterior, Seon-gyeong le habló de su amiga Hee-ju. Su marido se enojó cuando le sugirió que su hija recibiera ayuda psicológica.

—¿Y por qué iba a necesitarla? Va sin problemas al colegio y está mucho mejor adaptada, ¿no?

—¿De veras crees que está adaptándose bien?

—Entonces ¿tú piensas que tiene algún problema?

Desde que vino la niña, esta era su talón de Aquiles. El marido de Seon-gyeong se sentía culpable por no haber podido estar al lado de su hija cuando vivían separados. Y esa culpabilidad le impedía ver las cosas objetivamente. Seon-gyeong le contó lo que había pasado en el colegio y lo que le había dicho su amiga.

—Eres consciente de ello, ¿verdad? La situación por la que pasó tu hija no es normal. Primero el suicidio de su madre y luego el incendio en la casa donde vivía. Sería raro que no tuviera traumas.

—Pensé que con el tiempo todo se le olvidaría y estaría bien...

—Qué optimista.

—Pero está superando sus problemas, ¿no?

El marido de Seon-gyeong insistía.

—Aparentemente. Además, eso me preocupa mucho. Me preocupa que la niña esté aguantando todo sola por dentro sin poder decir que está pasándolo mal.

El hombre enmudeció. Fruncía el ceño cada vez que su esposa le sacaba el tema de su hija. Por su parte, como padre que la descuidó durante largo tiempo, no podía admitir que la niña tenía problemas. Estaba de más decir que sentía que todo era culpa suya. Por eso Seon-gyeong trataba de mostrarse lo más persuasiva posible, para que su marido no sintiera que estaba siendo criticado.

—Cuando propongo que la llevemos a una consulta psicológica lo que quiero decir es que hagamos algo parecido a un chequeo médico. Si existen pequeños síntomas, con esta evaluación podemos conocerlos mejor y prevenir otros problemas más graves. Eres doctor. Lo sabrás mejor que yo. Y sabes también que la niña ha vivido experiencias demasiado duras como para soportarlas ella sola. ¿Sabes qué heridas habrán dejado esas experiencias? ¿Afirmas que está bien porque las lesiones no son visibles? Si está herida, debemos encontrar la forma de curarla antes de que sea tarde.

Ante la insistencia de Seon-gyeong, su esposo cedió. Aceptó llevar a la niña a una consulta psicológica, pero no aprobaba del todo la idea.

Ella, por su lado, sintió alivio, porque el rechazo de su esposo no duró más de lo previsto. Si no hubiera cedido, no habría tenido más alternativa que adoptar una postura más firme para hacerle entender la gravedad de la situación de su hija.

Eso sí, su marido enfatizó que a su hija mejor se lo decía él y pidió un poco más de tiempo, hasta que él volviera de su viaje de trabajo. Seon-gyeong pensó también que eso sería lo más prudente, pues, obviamente, la niña se sentiría menos presionada si lo escuchaba de su padre.

La despedida entre padre e hija se alargó mucho más de lo imaginado. Quizá porque iba a estar lejos de casa durante diez días, el marido de Seon-gyeong le dio largas recomendaciones e indicaciones. A la vez, le hizo muchas promesas; por ejemplo, ir al parque de atracciones o a la playa cuando él regresara de su viaje. Entre líneas se podía leer que lo que pretendía era compensar el tiempo durante el cual no pudo encargarse de su hija. Al contrario de lo entrañable del comportamiento del padre, Ha-yeong se mostró más bien indiferente respecto a su viaje. El marido de Seon-gyeong, como si las más de diez promesas que hizo fueran insuficientes, le dijo a la niña que le traería como regalo un oso de peluche más grande que el que tenía. Después de hacer esa última promesa, se fue.

Tras despedirse de su padre, Ha-yeong subió a su habitación para prepararse para ir al colegio.

Su madrastra y ella iban a estar solas diez días.

Seon-gyeong decidió concentrarse en Ha-yeong durante ese tiempo. Estaba convencida de que eso sería crucial para determinar el futuro de su relación con la niña. Desde el día en que fue a conversar con la profesora de Ha-yeong, trataba de abrazar a la niña siempre que tuviera la oportunidad. La distancia entre ellas era claramente más corta respecto a cuando ni siquiera se cogían de la mano. Pensaba que eso se debía al contacto físico.

Ha-yeong bajó deprisa diciendo que se le hacía tarde. Se puso los zapatos y, cuando la llamó Seon-gyeong, corrió a abrazarla por la cintura. Tras el breve abrazo, la niña se fue para el colegio.

Sola, Seon-gyeong abrió todas las puertas y empezó a hacer la limpieza. En ese momento, le sonó el móvil. Era un número desconocido.

Al contestar, escuchó una voz baja muy agradable y en aquel instante se acordó del sargento Yu. La llamada la alegraba y la inquietaba al mismo tiempo. Por un momento creyó que quizá llamaba para decirle que ya estaba resuelto el caso del incendio.

Al contrario de lo que se había imaginado, el policía le preguntó si tenía tiempo, porque tenía algo que contarle.

Seon-gyeong se ofreció a ir personalmente a la sede de la Policía Metropolitana de Seúl. Cuando colgó, sintió como si un viento frío le atravesara la cabeza. Tenía un mal presentimiento.

Seon-gyeong llegó a la sede de la Policía de Seúl, frente a la puerta Gwanghwamun, sobre las dos de la tarde, pasada la hora de la comida.

Bajó en la estación de metro de Gwanghwamun y fue por la calle de detrás del Centro de Artes Escénicas Sejong. El sol radiante de la tarde estaba derritiendo el asfalto. Caminó buscando las sombras que creaban los edificios y los árboles. Al llegar a la recepción de la sede policial, llamaron para confirmar si la visita de Seon-gyeong estaba prevista, antes de permitirle entrar con una tarjeta de visitante.

En el vestíbulo vio al sargento Yu salir del ascensor. Cuando se topó con ella, el policía se apresuró a saludarla.

—Gracias por haber venido hasta aquí con este calor.

—De nada.

Seon-gyeong fue a la sala de descanso ubicada al lado del vestíbulo en la primera planta. Tras ofrecerle asiento, el sargento Yu sacó unas monedas del bolsillo y se detuvo frente a la máquina expendedora de bebidas.

—¿Qué quiere tomar?

—Agua está bien.

El sargento compró un café en lata y una botella de agua mineral y se sentó frente a Seon-gyeong. El agua de la máquina expendedora estaba lo suficientemente fría como para aliviar el calor de su cuerpo.

—Podía haber ido yo a su casa.

—No pasa nada. Pero ¿qué es lo que me tiene que decir?

—Tenemos los resultados de la autopsia.

—¿Sí?

—Para serle sincero, no sé por dónde empezar. Pero, como usted también trabaja en un campo relacionado, supongo que me escuchará con objetividad y lógica.

El circunloquio impacientaba a Seon-gyeong. ¿Por qué tantos rodeos?

—El incendio producido en Eungam-dong fue intencionado y provocado después de un homicidio.

Aun entendiendo todos los términos usados por el policía, Seon-gyeong no lograba comprender el mensaje de lo que decía.

—Un momento. ¿Quiere decir que el incendio fue en realidad un caso de asesinato?

—Sí. Un incendio provocado para ocultar un asesinato. Esa es nuestra hipótesis.

—Entonces la autopsia a la que se refiere... ¿es la de los abuelos de Ha-yeong?

—Sí.

El sargento Yu sonó tajante.

Seon-gyeong meneó la cabeza sin tener noción de que lo estaba haciendo. Le dijeron que había sido un incendio y naturalmente dedujo que había sido un accidente. No se podía creer que lo sucedido se debiera a la maldad de alguien. Y pensar que ese incendio cambió muchas vidas...

—¿Han dado con el asesino?

—Primero le informaré de los resultados de la autopsia.

El policía eludió responder a la pregunta de Seon-gyeong porque todavía no habían encontrado al asesino. Pero ella no entendía por qué le decía lo de la autopsia.

—Las conclusiones son las siguientes. Ambos, es decir, los abuelos de la niña, murieron antes del incendio. No se han encontrado quemaduras ni otras lesiones por incendio ni en el esófago ni en los pulmones. Si hubieran muerto por el fuego, esos órganos contendrían restos de humo inhalado.

Si hubieran muerto en mitad del incendio, tampoco habrían aparecido acostados en posición perfecta y cubiertos tan bien con un edredón. El sargento Yu se acordó de cómo encontró a los abuelos en el lugar de los hechos.

—¿Cuál es entonces la causa de la muerte?

El policía metió la mano en el bolsillo interior de la chaqueta y sacó un papel que tenía doblado. Era el análisis de la autopsia del Servicio Forense.

—Envenenamiento.

—Si esa es la causa, ¿no hay posibilidades de que sea suicidio?

—¿Habrá abuelos que se suicidan tras dejar todo preparado para que la casa se incendie después de su muerte, encima teniendo a su nieta en el cuarto de al lado? Además, si murieron por envenenamiento, lo más probable es que se retorcieran de dolor. Pero, cuando los encontramos, los cadáveres estaban bien colocados el uno al lado del otro, con las manos en el pecho y cubiertos con un edredón. Esto significa que alguien verificó su muerte y después movió los cadáveres para finalmente incendiar la casa.

—Si el incendio lo provocaron después de cometer el asesinato, no deben de quedar pruebas.

—Lamentablemente, no. Tampoco tenemos pistas, pero...

Seon-gyeong lo miró inquisitivamente.

—Hay un sospechoso.

—¿Y quién es?

El sargento Yu no encontraba las palabras adecuadas para responder a esa pregunta. Entre titubeos, la miró. A ella, que notaba la vacilación del policía, se le cruzó en ese momento algo por la cabeza. El policía y su compañero, el investigador de incendios, fueron a su casa sudando una tarde de mucho calor para hacerle unas cuantas preguntas a su hijastra. Seon-gyeong trató de recordar cuáles fueron aquellas preguntas, pero no tuvo éxito.

—¿Está insinuando que...?

—La única persona que estaba en esa casa con los dos muertos es Ha-yeong.

—¿Qué... qué está tratando de decir? Es una niña. Apenas tiene once años.

Ante la reacción de Seon-gyeong, el policía le preguntó, rascándose la frente:

—¿Qué edad tenía el asesino más joven del que tiene conocimiento por sus estudios?

Seon-gyeong se quedó muda. Tenía razón. La edad era lo de menos.

Mary Bell, catalogada como la peor asesina en serie menor de edad del siglo xx, también tenía once años. Incluso asfixió al bebé de sus vecinos, que no había cumplido siquiera tres años, hasta matarlo y lo mutiló con una tijera. Aun sin cruzar el Pacífico, en Japón hubo hace poco un caso de un niño de primaria que asesinó a su compañero.

—Mis sospechas se basan en ciertas observaciones que hice.

Seon-gyeong le prestó atención mientras los latidos del corazón resonaban en su interior como truenos.

—En la escena de un incendio, las víctimas presentan un aspecto similar. Como el incendio los toma por sorpresa, la mayoría sale de la casa sin vestirse propiamente. Esa madrugada, al ver a la niña, sentí que había algo extraño. En ese momento no sabía qué, pero luego me di cuenta de que lo que no encajaba era su ropa.

El sargento Yu recordaba exactamente lo que sucedió esa madrugada. La niña, aunque estaba en brazos de un paramédico, seguía sujetando su oso de peluche. Encima llevaba calcetines y tenía puestos los zapatos. ¿Cómo era posible si decía que había escapado por la ventana y los zapatos debían de estar en el recibidor de la casa? No había otra explicación: ya los tenía en su habitación.

—La niña, además, tenía la tarjeta de su padre en el bolsillo.

—¿Quizá... planeaba ir a ver a su padre sin que se dieran cuenta los abuelos?

Seon-gyeong quería invalidar como fuera los fundamentos del sargento Yu.

Quería creer que el sargento Yu estaba fijándose tan solo en una pieza del rompecabezas, algo que jamás debería hacer un policía si era consciente de las muchas personas a las que se inculpaba aun siendo inocentes por unas pruebas equivocadas. Quería convencerlo y convencerse de que todo quedaría explicado si la niña hubo pretendido ir al encuentro de su padre y alejarse de la casa de los abuelos.

«Nada es definitivo, no hay que saltar a las conclusiones», se decía Seon-gyeong. Sin embargo, se daba cuenta de que su voz se debilitaba.

—La niña, después de ser rescatada, no preguntó por sus abuelos. Lo habitual es que en esos casos un niño trate de localizar a la persona que lo cuida o pida ayuda. Pero Ha-yeong no preguntó si sus abuelos estaban a salvo o si seguían dentro de la casa. Eso significa que ya sabía dónde o cómo estaban.

El sargento Yu se acordó de otro detalle de esa madrugada.

Se acordó de cómo la niña cayó dormida en el asiento trasero del coche de policía después de contactar con su padre. Ahora que lo pensaba, la niña no se había quedado dormida porque estaba conmocionada o asustada, sino satisfecha, porque pronto vendría su padre por ella.

—No sé qué decirle. Es todo muy inesperado.

Seon-gyeong ya no podía seguir escuchando al policía. Un fuerte torbellino arrasaba su mente.

—Por supuesto, todo lo que le acabo de decir son suposiciones mías y no cuento por ahora con pruebas para respaldarlas. La única prueba a estas alturas podría ser el veneno administrado a los abuelos. De esto no le he hablado a nadie. Ni siquiera a mis colegas.

—¿Y por qué me lo dice a mí?

—Porque usted debe estar enterada. Porque es especialista en este campo y es actualmente la tutora de esa niña. Obsérvela bien. Eso es lo que quería decirle.

El sargento Yu se levantó y dejó a Seon-gyeong sola.

En la sala de descanso, Seon-gyeong fue incapaz de ponerse de pie. No tenía ni la más mínima idea de qué hacer o cómo abordar la situación. Cómo podía contarle aquello a su marido. Todo era mucho más complicado que antes. Después de ordenar un poco sus pensamientos, llegó a una conclusión: no decirle nada a nadie todavía.

No podía acusar a la niña de asesina sin tener pruebas.

No tenía razón para matar a los abuelos y encima provocar un incendio en su casa para ver a su padre. ¿Por qué haría semejante cosa si una llamada bastaba para verlo?

Su cabeza entendía perfectamente la situación, pero su corazón no.

Seon-gyeong sabía perfectamente que muchos asesinos matan por razones de lo más absurdas.

Al salir de la sede de la Policía de Seúl, a Seon-gyeong le invadió un miedo tremendo. Temía ver a Ha-yeong en casa.

Entonces decidió no ir a la estación de metro. En lugar de ello, se dirigió a Eungam-dong. No podía regresar a casa. Si bien no tenía ningún plan en mente, quería ver con sus propios ojos la casa en la que había vivido su hijastra. O quizá quería verificar la hipótesis del sargento Yu.

La casa, cuya dirección obtuvo del sargento Yu, estaba totalmente abandonada desde el incendio. Estando allí se pudo imaginar en detalle la tragedia de aquella madrugada, algo que antes no pudo asimilar escuchando lo que le contaron del incendio. Se imaginó a Ha-yeong envuelta en fuego. El lugar del incendio en sí era imponente.

Sin valor para entrar, se dio la vuelta en la puerta de la calle.

Una mujer de mediana edad que entraba en el callejón donde se ubicaba la casa se topó con Seon-gyeong y se puso a la defensiva. Tras observarla pasar lentamente, le preguntó con brusquedad:

—¿Ha venido a la casa del fondo?

Seon-gyeong asintió. Como si hubiera leído su aturdimiento, la mujer bajó la guardia. Parecía generosa, pero igualmente entrometida, y expresó compasión hacia Seon-gyeong. Pensó que sería alguien que no había llegado a tiempo porque se enteró tarde del incendio.

—Pobres... ¿Qué vínculos tenía con los de esa casa?

Seon-gyeong perdió la oportunidad de contestar al no encontrar las palabras exactas para responderle. Sin embargo, la mujer parecía haber sacado ella misma sus propias conclusiones.

—Está conmocionada, ¿no? Cómo no estarlo. Es que a esa familia siempre le pasaban cosas malas. Tal vez tenían razón quienes decían que la hija muerta rondaba la casa...

—¿La hija muerta? ¿Se refiere a la madre de Ha-yeong?

—Sí, esa. Se suicidó. Quién sabe por qué cosas habrá pasado. ¿Pero por eso mata uno, aun teniendo padres e incluso una hija? Desde entonces la señora de esa casa vivió como pudo.

—¿Y Ha-yeong estaba bien en esa casa?

—¿La niña? Bueno, eso... quién sabe. No hay manera de enterarse de lo que pasa dentro una vez que se cierra la puerta, ¿no?

La mujer interrumpió ahí lo que estaba diciendo y se hizo de repente la despistada. Si hacía unos minutos parecía conocer bien a la familia de Ha-yeong, de pronto mostraba una actitud totalmente opuesta. Seon-gyeong sentía curiosidad por tan súbito cambio de actitud.

—¿Le pasó algo a Ha-yeong?

—¿Por qué tantas preguntas sobre la niña? ¿Qué es usted de ella?

La insistencia de Seon-gyeong incomodaba a la mujer. Entonces decidió ser sincera y dijo:

—Ahora está en mi casa.

La mujer pareció aún más confundida y actuó de forma muy poco natural cuando quiso entrar en su casa como si algo urgente le pasara.

—Espere. ¿No me puede decir qué pasó?

—Ay, tan solo vivíamos al lado. ¿Cómo voy a saber qué pasaba en esa casa...?

Esa persona que se le acercó primero y entabló conversación se metió en su casa tan rápido como si la estuvieran persiguiendo. Parecía que no quería ni mencionar a Ha-yeong. A Seon-gyeong le dio escalofríos esa situación tan peculiar. Se le revolvió el estómago. Su frente traspiraba, pero tenía las puntas de los dedos heladas.

Salió del callejón sin mirar atrás.

25

El calor húmedo persistía.

Lee Byeong-do llamó al carcelero para pedirle una entrevista con Seon-gyeong, pero lo único que recibió fue una risa burlona. Entonces gritó y armó un alboroto. El jefe de seguridad fue personalmente a su celda.

—Quiero tener otra entrevista con la psicóloga esa. Me quedan cosas que contarle.

—Pero parece que esa psicóloga ya no tiene nada que decir o nada que quiera escuchar de ti.

—¡Tengo que ver a esa mujer!

—Por si no te lo dijo, la entrevista pasada fue la última. Esa mujer ya no vendrá a verte más.

—¿Qué? No. No puede ser. Llámala ahora mismo. Yo no he terminado aún.

El jefe de seguridad se acercó a Lee Byeong-do, que estaba gritando como un loco, y le dijo en voz baja:

—Haberte portado mejor, aunque lo que tenga que decir un tipo como tú no vale la pena escucharlo.

—Las mujeres... Dile que le contaré dónde están los otros cadáveres.

Lee Byeong-do se sacó un as de la manga. El secreto que tenía guardado en su interior y que estaba decidido a no mostrarle a nadie. Pero con tal de ver de nuevo a Seon-gyeong desecharía esa carta. Cuando uno deseaba algo tan fervientemente, todo lo demás perdía importancia.

El jefe de seguridad lo miró sorprendido a través de las rejas. Entrecerró los ojos para analizar si el recluso estaba hablando en serio. Sin embargo, sus siguientes palabras no fueron exactamente las que esperaba escuchar Lee Byeong-do:

—Estás desesperado.

El jefe de seguridad se rio con cinismo.

Lee Byeong-do sintió que él mismo se cargaba esa última carta aun antes de mostrársela a Seon-gyeong. Eso no podía quedar así. No había sacado la carta para eso. Tenía un gran plan que debía completar y no podía permitir que una sucia rata como el jefe de seguridad lo arruinara.

—Ya te dije que hacerte el astuto no te traería nada bueno.

—Te digo que voy a confesarlo todo, incluso otros asesinatos que cometí.

—Eso solo interesa a los policías o los fiscales. Por mí, todo bien siempre que te quedes quietecito en tu celda.

—Quiero un abogado. Esto no puede quedar así.

—Haz lo que te dé la gana. Pero no creo que el abogado venga después de todas las veces que lo has dejado plantado. Aparte, tu juicio ya terminó, ¿no?

Lee Byeong-do estaba rojo de la rabia que sentía por culpa del jefe de seguridad, que claramente se estaba burlando de él.

—¡Carcelero! ¡Carcelero! Quiero ver al director de la prisión. Llama al director.

Pero el carcelero que vino corriendo desde un extremo del pasillo ni caso le hizo y se detuvo al lado del jefe de seguridad.

—No deberías portarte así conmigo. ¿Sabes quién soy yo? Soy Lee Byeong-do. No creáis que me voy a quedar sin hacer nada.

—Sigue gritando, a ver...

El jefe de seguridad no se alteraba ante los gritos y los abusos que estaba cometiendo Lee Byeong-do.

De pronto, los otros reclusos empezaron a golpear las puertas de sus celdas. Algunos insultaban quejándose del alboroto. Ellos tampoco querían seguir escuchando a Lee Byeong-do.

Este, mientras tanto, temblaba al tiempo que se aferraba a las rejas. Le subió la calentura de la rabia. Ya empezaba a escuchar la canción de siempre y no podía perder más tiempo. La canción de su madre, tan lenta que lo volvía loco y lo sofocaba. «Bang! Bang!...»

El jefe de seguridad de la prisión abandonó las celdas con el carcelero, ignorando a Lee Byeong-do, que lo miraba con los ojos rojos.

Solo en su celda, el hombre se sentó en el suelo tras dejarse caer arrastrando la espalda por la pared.

No podía quedarse de brazos cruzados. Tenía que hacer lo que fuera para ver de nuevo a Seon-gyeong.

Solo ella podía comprender y detener la canción de su madre, que resonaba en su cabeza. Solo a ella quería contarle la vieja historia sobre él y su madre.

La vez que cometió su primer asesinato, en el patio bajo la lluvia, Lee Byeong-do se cercioró de que su madre estaba muerta y estuvo cavando toda la noche un hoyo para enterrar el cadáver. La sangre de su madre pintaba de rojo el suelo, pero se borró con la lluvia y desapareció por el alcantarillado.

Al igual que su propio nacimiento, la muerte de su madre no acaparó ningún interés. Había vivido aislada del mundo, de ahí que nadie fuera a buscarla.

Pocos días después de enterrar su cuerpo, Lee Byeong-do fue a la policía y denunció su desaparición. Declaró que se había ido de casa y que no había vuelto en días. Los policías le dieron unos papeles para rellenarlos y le hicieron unas cuantas preguntas protocolarias. Cuando les preguntó si no salían los agentes a buscar a los desaparecidos, los policías le respondieron que no tenían ni tiempo ni recursos para eso. Le dijeron que, como no se trataba de una menor, sino de una adulta, si se había ido por voluntad propia, quizá volviera. Así que él debía esperar a su madre en su casa. Lee Byeong-do les puso cara larga a los policías, pero regresó tarareando, porque sabía que su madre jamás volvería. O, mejor dicho, como nunca se había ido de casa, no podía volver.

Por primera vez, durmió sin temblar de miedo.

Pensándolo bien, desde que era niño, se despertaba a cada rato por cualquier ruido, ya fuera de pasos o de hojas secas, porque no sabía cuándo su madre le taparía la cara con la almohada. En la granja tampoco dormía bien. En sus sueños aparecía su madre para llevarlo de vuelta a casa tirándole del brazo. Si se resistía pataleando, lo sumergía en una profunda bañera. Reiteradas veces se despertaba porque no podía respirar. Por eso prefería no dormir. Incluso algunas noches caminaba entre los manzanos hasta el amanecer.

Cuando supo lo fabuloso que era dormir bien, dejó de pensar en su madre.

Varios años después, la policía lo llamó para que fuera a identificar un cadáver. Fue corriendo. La muerta era una persona que se había hundido en un embalse y cuyo cuerpo hallaron al vaciarlo. Por lo visto, los rasgos eran similares a los que indicó en la denuncia. Afirmó que aquella no era su madre y recriminó a la policía su poca diligencia en la búsqueda de su madre desaparecida.

Por la gran naturalidad con la que actuaba, al regresar a casa hasta él mismo se creyó que su madre estaba desaparecida y se preguntó por un instante dónde estaría. Sin embargo, estaba equivocado al pensar que la había olvidado completamente. Esta seguía viva en su mente y mientras dormía se acercaba a sus oídos para cantarle *Maxwell's Silver Hammer.* Pero de eso se dio cuenta quince años después.

Vivía como cualquier persona, disfrutando de una vida rutinaria, de casa al trabajo y del trabajo a casa. Trabajaba en una fábrica nueva cerca de donde vivía. La labor que realizaba no era difícil. A veces salía con los compañeros a tomar unas copas y también quedaba con chicas. Las mujeres se le acercaban con una sonrisa en los labios en cuanto lo veían. Todas se sentían atraídas por su facciones de hombre bueno y guapo, pero, cuanto más agresivo era el coqueteo, más distancia guardaba con ellas. Prefería que no hubiera mujeres a su alrededor.

Sus compañeros decían que era demasiado tímido, que su falta de experiencia lo volvía aún más introvertido. Quizá tenían razón. No quería saber nada de mujeres. Las temía, para ser exactos.

Un día, tras alargarse la reunión con los compañeros de trabajo a la que le habían forzado a asistir y tras beber muchas copas, salió del bar solo. Como no era una zona céntrica ni concurrida, a esa hora después de la medianoche no había gente, solo las luces de establecimientos de entretenimiento adulto. Caminaba en zigzag bajo los crecientes efectos del alcohol cuando súbitamente empezó a cantar.

Bang! Bang! Maxwell's Silver Hammer...

Cuando se dio cuenta de cuál era la canción que estaba tarareando, se asustó y se quedó petrificado. En ese momento, una mujer se le acercó sonriendo. Ahí se reiniciaron los asesinatos.

Lee Byeong-do sacudió la cabeza. No tenía sentido recordar cosas pasadas.

Pensó en la manzana que le había traído Seon-gyeong.

La señora del huerto de frutales solía ponerle en las manos manzanas grandes y frescas de entre las que colgaban en lo más alto de los árboles. Y la manzana que volvió a saborear lo hizo retroceder veinte años. De nuevo estaba en medio de aquel huerto un mes de junio. Se veían las manzanas aún verdes balanceándose en las ramas al compás del viento. Estaban también las tres hijas. Fue la única época de su vida en la que sintió una calma verdadera.

Entonces pensó que, si se reencontraba con Seon-gyeong, podría retroceder hasta aquella época. Creía que ya había tenido su oportunidad, pero ahí estaba otra vez, una nueva. No podía dejarla pasar. Seon-gyeong le dijo que se la daría. Ojalá pudiera volver a verla.

Ella podría detener la canción de su madre.

26

Las nubes grises que se amontonaban desde la tarde cubrían totalmente el cielo. Esas nubes bajas y que parecían estar cargadas de agua se enredaban y empezaban a crear chispas. Hasta el viento olía a humedad.

Seon-gyeong, de vuelta en casa tras su encuentro con el sargento Yu, se sentía deprimida y melancólica, igual que el tiempo.

Abrió la puerta de la calle, que traqueteaba, y desde allí echó un vistazo al panorama de la casa.

En el patio había una pelota de color dorado con la que solía juguetear el perro, mientras que las ramas del sauce se movían de forma semejante a una cabellera larga y suelta. En la sala de estar había encendida una pequeña lámpara. Reinaba un silencio absoluto. En el segundo piso, la luz de la habitación de Ha-yeong estaba apagada. La niña todavía no había llegado de la escuela.

Seon-gyeong no había asimilado aún la conversación con el sargento Yu.

No se podía creer lo que le había dicho. El policía habló sin tener pruebas y con base en sus propias conjeturas. Pero tampoco podía ignorarlo del todo, máxime recordando los hechos sucedidos desde la llegada a casa de Ha-yeong.

La niña, desde que había llegado tras sufrir el terrible incendio, nunca había mencionado a sus abuelos. Seon-gyeong no se dio cuenta de ello hasta que se lo comentó el sargento Yu. Solo pensó en la gran conmoción que debía de haber sufrido a raíz del incendio y que evitaba conscientemente recordar lo que había pasado porque fue una experiencia demasiado dura.

Sin embargo, era extraño que no pareciera estresada. De hecho, estaba ya casi adaptada a la convivencia con su padre, como si la hubiera anticipado.

«¿Habrá Ha-yeong incendiado la casa?» Seon-gyeong se repetía esta pregunta una y otra vez.

Pero no era solo el incendio. La hipótesis del sargento Yu iba mucho más lejos.

Antes del incendio los abuelos de la niña fueron asesinados mediante envenenamiento. ¿Quién pudo cometer semejante crimen? Escenas de lo más crueles se dibujaban en la mente de Seon-gyeong y no pudo hacer más que sacudir la cabeza para espantarlas. Pero nada estaba confirmado. Era mejor no adelantar conclusiones. Ojalá su marido estuviera con ella.

No volvería hasta dentro de diez días, así que le tocaba estar sola con Ha-yeong durante ese tiempo. De pronto, le dio la sensación de que alguien la estrangulaba mientras se imaginaba la de horas que tendría que compartir con la niña.

El viento empezó a soplar más fuerte y comenzó a llover. Seon-gyeong se tropezó con la pelota del perro. Inmediatamente la recogió y se acordó de él. De nuevo, se dijo a sí misma que no podía ser, que era imposible que una niña que se enternece con un perrito pudiera ser tan cruel. No obstante, cuanto más negaba ese pensamiento, más la atormentaban otros recuerdos.

Seon-gyeong se mordió el labio inferior. Apretó la pelota

del perro con la mano y la dejó caer. Ya dentro de la casa, se fijó en la escalera al segundo piso. Estaba confundida entre el deseo de confirmar la verdad y el miedo de toparse con algo mucho peor de lo imaginado. Era evidente su vacilación. Pero al final subió a la habitación de Ha-yeong.

Abrió la puerta y el perro la recibió. Seon-gyeong tomó al animal entre sus brazos y se adentró en el cuarto. No sabía qué buscaba, pero miró alrededor con detenimiento.

Todo estaba impecablemente ordenado. Sobre el escritorio, todo, sus libros, su estuche y otros objetos, estaba en el lugar que le correspondía. Ello delataba la personalidad de Ha-yeong. Abrió el cajón del escritorio y vio unas libretas de notas, unos cuadernos y otros artículos de papelería.

El perro empezó a retorcerse de lo incómodo que estaba entre los brazos de Seon-gyeong. Entonces lo dejó ir. Abrió el armario y la ropa estaba bien ordenada; miró si había algo entre las prendas, se asustó y lo cerró.

Súbitamente se acordó del día en que le dio una bofetada a su hijastra. No estaba segura, pero quizá el sargento Yu la estaba guiando por un camino incorrecto. Ha-yeong debía de tener una explicación, pensó.

Lo mejor era ignorarlo. Seon-gyeong no podía permitir que las conjeturas de un desconocido amenazaran la paz de su hogar. Entonces ya no quiso permanecer más en la habitación. Pero, cuando estaba a punto de abrir la puerta, escuchó al perro haciendo ruido. Se giró para ubicarlo.

Estaba rascando la cómoda impaciente, como si tuviera algo que decir. Actuaba como si hubiera encontrado un olor de su interés. Seon-gyeong no debía abrir la cómoda, por eso solo se quedó mirándola. Pero finalmente decidió ver qué había dentro.

Primero vio unas mantas.

Sin darse cuenta, suspiró. El perro estaba más extraño que antes. Seon-gyeong, que estaba a punto de cerrar el cajón sin hurgar más en las pertenencias de su hijastra, levantó las mantas. Debajo había una caja pequeña. Tenía un mal presentimiento. También percibía un olor no muy agradable.

Ya había empezado. No podía parar. Seon-gyeong sacó la caja y se sentó en la cama. Tenía el tamaño de una caja de pañuelos desechables. No pesaba. Abrió con mucho cuidado la tapa y, al ver lo que había dentro, sintió pánico y dejó caer la caja.

El contenido se esparció por el suelo. Lo que vio la horrorizó. Inconscientemente estaba agitando la cabeza de lo absurda que era toda esa situación. Lo veía pero no lo podía creer. En la caja había unos pájaros muertos, algunos desplumados y con el vientre abierto. También había un cúter manchado de sangre, probablemente usado para matarlos.

Seon-gyeong sintió escalofríos por todo el cuerpo.

Se acordó de cómo Ha-yeong, el día en que fueron a la escuela para los trámites del cambio de colegio, intentó atrapar a los pájaros.

También de lo que le contó la maestra sobre el cúter y el gato. Eso significaba que Ha-yeong había seguido a sus compañeros sabiendo quién se había llevado los pájaros. Seguramente sintió curiosidad. ¿Qué habría pasado si los niños no se hubieran asustado y no hubieran soltado al gato?

Solo de imaginárselo se le pusieron los pelos de punta.

Seon-gyeong levantó al perro, que estaba olfateando a los pájaros muertos tirados en el suelo. Cogió un poco de papel higiénico para recogerlos y volver a colocarlos dentro de la caja. En cuestión de segundos, se le pasó por la mente toda la información de los últimos días. Se tocó la frente y se dejó caer sentada sobre la cama.

El perro, que no entendía en absoluto la situación, se acomodó sobre su regazo. Acariciándolo, reflexionó sobre este hecho y determinó que mejor esperaría a que regresara su marido.

Seon-gyeong miró el suelo mordiéndose los labios y cerró la caja llena de pájaros muertos.

En la sala sumergida en sus pensamientos, sin percatarse siquiera de que afuera estaba lloviendo. No se dio cuenta de que Ha-yeong acababa de llegar, empapada. De ese estado ausente salió justo cuando la niña la llamó. Viendo lo mojada que estaba su hijastra, miró por la ventana y vio la lluvia.

—¿Está lloviendo? No me había dado cuenta.

—¿Me pasas una toalla?

—¿Qué? Ah, sí, espera.

Seon-gyeong se levantó reaccionando a lo que le pedía la niña después de estar un buen rato sentada en el sofá, con la mirada perdida en Ha-yeong, parada en la puerta sin poder quitarse los zapatos ni entrar a la casa por lo mojada que estaba. Sentía sofoco y pesadumbre, como si alguien le hubiera metido un montón de papel higiénico arrugado en la cabeza.

Fue al baño y trajo una toalla grande. Le secó primero el cabello a la niña y luego el cuerpo. Estaba empapada, tanto que debía cambiarse toda la ropa. Además, tenía el cuerpo frío por haber estado largo tiempo bajo la lluvia. Sus pequeños hombros temblaban.

—Tendrías que haberme llamado desde la escuela.

—Estoy bien. Me gustan los días de lluvia.

—Ve al baño y date una ducha caliente. Yo te llevo ropa para cambiarte.

—No. Ya lo hago yo.

La niña, sin siquiera escuchar la respuesta de Seon-gyeong, subió al segundo piso. Aún le goteaba agua de la ropa.

Mientras se duchaba, Seon-gyeong hirvió un poco de agua. Preparó leche tibia y cortó un pedazo de tarta de mousse de chocolate. Cuando salió del baño, la niña tenía las mejillas rosadas. Estaba de mejor humor. En la cocina, al ver la merienda sobre la mesa, Ha-yeong abrazó a Seon-gyeong por la cintura.

Por un instante, Seon-gyeong aguantó la respiración y, con mucha dificultad, reprimió el impulso de empujarla para apartarla de ella.

Mientras tomaba asiento, la niña empezó a contarle que había vuelto del colegio caminando bajo la lluvia. Cotorreaba con voz alegre. Se notaba que estaba de buen humor. En otra situación, Seon-gyeong hubiera sintonizado con ella, pero en ese momento desvió la mirada fingiendo estar ordenando los platos.

—¿A ti qué tipo de clima te gusta más?

—¿A mí? El clima primaveral con sol.

Seon-gyeong respondió sin pensarlo mucho. Quería que la niña terminara ya de merendar y subiera a su habitación. Por lo pronto, no quería ni tampoco tenía el valor de estar frente a frente con ella como si nada y mantener una conversación.

A diferencia de lo habitual, Ha-yeong estaba muy habladora. Le contó en detalle su día en el colegio, que ella y sus compañeros habían ido a cuidar la huerta. Pero, a Seon-gyeong, todo lo que le decía la irritaba. Ya se había enterado por su maestra de que Ha-yeong estaba marginada en clase desde el incidente del gato. Sin embargo, la niña mentía sin darse cuenta de que prestando un poco de atención la descubrirían enseguida. Seon-gyeong no entendía si lo hacía para mostrar que no tenía problemas en el colegio o si había otros motivos.

Ha-yeong, que sin mucho esfuerzo se dio cuenta de que el comportamiento de su madrastra no era el de siempre, hizo una pausa y dijo:

—¿Te pasa algo?

—Sí. Me duele la cabeza.

Ya que lo decía, realmente le parecía que le empezaban a doler las sienes. O, mejor dicho, le empezaba a doler todo el cuerpo.

—¿Te duele mucho?

—No. Se me pasará cuando me tome una pastilla y duerma un poco.

La niña se limitó a parpadear, sin decir nada.

Un relámpago iluminó por un segundo el cielo y los truenos hicieron eco. Ha-yeong, que decía que le gustaban los días de lluvia, se asustó y volvió la cabeza hacia el patio. Y, contemplando cómo la lluvia golpeaba fuerte en la ventana, murmuró:

—Mi mamá murió un día como hoy.

Seon-gyeong se alarmó.

—Ese día también hubo una tormenta.

La voz de la niña sonó triste. Era deducible que el recuerdo de su madre la ponía así. Y como si hubiera perdido el apetito, dejó el tenedor y subió a su habitación.

Seon-gyeong, por su parte, se fue a su dormitorio. Le costaba estar de pie, pues sentía que el cuerpo le pesaba toneladas. Se tocó la frente. Tenía fiebre. Su diagnóstico inmediato fue que tenía gripe.

Sacó entonces el botiquín de primeros auxilios con algunos medicamentos esenciales. Tomó unas pastillas para la gripe y se acostó. Le dolía la cabeza. No podía dejar de pensar en lo que podría estar sucediendo en el segundo piso, aunque nada se oía. En realidad, entre el sonido de la lluvia y el ruido de la ventana sacudida por el viento, Seon-gyeong no percibía nada.

Y mientras las pastillas le hacían efecto, se sumergió en un profundo sueño.

27

En su habitación, Ha-yeong se acercó a la ventana, pero inmediatamente se metió en la cama. Junto con el resplandor del relámpago, se oyó un fuerte ruido que incluso impactó en el vidrio. La niña se cubrió hasta la cabeza y cerró los ojos. El miedo disminuyó ligeramente al estar entre aquellas suaves mantas.

Justamente por miedo y porque no quería estar sola, se afanó en mantener una conversación con su madrastra al regresar del colegio.

En todo el camino de la escuela a casa había tenido una extraña sensación bajo la lluvia: que alguien la perseguía. Entonces quiso mirar hacia atrás, pero no pudo, pues presintió que, si lo hacía, vería detrás a su mamá muerta, cuyo recuerdo empezaba a invadirla súbitamente debido a un sueño.

La noche anterior, Ha-yeong conversó con su padre.

Este le anticipó que saldría de viaje de trabajo durante diez días y le pidió que se llevara bien con su madrastra mientras durase su ausencia. La niña dijo que sí con la cabeza. Ella siempre había creído que su madrastra era mala. Su madre le había dicho que era mala. Que era la persona que les había arrebatado a su padre y que era una egoísta. Que por culpa de ella se había desintegrado su familia. Sin embargo, con el tiempo, Ha-yeong se dio cuenta de que su madre le había mentido y, lo que era más importante, notó que su padre era mucho más feliz con su nueva esposa que cuando vivía con su madre. La nueva mujer de su padre no gritaba, ni tomaba alcohol ni insultaba a los demás.

Le había dado una bofetada, pero eso no le dolió. Además, su madrastra se disculpó por haberle pegado, algo que su madre nunca hizo.

Le extrañó entonces que su padre le pidiera una y otra vez que se portara bien con su madrastra. Le surgieron dudas de si su presencia la molestaba y por eso su padre le pedía que le prometiera que se llevaría bien con ella. Pero, tras vivir con su padre y su nueva mujer, se dio cuenta de que eso no era así. Su madrastra la abrazaba. Entre sus brazos, sentía como si quisiera cerrar los ojos y dormir. Se sentía relajada. En cambio, su madre nunca la abrazó, excepto cuando estaban con otras personas.

Tras terminar de conversar con su padre y después de que este saliera de la habitación, Ha-yeong, acostada en la cama, pensó en su madre y también en su madrastra. Concluyó que le gustaba más vivir con la última y enseguida se durmió. En sueños, se encontró con su madre, que estaba furiosa, al igual que ese día.

«Ve y trae a tu padre. ¡Ahora mismo!»

Ha-yeong se tapó los oídos. Escuchaba la voz afilada de su madre. De tanto pellizcarle el brazo, la niña abrió los ojos por el dolor. Entonces se dio cuenta de que había sido un sueño y se tranquilizó.

Volvió a relampaguear y la lluvia y el viento se intensificaron. Cuando el tiempo estaba así, su madre solía agudizar la obsesión con su padre. Pero Ha-yeong no quería pensar más en ella.

«Mamá está muerta. Está muerta. Así que bórratela de la mente», se repetía la niña para sus adentros.

Aun así, el pánico la invadía en días como este, pues se imaginaba que su madre aparecería en cualquier momento y empezaría a gritarle. Ha-yeong se levantó y, con la almohada entre los brazos, salió de la cama. Creía que si dormía con su madrastra el miedo quizá desapareciera. Cuando estaba a punto de abandonar su habitación, se tropezó con el perro.

Asustado, este se escondió debajo de la cama, sin querer salir de ahí. Por mucho que lo llamaba la niña, allí seguía. Sin más remedio, Ha-yeong estiró la mano para sacarlo, pero lo que tocó no fue precisamente el perro. Definitivamente, no era algo agradable.

La niña encontró una pluma debajo de la cama. Al verla, inmediatamente abrió uno de los cajones de la cómoda. Se fijó debajo de las mantas dobladas y vio que la caja que debía estar en ese lugar ya no estaba. Intuía saber quién podría habérsela llevado. Ha-yeong mantuvo los labios apretados y empezó a moverlos de un lado a otro. Era la mueca que hacía cada vez que estaba enfadada.

Decidió entonces retar a su madrastra. Pero antes procedió a sacar al perro de debajo de la cama. Todo le decía que él había sido el informante de su madrastra y el revelador del secreto de la caja. Si se estaba ocultando de Ha-yeong, sería por algo impropio que hizo.

Un perro imprudente debía ser castigado.

Finalmente, la niña dio con el animal. Lo sacó arrastrándolo y luego lo agarró por el cuello. Mientras intentaba escaparse, fue hacia donde había escondido el frasco de color marrón, que antes estuvo guardado dentro de su oso de peluche.

Seon-gyeong camina por un pasillo en una gran mansión, curioseando el entorno. Lleva un vestido negro. Claramente, está buscando algo, porque va abriendo todas las puertas a lo largo de ese pasillo interminable bajo un techo alto a fin de estar segura de lo que hay detrás de ellas.

Alguien está parado bajo la luz del sol al final del pasillo. Seon-gyeong corre hacia ese lugar. Al verificar que ese alguien es Ha-yeong, ve que la niña huye a otra habitación, como si estuviera jugando al escondite. La risa de la niña empieza a crear eco.

Seon-gyeong desea atajar todo sonido o ruido que le entra por los oídos. Frente a ella, que corre para no ser alcanzada por dicha risa, cae una soga con un nudo de ahorcado en un extremo. Seon-gyeong, asustada, la aparta y sigue corriendo. Pero, al doblar la esquina, está en un pasillo cerrado con una puerta al fondo.

Al abrir la puerta, ve a Ha-yeong, que parece haber estado esperándola un buen rato y que le ofrece una mano llena de pastillas contra la gripe. Pero Seon-gyeong las rechaza. La niña entonces se enoja y se le tira encima para metérselas directamente en la boca a su madrastra.

Seon-gyeong se zafa del brazo de Ha-yeong y la empuja. Esta, con ojos de sorpresa, aletea en el vacío mientras cae hacia lo más profundo. Finalmente, está en el suelo sin poder moverse, con las piernas fracturadas y deformadas. Entonces grita y estira los brazos hacia Seon-gyeong.

Misteriosamente, los alarga hasta tocarle el cuello. Se le cuelga y el calor de su piel le da escalofríos.

En ese momento, Seon-gyeong abrió los ojos. Estaba empapada de sudor. Había sido un sueño, no obstante todavía sentía que tenía a su hijastra colgada del cuello. Eso le dio miedo y se lo tocó. Por supuesto, no había nada.

Se sobresaltó entonces al encontrar a Ha-yeong de pie al lado de su cama. Se le puso la piel de gallina. Parecía que la sensación de hacía unos minutos no había sido del todo un sueño.

—¿Qué haces aquí?

Ha-yeong estaba allí con su almohada, seguramente porque la tormenta le causaba miedo y no quería estar sola. La niña acercó una mano a Seon-gyeong y le tocó la frente mientras con la otra hizo lo propio con la suya.

—Tienes fiebre.

—Sí, no me encuentro bien. ¿Por qué no te vas a tu habitación?

—No, quiero estar a tu lado.

Seon-gyeong quería continuar despierta, pero el medicamento que se había tomado se lo impedía. Así, se sumergió nuevamente en un sueño profundo, tanto que ni se dio cuenta de que Ha-yeong estaba acostada en su cama abrazándola por la cintura.

28

El cielo negro se llenó de relámpagos mientras empezaba a soplar un viento violento y a llover torrencialmente.

Debido a esa canción que lo atormentaba y que volvía a meterse en todos los rincones de su cerebro, Lee Byeong-do quería arrancarse el pelo para quitársela de encima. Pero esa melodía no desaparecería ni aun extrayéndose una parte del cerebro. Estaba hecha de notas de dolor que se le quedaron grabadas en todas y cada una de sus células a lo largo de toda su vida.

Mi madre me agarró por el cuello y me ahogó en la bañera. Dentro del agua ondulante, veía su cara retorcida. Su rostro, imposible de describir si estaba riendo o llorando, se veía triste. Por eso, aun ahogándome por su culpa, no podía evitar llorar. O tal vez lloraba porque me dolían los pulmones, como si los tuviera despedazados.

Mi madre me clavaba la mirada, pero sus pupilas no me miraban. Quizá eso era porque en mi rostro quedaba algún parecido con aquel hombre: mi padre, de quien nunca supe nada. Por instinto sabía que no debía hacer preguntas sobre él.

Solo me habló de él una vez. Me dijo que era un hombre abominable.

Me dijo que jamás quería oír de mi boca la palabra «padre».

En aquel momento supe que yo era el producto de la violencia infligida por un hombre. No entendía bien lo que eso implicaba, pero podía deducir por la expresión de mi madre que lo que ocurrió fue algo terrible, doloroso y cruel.

«No tendrías que haber nacido. Cada vez que te veo, me acuerdo de lo sucedido.»

Mi madre agonizaba por una ira y un dolor que no podía resolver ni metiéndome la cabeza en la bañera. ¿Por qué no me mató antes de que naciera? Si hubiera abortado, ni ella ni yo habríamos vivido momentos tan dolorosos.

Un fuerte sonido y un resplandor chocaron con las paredes de la celda. Era el impacto de un relámpago muy cercano.

Ante aquellos rayos que provocaban cegueras momentáneas, Lee Byeong-do determinó que no podía seguir en la cárcel y comprobó la cámara de vigilancia instalada en su celda.

«Deben de estar observándome por los monitores», pensó. Se fijó en sus manos y pies esposados. Deseaba acabar con todo, aunque fuera de esa manera. De hecho, encerrado en la cárcel, llegó a pensar que realmente todo había terminado.

A medida que iba acumulando asesinatos, sentía un vacío cada vez más grande en su interior. Mataba para reprimir esa canción que no lo dejaba en paz, pero la melodía se repetía. Cuando asesinó a su víctima número veinte, por fin dejó de escucharla. Sin embargo, desde entonces otra cosa lo atormentaba.

Tal vez nunca había habido ninguna canción en su vida.

Tras cometer su primer asesinato, es decir, después de matar a su propia madre, Lee Byeong-do vivió una vida ordinaria. Pero, cuando volvió a matar, tuvo una intuición.

Intuí que empezaría a andar como un loco por las calles de noche, que me aprovecharía de las debilidades de otras personas y que dibujaría mentalmente el momento del asesinato. Intuí que algún día mataría motivado por mis impulsos, como cuando uno va al bar cuando tiene ganas de tomarse unas copas. Ya tenía las manos manchadas de sangre. Y los pies también. Solamente necesitaba un pretexto para matar.

Cuando recobraba la razón, estaba ya estrangulando a una mujer mientras tarareaba esa canción. Así mi madre resucitaba dentro de mí. Durante todo este tiempo pensé que había matado gente para borrar la canción de mi madre. Pero ahora me doy cuenta de que mataba para volver a escucharla.

No asesiné a mi madre por odio. Todo lo contrario. Ese asesinato fue la prueba más clara de que lo que más deseaba era ser amado. Estaba sediento de amor, tanto como para sentir celos hacia una gata perdida que recibía los cuidados de mi madre.

Quise recibir una mirada cariñosa, aunque fuera una vez. También sentir las caricias cálidas de mi madre sobre la cabeza y dormir entre sus brazos escuchando una dulce canción de cuna.

Lee Byeong-do tenía el alma como una hoja carcomida por los gusanos, llena de agujeros. Y cuando el viento pasaba por ellos, salía a matar. Pero con nada pudo reparar esos agujeros.

«Todavía no he terminado», pensaba.

Creía que podría tapar esos agujeros si veía una vez más a Seon-gyeong. Podría hacer desaparecer ese vacío que le corroía el alma.

Entonces se fijó en la cámara de vigilancia y se quedó pensativo.

¿Cómo podría burlar el control de la prisión para ir al encuentro de Seon-gyeong? La seguridad era más estricta que nunca debido al reciente suicidio de un recluso. Era prácticamente imposible para personas como Lee Byeong-do salir del encierro a menos que estuviera muerto.

Relampagueó de nuevo y la intensidad de la lluvia aumentó. Las precipitaciones y el viento sonaban tan fuerte que parecían anunciar el fin del mundo.

El hombre encontró finalmente la respuesta que estaba buscando y comenzó a prepararse para escapar de la prisión.

El carcelero que estaba viendo los monitores de vigilancia en la oficina de seguridad se levantó de su asiento alterado. Su sobresalto despertó a otro carcelero que estaba durmiendo sentado y con los pies sobre otra silla.

—¿Qué pasa?

—El loco ese... ¡se ha cortado la garganta!

Al escuchar esto, el carcelero adormilado vio detenidamente lo que mostraban los monitores. Todos los reclusos estaban dormidos excepto Lee Byeong-do.

El hombre estaba de pie en el centro de su celda, mirando directamente a la cámara. Se reía mostrando los dientes y no parecía normal. Le sangraba el cuello. La sangre de color rojo negruzco le chorreaba por el cuerpo y caía al suelo. Dejar sin curar una herida de esa gravedad podía atentar incluso contra la vida de ese hombre.

—Llama rápido al jefe. Es una emergencia.

El jefe de seguridad ordenó a los carceleros ir inmediatamente con el personal de enfermería de la prisión a la celda de Lee Byeong-do y llevárselo al hospital más cercano si, en efecto, se trataba de una emergencia. Le temblaba la voz de ira.

Tras ser informado de lo ocurrido, el enfermero de turno acudió a prestar sus servicios y, junto con los carceleros, fueron a la celda. Abrieron la puerta y dentro vieron a Lee

Byeong-do desmayado con las manos en el cuello. En el suelo había un charco de sangre y estaba resbaladizo.

El enfermero trató de examinar la herida, pero Lee Byeong-do se retorcía del dolor. Intentó apartarle las manos de la herida para comprobar su estado y tomar las medidas necesarias para impedir que perdiera más sangre, pero no fue fácil.

—Está perdiendo mucha sangre. Si el corte ha afectado a la arteria carótida, la herida puede ser letal. Tenemos que trasladarlo a un hospital lo antes posible.

El enfermero hizo esta recomendación y los dos carceleros, tras vacilar unos minutos, le retiraron las esposas de las manos y los pies.

—Diles a los del hospital que estacionen la ambulancia lo más cerca posible del edificio de las celdas. Y hay que llamar también al jefe de seguridad.

En medio de la lluvia torrencial, llegó la ambulancia del hospital más cercano.

Lee Byeong-do fue trasladado hasta ella en la camilla que trajeron los médicos. Los dos carceleros subieron también a la ambulancia y partieron todos rápidamente hacia el hospital.

29

Al despertar, vio que la niña estaba durmiendo a su lado. Seon-gyeong, inconscientemente, se estremeció y le dio la espalda. Simplemente no podía estar cara a cara con la niña, como si no pasara nada. En ese instante, en sintonía con un relámpago, se apagó de súbito la lámpara ubicada junto a la cama. Era un apagón.

Como si sintiera miedo aun durmiendo, Ha-yeong se abrazó a la cintura de Seon-gyeong tras buscarla con las manos en la oscuridad.

Seon-gyeong tuvo ganas de retirarlas de su cuerpo y alejarse de la niña. Quería gritar que no le pusiera un dedo encima, que le aterraba sentir siquiera un pelo suyo sobre la piel. Pero no podía hacer eso. En lugar de ello, se dio la vuelta de nuevo y puso los brazos alrededor de la cabeza de su hijastra. Estaba caliente, quizá porque tenía una temperatura corporal más alta. El cabello sudoroso de la niña le humedeció las manos. La pequeña, al parecer en un profundo sueño, murmuraba palabras sueltas. No se la entendía bien, aunque podía deducir que decía que tenía miedo.

—No te preocupes. Pronto volverá la luz.

Seon-gyeong susurró; sin embargo, y al contrario de su previsión, el apagón seguía.

Sus sentimientos por Ha-yeong eran inexplicablemente complejos.

Se acordó del breve sueño que había tenido. Le vino a la cabeza la Ha-yeong que vio en el sueño, una Ha-yeong que le ofrecía pastillas. Suponía haber soñado algo así por escuchar la hipótesis del sargento Yu sobre el incendio sufrido por su hijastra. Pero, gracias a ese sueño, se esclareció una duda que tenía. Veneno. ¿Cómo lo habría conseguido la niña de ser verdad la conjetura del policía? La respuesta era simple.

La madre de Ha-yeong se suicidó tomándose algo. ¿Y si la niña encontró lo que fuera en la habitación de su madre y lo guardó? Era posible. Y así Seon-gyeong empezaba a inclinarse a favor de la hipótesis del sargento Yu.

Ha-yeong respiraba rápido mientras dormía. Sus mejillas, aún de bebé, eran tan tiernas que daban ganas de morderlas. Tal vez por el sueño que estaba teniendo, fruncía el ceño y gemía de vez en cuando. También se retorcía, aunque volvía a caer dormida profundamente gracias a los golpecitos que le daba su madrastra en el pecho.

Seon-gyeong sentía como que dentro de ella había una tormenta mucho más violenta que la de la realidad.

Ver las heridas de Lee Byeong-do en lo más hondo de su consciencia y ver el alma desmoronada de Ha-yeong eran dos experiencias totalmente diferentes para Seon-gyeong.

Lee Byeong-do era un desconocido y conversar con él era parte de su trabajo. El fin de las entrevistas significaba no volver a estar en contacto con aquel hombre. Ha-yeong, en cambio, era la hija de su marido y un ser con el que había aceptado convivir. La niña no era por tanto un trabajo para Seon-gyeong, sino parte de su vida diaria.

Si ese hombre era un ser oscuro ya sumergido dentro de un pozo sin salida, su hijastra era apenas una niña, por lo que tenía la oportunidad de disfrutar de una vida normal y estable. Una oportunidad que no podía dejar escapar para reorientar la vida de Ha-yeong en la dirección adecuada.

Seon-gyeong le acarició la cabeza, preguntándose hasta qué punto los momentos que había atravesado habrían ensombrecido su alma. Quería depositar su fe en que, por muy difícil que sea curar una herida, sanarla sería posible con la voluntad de cada quien por superarla. Seon-gyeong se consideraba una persona optimista. Estaba convencida de que la esperanza era en efecto lo último que se perdía y quería creer que su hijastra todavía tenía la expectativa de vivir mejor.

Pero ¿realmente conservará todavía la esperanza? A decir verdad, y a estas alturas, el escepticismo crecía en Seon-gyeong y pensaba que era demasiado tarde.

Guardar el veneno que le arrebató la vida a su madre durante casi un año y usarlo para asesinar a sus abuelos. Y encima provocar un incendio para camuflar el homicidio. Este podría ser el método de un criminal terrible como Lee Byeong-do, pero no algo que pudiera hacer una niña de once años con ojos grandes y mejillas tan tersas como un melocotón.

Qué habrá dentro de Ha-yeong...

De pronto, Seon-gyeong se acordó de que su hijastra intentó herirla con una tijera. Ese día, por primera vez, sintió miedo hacia la niña y también que dentro de su pequeño cuerpo vivía un ser inimaginable. La edad era lo de menos.

Seon-gyeong se despertó con un fuerte dolor en la parte izquierda de la cabeza por la pastilla que se había tomado. Se fijó en el reloj y era la una. No quería seguir acostada al lado de Ha-yeong. Tampoco podía conciliar el sueño. Por eso se levantó sin hacer ruido y salió de su dormitorio.

30

A la entrada de urgencias estaba el jefe de seguridad esperando la llegada de la ambulancia. Empapado por la lluvia, su aspecto daba lástima.

Al ver a Lee Byeong-do, frunció el ceño. Tenía la ropa y la cara manchadas de sangre.

El recluso herido fue trasladado a urgencias en camilla.

Alterado ante esta situación, el jefe de seguridad preguntó irritado a los carceleros:

—¿Qué ha pasado? ¿Por qué está en esas condiciones?

—No lo sabemos. Estábamos mirando los monitores cuando, de repente, el tipo se cortó la garganta con algo.

El jefe de seguridad se frotó la cara con una mano y emitió un largo suspiro.

—Qué manera de complicarle a uno la vida. Tenía que cometer semejante cosa aun sabiendo que hace poco se suicidó otro recluso...

Aunque no sabía cuánta sangre había perdido, si la herida era grande, la situación no sería fácil de resolver.

Lo único que quería el jefe de seguridad era evitar otra situación incómoda.

Cuando se suicidó Seong Gi-cheol, tuvo que declarar varias veces como responsable de la seguridad del centro penitenciario. Y ahora, si se daba a conocer que algo similar había ocurrido en tan poco tiempo, podía incluso perder el trabajo. De ahí que debía impedir como fuera que Lee Byeong-do se muriera.

El jefe de seguridad entró a urgencias reprimiendo insultos y malas palabras.

En la sala de operaciones, al recluso le hicieron una trasfusión de sangre, además de suturarlo. Afortunadamente, la lesión no había afectado a las arterias y los médicos explicaron que después de la sutura y la trasfusión de sangre el estado del paciente se estabilizaría. Agregaron que la significativa pérdida de sangre se debió no tanto a la herida en el cuello como a una lesión que había sufrido en la cabeza. El jefe de seguridad de la cárcel respiró un poco más tranquilo.

Terminada la operación, Lee Byeong-do fue transferido a una sala de recuperación aislada. Tras verificar que aquel hombre dormía y respiraba establemente mientras recibía la trasfusión de sangre, el jefe de seguridad bostezó y miró la hora.

En realidad, estrangularlo no sería suficiente para desquitarse de todo por lo que le estaba haciendo pasar, desde el viaje que tuvo que hacer bajo la lluvia hasta el agravio psicológico que experimentó. El jefe de seguridad abandonó así la sala de recuperación, haciéndose la promesa de que le haría pagar algún día.

Los dos carceleros se quedaron para vigilar al recluso, uno dentro de la habitación y el otro fuera, aunque según su criterio era prácticamente imposible que el herido se escapase del hospital, máxime porque estaba demasiado débil por haber perdido tanta sangre.

Sin embargo, de vuelta en casa, el jefe de seguridad de la prisión tuvo un mal presentimiento.

Lee Byeong-do le puso nervioso desde el día en que llegó

a la cárcel. Era fanfarrón y quería recibir un trato privilegiado. Hacía siempre demasiadas peticiones y por cada detalle que no le complacía se quejaba a los carceleros y creaba problemas innecesariamente.

El jefe de seguridad también se acordó de la mujer que se presentó como psicóloga criminal antes de empezar a entrevistar a Lee Byeong-do.

Ahora que lo pensaba, la conducta de ese hombre cambió tras su primera entrevista con la psicóloga. Podía decirse que, al encontrar un nuevo entretenimiento, las entrevistas con la psicóloga, ese recluso dejó de ocasionar alborotos en su celda. Sin embargo, a medida que continuaban esos encuentros, Lee Byeong-do empezó a comportarse con mucha más ansiedad, la cual se maximizó al enterarse de que esa mujer nunca más regresaría. De hecho, el aparente intento de suicidio de esta noche guardaba sin duda relación con esa psicóloga.

Pero ¿tan grande era el impacto de que ya no podría ver más a aquella mujer?

El jefe de seguridad desaprobó desde el comienzo tales entrevistas. Todo lo había empezado Lee Byeong-do. Y no entendía el esfuerzo de tantas personas para organizar unas entrevistas con ese recluso, dejándose manipular por él. ¿Acaso era tan importante conocer qué pensaba y cómo era su estructura cerebral?

Lee Byeong-do no quiso hablar con nadie más aparte de esa mujer llamada Lee Seon-gyeong.

Aun encerrado podía solicitar hablar con la persona que quisiera, y eso, desde cierto punto de vista, era un gran privilegio. Sin embargo, la mujer parecía no tener ni la más mínima idea sobre por qué ese hombre había pedido hablar con ella. No era posible saber qué pretendía obtener de las entrevistas, pero sí que estaba en una posición superior que le permitía imponerse sobre la otra parte. Esta situación lo envaneció. No obstante, la psicóloga resultó ser más dura de lo imaginado.

Al jefe de seguridad le impactó que la psicóloga rechazara hablar con él y que incluso suspendiera las entrevistas entre ambos. Byeong-do percibía ese rechazo como algo igual de serio que la sentencia a pena de muerte a la que estaba condenado, y era evidente que la desesperación que debió de sentir cuando supo que ya no podría verla fue lo que lo impulsó a hacer lo que hizo. Pero ¿pondría esto fin a todo?

Eso era justo lo que temía el jefe de seguridad. El hecho de que nadie podía asegurar que ese hombre no fuera a hacer nada más. Y estas inquietudes en cadena le impedían conciliar el sueño.

Entonces decidió volver al hospital. Pero cuando se levantó para prepararse lo llamaron por teléfono. Era el carcelero al que había ordenado que vigilara a Lee Byeong-do, que le informaba con urgencia de que el hombre había desaparecido. Había ocurrido lo que tanto quería evitar. Por un momento, se le paralizó el cerebro y no supo cómo reaccionar.

Al final se puso a gritarle al carcelero por teléfono recriminándole su descuido.

Pero ¿cómo se habría escapado estando tan débil?

31

Para Lee Byeong-do no fue difícil conseguir la dirección de la psicóloga.

Frente a su casa, el hombre analizó el entorno. Las calles estaban desoladas porque eran altas horas de la noche y además porque llovía a cántaros y había un viento fuerte. Entonces subió por el muro de al lado de la puerta principal para colarse por ahí en la casa. Le dolía el cuello, pero podía soportarlo. Y eso que en el hospital, al ahorcar a uno de los carceleros con una vía intravenosa, casi se le abre la herida suturada. Si hubiera hecho más esfuerzo físico, le habría chorreado sangre caliente por el cuello.

Los años vividos en la prisión le permitieron a Lee Byeong-do acumular conocimientos de lo más útiles. Por ejemplo, desde conseguir la dirección de una persona hasta aparentar como grave una herida que no lo es tanto.

Se adentró con pasos firmes en el patio de la casa de la psicóloga.

La tormenta y el viento camuflaron todo el ruido que hacía. Se acercó a la puerta y trató de abrirla, pero estaba cerrada con llave. Giró hacia la derecha, hacia una ventana. Las cortinas estaban entreabiertas y dejaban salir una luz tenue. Por cómo se movía, era posible deducir que se trataba de la luz de una vela. Entonces se dio cuenta de por qué estaba apagado todo el alumbrado público en las calles de ese vecindario. El mal tiempo había provocado un apagón en la zona. Para Lee Byeong-do, no podía haber mejor noticia.

Si había una vela encendida significaba que se encontraba alguien en casa.

Fue entonces a la parte trasera. Allí había una ventana pequeña. Por las tuberías de gas de al lado, era fácil suponer que se trataba de la cocina. Con cuidado, verificó si la ventana estaba abierta. Cuando comprobó que se deslizaba y estaba a punto de abrirla, notó que alguien venía hacia la cocina.

El hombre se pegó a la pared. La persona que estaba dentro se aproximaba a ella por el otro lado.

Sonaron unos platos y escuchó que encendían un fogón. Giró la cabeza lentamente y vio a una mujer delante de los fogones. Era Seon-gyeong.

Estaba hirviendo agua en una tetera. Parecía que su intención era prepararse un café. El fuego azul le iluminaba la cara aun en medio de la oscuridad. Seon-gyeong, por algún motivo, estaba sumergida en sus pensamientos. Pero su expresión era prácticamente irreconocible debido al flequillo, que le cubría parcialmente la frente y el rostro.

Lee Byeong-do sintió ganas de recogérselo. Quería tomarse el café que estaba preparando y sentarse a hablar con ella de su pasado. Tenía muchas cosas que decirle, pero ella no estaba dispuesta a escucharlo. De repente, se acordó de lo fría que había sido Seon-gyeong con él.

«Era pura mentira eso de que me iba a dar una oportunidad, pero pagará por ello», se dijo Lee Byeong-do para sus adentros.

Empezó a cantar en voz baja. Ahí empezaba de nuevo. Sin embargo, algo le decía que también ese sería el final.

La tetera emitió un sonido parecido a un silbido. Entonces, Lee Byeong-do siguió los movimientos de Seon-gyeong, que de contemplar con mirada ausente la tetera pasó a sacar una taza para el café y se sirvió agua. Ella no tenía noción de que ese hombre estuviera en su casa. No, en realidad, no tenía interés alguno en él.

Fue así desde el comienzo. Su interés se centraba siempre en cómo él había matado a sus víctimas. Fingió interés, pero Lee Byeong-do sabía que ella lo engañaba. Por eso, la primera entrevista finalizó tan rápido. A decir verdad, no tenía mucho que contarle y lo último que quería era que Seon-gyeong se diera cuenta de ello.

Quería verla sonreír.

Quería que ella lo mirara con una sonrisa en los labios. Que prestara atención a lo que decía y que entendiera su soledad. Pero, cuando Seon-gyeong le habló del primer recuerdo de su vida, se decepcionó profundamente. ¿Por qué todas las mujeres que conocía iniciaron su vida con recuerdos tan insignificantes?

Había deseado que Seon-gyeong fuera diferente. Pensó que ella podría ser una persona capaz de ver a través de su alma con mayor seriedad. Al igual que la señora del huerto de frutales se lo llevó a su casa cuando se lo encontró aún siendo un niño en el hospital sin decir nada y sin preguntar, él confiaba en que hubiera al menos una persona en este mundo que pudiera ver y sentir su vacío. Y creyó que esa persona podría ser Seon-gyeong, pero esta lo decepcionó.

Vio a Seon-gyeong salir de la cocina con su taza de café. Confirmó la habitación en la que entró. Aun tras cerrarse la puerta, se quedó esperando bajo la lluvia.

Nuevamente, empezó a moverse con mucha cautela. Encontró una puerta en un punto de la pared donde aparentemente finalizaba la cocina.

Giró la manilla y se abrió sin producir sonido alguno. Por

miedo a que la puerta abierta dejara entrar en la casa el fuerte sonido de la lluvia, el hombre se metió rápidamente y la cerró. Estaba oscuro, pero sus ojos ya estaban acostumbrados a ambientes con poca luz. Aunque vagamente, veía las siluetas de todos los objetos. Había una caldera para la calefacción y una lavadora, por lo que supuso que se trataba del lavadero.

Lee Byeong-do sacó con cuidado una toalla de la canasta de la ropa sucia de al lado de la lavadora. Con ella se secó el cabello y el cuerpo, todo empapado por la lluvia. El agua formó un charco en el suelo.

Tras secarse como pudo, puso de vuelta en la canasta la toalla y abrió la puerta que daba al interior de la casa, a la cocina, donde ella había estado hacía un momento.

Mientras la atravesaba lentamente, se fijó en el fregadero un momento y luego siguió andando.

Vio entonces un juego de cuchillos en un estante. Había varios cuchillos bien afilados en una base de madera. Verificó el estado de algunos y cogió el que le pareció más liviano y fácil de manejar. El mango se ajustaba perfectamente al tamaño de su mano. Parecía un cuchillo hecho para él hacía mucho tiempo. Una extraña fuerza se le acumuló en la mano que sujetaba el cuchillo y, acto seguido, se giró y se dirigió hacia la habitación en la que se encontraba Seon-gyeong.

Cuando se despertó, estaba sola en la amplia cama de su madrastra. Tras levantarse, miró alrededor con un poco de perplejidad.

«¿Dónde estará Seon-gyeong?», se preguntó para sus adentros.

Al otro lado de la ventana bailaba una sombra negra. La niña levantó la cabeza y observó el paisaje a través del vidrio. Le dio miedo, pero al mirar más detenidamente detectó que eran las sombras de las ramas de los árboles movidas por el viento.

Ha-yeong se sentó en la cama y recordó los últimos hechos.

Se acordó de la expresión con la que su madrastra la miró. La misma que sus compañeros cuando sacó el cúter mientras ellos estaban agarrando al gato. A partir de ese incidente, nadie en el colegio le habló. Todos la evitaban. Seon-gyeong también se había mostrado fría, dándole la espalda. Sintió un malestar en el estómago. No se encontraba bien. Había empezado a obedecer a su madrastra porque quería vivir con su padre, pero ahora deseaba también vivir con su madrastra. Aunque tal vez ella no querría.

No podía ser más inoportuno el viaje de su padre, ya que sin su ayuda no sabía cómo tratar bien a Seon-gyeong. Debía pensar y decidir por cuenta propia.

Su opinión era que su madrastra no llegaría a conocer la verdad. El único problema era el bombero ese.

Cuando Ha-yeong entró en el dormitorio de Seon-gyeong y se dispuso a acostarse a su lado, sonó su teléfono; era un mensaje de texto. Su madrastra estaba entonces bajo los efectos de la pastilla para la gripe y la niña pensó que el mensaje podría ser de su padre. Por eso cogió el teléfono y lo leyó. Para su sorpresa, lo que mostraba la pantalla no era precisamente lo que ella estaba esperando.

«La reinvestigación del suicidio de Park Eun-ju determina que la misma droga se usó en el presunto homicidio ocurrido antes del incendio de Eungam-dong. Yu Dong-sik.»

Era el mensaje del policía que le había dejado una tarjeta y Park Eun-ju era el nombre de su mamá. La niña leyó una y otra vez el mensaje. No lo comprendía al cien por cien, pero no era agradable ver ahí el nombre de su madre. Parecía que ese bombero sabía lo de su madre y por el hecho de avisar a su madrastra se imaginaba que conocían su secreto.

La niña borró el mensaje y puso el teléfono sobre la mesa.

«¿Qué hago? Decidí no contárselo a nadie, ni siquiera a papá. Pero Seon-gyeong está enterada de ello. ¿Se lo digo a papá? ¿Qué diría si se enterara de que yo fui la que incendió la casa?» Ha-yeong dibujó en su mente la expresión que pondría su padre.

Le dio miedo pensar en su reacción furiosa. Por eso, procuró no hacer nada precipitadamente. Solo quería dormir al lado de su madrastra. Entonces, la escuchó gemir, probablemente porque le dolía algo. Ha-yeong le tocó la frente. Tenía fiebre. Parecía estar muy mal. En aquel momento se despertó y le dijo que se fuera a su habitación, pero la niña no le hizo caso y permaneció en su cama.

Así se quedó dormida allí, y ahora, ya despierta, Seon-gyeong no estaba con ella.

La niña se aterrorizó imaginando que podría haber ido a llamar a su padre para contarle lo que sabía. Sin embargo, se tranquilizó al ver que su teléfono seguía sobre la mesa.

«Tengo que hablar antes que ella con papá», se dijo Ha-yeong, y empezó a darle vueltas en la cabeza a cómo podría contarle lo que había hecho.

Era consciente de que su padre no se pondría precisamente contento por el incendio que había provocado en casa de sus abuelos. Aparte, conservaba todavía un objeto del que le había prometido deshacerse. Su padre se enojaría con ella por eso y su madrastra sería la primera en ir a delatarla cuando volviera de su viaje de negocios.

La ansiedad se apoderó de la niña al pensar que Seon-gyeong sabía demasiado sobre ella, hasta lo de los pájaros muertos que tenía en la cómoda. La situación la impacientaba y quería saber qué estaría haciendo su madrastra en ese momento.

Ha-yeong salió del dormitorio sin hacer ruido y en absoluto silencio se asomó a la puerta del estudio de Seon-gyeong. Estaba allí dentro y, para espiarla, acercó la oreja a la puerta. En ese momento oyó una voz de hombre. Casi gritó. Pero enseguida se preguntó quién podría ser si su padre todavía no había regresado de su viaje. Nuevamente trató de escuchar la conversación al otro lado de la puerta.

La curiosidad de Ha-yeong iba en aumento.

El hombre le tapó la boca a Seon-gyeong con su enorme mano.

Esta, debido a que estaba sumergida en sus propios pensamientos, no escuchó que alguien había entrado en el estudio. Por eso no pudo hacer nada cuando aquel hombre se lanzó sobre ella, la amarró y le tapó la boca. Se sintió mareada, máxime al descubrir que la mano que la rodeaba para impedir que se moviera sostenía un cuchillo. El miedo y el pánico la invadieron.

No podía creer que un hombre desconocido estuviera dentro de su casa. Seguramente había escalado el muro aprovechando que estaba lloviendo y que en la calle no había transeúntes. Todas las células de su cuerpo se quedaron petrificadas cuando escuchó de cerca la voz del intruso. Era una voz familiar.

—Como no venías a verme, yo vine por ti.

Era Lee Byeong-do. Él era el intruso. Por un lado, Seon-gyeong sintió alivio al saber que se trataba de alguien que conocía. Sin embargo, ese alivio duró poco y el terror la invadió.

El recluso se había fugado de la cárcel.

No se explicaba cómo se había escapado de la prisión y dado con su dirección, pero deducía su estado psicológico por su conducta, tan atrevida y arriesgada. Estaba claro que había entrado en un callejón sin salida por cuenta propia. Eso significaba que no le importaba morir, que no tenía nada que perder ni temer.

Por lo frío y húmedo que estaba su cuerpo, suponía que había estado un largo rato bajo la lluvia. Seon-gyeong se asustó al sentir su piel helada en la mejilla. Por la espalda percibió el cuerpo frío del hombre. Entonces intentó esconder el temor que sentía y fingir serenidad, esforzándose por relajar sus músculos tensos.

Lee Byeong-do se percató y también aflojó el brazo.

—Prométeme que no vas a gritar cuando retire la mano de tu boca.

Su aliento le tocó la mejilla. Tenía la cara casi pegada a la suya.

Tras asentir Seon-gyeong con la cabeza, él le quitó la mano de la boca.

—¿Por qué no baja el cuchillo también? Si es que no ha venido a matarme.

—Es que todavía no lo he decidido.

Seon-gyeong se quedó muda. El hombre la soltó después de enterrar la nariz en su pelo para olerlo. Aún tensa, Seon-gyeong lanzó un breve suspiro y se dio la vuelta. Lee Byeong-do se rascó la cabeza y, mientras retrocedía, dejó el cuchillo en una esquina del escritorio.

Estaba temblando de frío y Seon-gyeong le pasó una camisa de su marido que estaba sobre la silla. El prófugo la rechazó.

—Va a enfermar.

Lee Byeong-do se rio y echó un vistazo al estudio donde estaban.

—¿Este es tu mundo?

Seon-gyeong no fue capaz de responder, no salía de su asombro. Lo veía ahí, en su estudio, pero todavía no se podía creer que aquel hombre estuviera en su casa. ¿Qué hacía él allí en vez de estar en su celda? Todo le parecía un sueño.

—¿Me va a contar qué ha pasado?

Lee Byeong-do, que estaba concentrado en los libros que llenaban las paredes del estudio, reaccionó a la pregunta de Seon-gyeong y sonrió.

—¿Acaso es importante dónde estoy? Para mí es más importante el hecho de que estoy ahora contigo.

Seon-gyeong se acordó del jefe de seguridad de la prisión. Ese hombre que lo que más deseaba era ver a Lee Byeong-do en su celda. Se preguntaba si estaría enterado de lo que ocurría.

—Ha llegado el momento de responder a tu primera pregunta.

Lee Byeong-do rememoró el primer día en que vio a Seon-gyeong.

Por primera vez habló de la familia del huerto de frutales. Era su respuesta a la pregunta sobre la madre mona de pelaje suave. Al notar la seriedad con la que Seon-gyeong le prestaba atención, sintió como si estuviera de vuelta allí.

El hombre quería terminar de una vez por todas su largo viaje.

Nadie nace porque quiere, pero vivir o dejar de hacerlo es algo que depende de la voluntad de cada uno.

Lee Byeong-do sintió alivio por no oír la canción de siempre resonar en su cabeza. Matar no era su voluntad. Era una elección ineludible. Solo quería no escuchar más aquella canción que tanto lo atormentaba. Y en efecto ya no la oía por ningún lado. No importaba que estuviera en la cárcel. Incluso lo agradecía pese a estar en una celda individual para reclusos sentenciados a pena de muerte. Le tranquilizaba saber que el fantasma de su madre ya no vendría por él.

Ese era su estado antes de ver el rostro de Seon-gyeong. La confusión volvió. Era como reencontrarse con la persona que más extrañaba, pero a la que no deseaba de ninguna manera mostrarle cómo era. No podía estar con ella en su estado actual. Sin embargo, tampoco podía dejar escapar la oportunidad que le llegaba por primera vez en veinte años, y su deseo de encontrarse con ella lo ganó.

La Seon-gyeong que vino a verlo no era la señora del huerto de frutales de su pasado. La manzana que trajo no era dulce. Las manzanas con sabor a paraíso que solía comer se habían convertido en un sueño inalcanzable.

—¿Cómo has podido hacerme esto? ¿Cómo pudiste dejar de venir sin siquiera despedirte?

—Era lo mejor para todos.

—No. Mentiste. Me dijiste que me darías una oportunidad y no lo hiciste. Estaba volviéndome loco con esa canción, pero mostraste una total indiferencia. Eres igual que todas. Creí que eras la señora del huerto, pero resultaste ser igual que mi madre.

—No soy ninguna de ellas. Las mujeres de este mundo no son solo esa señora o su madre.

A Seong-yeong le quedaba mucho por decir. No obstante, el hombre no quería escucharla. Se lanzó contra ella. La empezó a estrangular mientras la miraba directamente a los ojos. Ya no escuchaba su voz. Esa maldita canción estaba a todo volumen dentro de su cerebro.

Lee Byeong-do pensó que solo detendría aquella canción si la tarareaba por última vez.

—Bastaba con que me hubieras dicho una única cosa... Solo una cosa. Mamá, ¿tan terrible fui para ti? ¿Nunca te hice feliz? ¿Jamás fui el motivo de tus risas?

Seon-gyeong intuyó un serio peligro en sus ojos, por eso se resistió violentamente. Pero al hombre no le era difícil reprimir tan débil resistencia y, mientras notaba las venas marcadas en sus brazos, empezó a contar.

Al empujarla contra la pared y asfixiarla con más fuerza, Lee Byeong-do se percató de que la mujer perdía fuerzas. Su respiración se debilitaba. Sentía su aliento en la mejilla. Y con toda la fuerza que le quedaba en los brazos, la estranguló una última vez. Las manos de su víctima, que hasta hacía unos segundos le arañaban la piel, se desplomaron.

Morir era así de simple.

El hombre le peinó hacia atrás el cabello que le cubría la cara. Se apoyó un rato en su cabeza y cerró sus ojos humedecidos, de los que pronto brotaron las lágrimas.

De pronto sintió un fuerte dolor en las costillas. Bajó la cabeza y vio que tenía un cuchillo clavado.

«Pero qué raro», pensó. El cuchillo lo había dejado él mismo sobre el escritorio. Inclinó la cabeza hacia un lado como gesto de perplejidad y se encontró a una niña mirándolo en la distancia. Esta, sin siquiera sobresaltarse, estaba siguiendo la evolución de la situación en la que había intervenido muy conscientemente.

«¿Es esta niña tu gatita?», pensó Lee Byeong-do, que retiró las manos del cuello de su víctima para tocarse la herida. No sangraba mucho, pero le molestaba tener un objeto extraño dentro del cuerpo. Mordiéndose los labios para aguantar el dolor, extrajo el cuchillo. Entonces la sangre, como si hubiera estado esperando, empezó a salir a borbotones.

Parecía que el cuchillo le había penetrado entre las costillas hasta clavarse en los pulmones. Cada vez que exhalaba, se le escapaba por la boca una corriente de aire áspero. Perdía las fuerzas en las manos. En aquel momento su víctima volvió en sí y se zafó.

Lee Byeong-do cayó al suelo.

Ya no sentía igual su cuerpo. Su espíritu se alejaba lentamente. Presentía instintivamente que su vida se acababa. Respiraba y de lo más hondo de sus pulmones salía sangre. Le dio un ataque de tos. Escupió sangre y ya no pudo respirar bien. La sangre que derramaba se esparcía por debajo de su cuerpo, tendido en el suelo.

Una niebla pesada empezó a obstruirle la vista, a pesar del esfuerzo por mantener los ojos abiertos. Vio que la niña se le acercaba curiosa. La sangre le llegaba hasta los pies. Pero él, impotente, no hacía más que reírse falsamente sin poder levantarse.

De repente, una luz brillante lo cegó. El hombre, tumbado en el suelo, se quedó mirándola. Era una luz fluorescente que le punzaba los ojos; debía de haber terminado el apagón.

Seon-gyeong, que ya había recuperado la conciencia, le bloqueó el paso a la niña. La tomó de las manos y juntas retrocedieron. Lee Byeong-do extendió una mano para intentar alcanzarla, pero no tenía fuerzas ni para abrir los párpados, así que mucho menos para estirar el brazo.

Siempre había pensado que morir no era nada. Que simplemente era el fin. Que la muerte era oscuridad y que uno simplemente desaparecía. Sin embargo, a unos pasos de la muerte se daba cuenta de que la muerte no era la oscuridad absoluta, sino un apagón momentáneo. Que morir no era desaparecer por completo, sino trasladarse a otro mundo.

Algo que le horrorizaba era hacer ese traslado preservando todos los recuerdos y experiencias de esta vida. Le inquietaba la posibilidad de que pudiera crearse una segunda vida manteniendo conexiones con todos ellos. Siempre creyó que el más allá era una fantasía del ser humano inventada para superar el miedo a la muerte. Sin embargo, ahora se daba cuenta de que el más allá no era una fantasía, sino un cosmos paralelo que atravesaba la consciencia del ser humano. En ese momento, su único consuelo era, irónicamente, la canción de su madre que toda la vida lo había atormentado, que en el instante de morir le acariciaba el alma.

El hombre se concentró en la canción con los ojos cerrados.

Al contrario del primer recuerdo de esa canción que siempre tuvo en su mente, la voz de su madre era alegre y cálida. Esperó con paciencia sus mimos. Así, las manos tibias y grandes de su madre, las que deseó sentir toda su vida, le tocaron suavemente los ojos, la nariz y las mejillas. Por fin tuvo la sensación de que el hueco profundo y negro que nunca había podido llenar se cerraba. La canción que lo había torturado toda la vida desapareció.

—¿Está muerto?—preguntó la niña con una voz distante.

Seon-gyeong salió del estudio con su hijastra, que insistía en ver al muerto. Ella misma se dio la vuelta para verificar el estado del hombre por miedo a que pudiera resucitar, pero vio que una sutil sonrisa se dibujaba en sus labios mientras cerraba los ojos y relajaba la expresión. La muerte le había dado el descanso que tanto quiso pero no pudo tener en esta vida.

Al salir a la sala de estar, oyó su teléfono. Corrió a contestar. Era el jefe de seguridad de la Prisión de Seúl. Su llamada llegaba muy tarde, demasiado. Pero no tenía fuerzas como para recriminarle su falta de diligencia y su negligencia.

Seon-gyeong dijo con voz seca sin siquiera escucharlo:

—Está aquí. Venga a por él.

No le dio explicaciones. Solo le dio su dirección y cortó.

Seon-gyeong se tumbó sobre el sofá. No podía estar quieta porque le temblaba todo el cuerpo. Ha-yeong la observaba un poco apartada con la mirada ausente, quizá por el susto.

Si no fuera por ella, Seon-gyeong estaría muerta. Estaba agradecida, pero al mismo tiempo incómoda.

—¿Estás bien? —le preguntó a la niña, pero esta solo la miraba sin dar contestación alguna.

Para estar segura de que no estaba lastimada, Seon-gyeong se le acercó. Le preguntó varias veces si estaba bien, si le dolía algo, tanteándole la cabeza, los brazos y las piernas.

Aún muda, Ha-yeong le mostró las manos. Sangre. Tenía las palmas completamente manchadas de sangre.

La niña parecía estar impactada de ver la sangre de las manos; se las mostraba a su madrastra sin saber qué hacer. Sus ojos parecían dos mares por la noche, fríos, profundos y silenciosos. Seon-gyeong no era capaz de desentrañar el torbellino interior de la niña, que cerraba y abría las manos y sentía cómo la sangre se endurecía sobre su piel.

Pasmada, Seon-gyeong tiró del brazo de su hijastra y la llevó al baño.

Abrió el grifo y acercó violentamente las manos de la niña al agua. La sangre empezó a desaparecer por el desagüe. Seon-gyeong se las frotó con jabón y se cercioró de que no quedara ni un vestigio de sangre. Le lavó las manos tan fuerte que le dejó roja la piel de tanto frotar. Tenía miedo a que la sangre de Lee Byeong-do penetrara en sus venas y contaminara su alma.

Solo la idea le causaba horror.

—Ya basta. Me duele.

Seon-gyeong recapacitó en cuanto su hijastra se echó para atrás. La niña retrocedía extrañada ante el comportamiento de su madrastra, que estaba obsesionada con lavarle las manos.

Seon-gyeong sacó una toalla y se la pasó a la niña, pero esta no la cogió. Tras salir Ha-yeong del baño, Seon-gyeong se lavó la cara con agua fría. Eso le hizo considerar más objetivamente lo que estaba pasando.

Levantó la cabeza y se vio en el espejo. Estaba hecha un desastre. Inmediatamente se miró el cuello. Tenía las manos del asesino marcadas y ya empezaba a sentir un fuerte dolor muscular.

En la sala de estar estaba Ha-yeong con la mirada perdida

en el patio. Le preocupaba verla tan pensativa. Por eso, trató de conversar con ella:

—¿De veras estás bien?

La niña señaló el paisaje.

—Ha cesado el viento.

Seon-gyeong también miró fuera y, en efecto, el viento que hacía un rato soplaba salvajemente estaba más calmo. El sauce, tras sufrir su amenaza, estaba sin fuerzas, todo mojado.

Ha-yeong seguía sin hablar, mirando por la ventana. Su rostro, que no delataba nada en absoluto, intranquilizaba a Seon-gyeong. Sin poder soportarlo más, giró la cabeza tratando de apartar su interés por la niña.

—Ya... ya no quieres vivir conmigo, ¿no?

La pregunta la tomó por sorpresa. Al cruzar la mirada con ella, Seon-gyeong no encontró las palabras adecuadas para responderle. La niña estaba pendiente de lo que pudiera decirle.

Seon-gyeong vaciló por un momento, sintiéndose desnuda ante las pupilas de Ha-yeong.

—Cuando vuelva tu papá hablaremos todos juntos.

La niña mostró su desilusión en la cara y subió rápidamente a su habitación.

Seon-gyeong se mordió los labios por el nerviosismo mientras esperaba a la policía.

Mientras pensaba en Ha-yeong, sintió que algo caliente le subía por la garganta. Algo que intentaba tragarse, pero no podía. Al final, no pudo aguantar y empezó a sollozar sonoramente.

La niña no tenía la culpa. La vida, quien sabe por qué, le dio una madre, sedienta de afecto, que la maltrató sin tener la mínima noción de lo que estaba haciendo. Si ese hecho le quebró su alma, ¿cómo influirían los sucesos de esta noche en ella? Aunque nada había sido su intención, Seon-gyeong se dio cuenta de que lo que ella le había hecho a su hijastra era lo mismo o peor que lo que hizo su madre.

Si no hubiera venido a vivir a su casa, ¿nada de esto le habría pasado? Seon-gyeong sintió pánico. Quería preguntarle a alguien, a quien fuera, por qué le pasaban estas cosas a Ha-yeong. Parecía que el destino de la niña ya estaba decidido. Le daba miedo comprobar lo que habría al final de ese destino.

Seon-gyeong quería que no fuera así. Sacudió la cabeza violentamente quién sabe frente a quién.

«¡No! ¡Esto no puede ser! ¡Es absurdo! ¡Basta! ¡Basta!

»¡Dejad en paz a la niña!»

32

Para no alterar el escenario del crimen, la policía no permitió ni siquiera al jefe de seguridad de la cárcel entrar al estudio donde murió Lee Byeong-do.

Tras husmear cerca de la puerta del estudio, esperando a que terminara la inspección preliminar, se acercó a donde se encontraba Seon-gyeong. Esta, que estaba declarando con los detectives, lo miró de reojo.

El jefe de seguridad parecía estar más bien aliviado de saber que Lee Byeong-do había muerto en otro lugar y no en la prisión, bajo su supervisión. Obviamente lo sancionarían por lo ocurrido, sin embargo, la situación no era la peor para él, ya que el caso de la fuga se resolvió en un tiempo relativamente corto.

—O sea que me está diciendo que el hombre la estaba estrangulando pero que se asustó al volver repentinamente la luz y usted aprovechó ese momento para apuñalarlo con el cuchillo.

—Sí.

Seon-gyeong respondió bajando la mirada. Con una mano se cubrió el cuello y puso expresión de dolor. La policía no iba a dejar escapar una prueba como la herida en su cuello. En efecto, uno de los detectives la observó detenidamente y tomó notas. Otro agente del equipo de investigación científica le sacó fotos del cuello.

Seon-gyeong optó por mentir a la policía para proteger a su hijastra, ya que, si se enteraban de que había sido ella quien apuñaló a Lee Byeong-do, la acosarían con preguntas. Era obvio que al final concluirían que fue en defensa propia, pero quería ahorrarle el mal trago, aunque fuera por poco tiempo.

Además, también estaba lo del incendio. Si a las preguntas de la policía la niña respondía mal o se le escapaba algo, la situación podría ir por una dirección totalmente inesperada. Solo pensaba en protegerla, al menos hasta que regresase su marido.

Quería hablar con él sobre Ha-yeong con más detenimiento cuando volviera de su viaje.

—¿Está segura de que no necesita que la vea un médico? —le preguntaron los detectives mientras se guardaban la libreta; pero no hicieron más comentarios, lo que significaba que estaban satisfechos con las declaraciones de Seon-gyeong.

En el cuchillo que encontraron en el escenario del crimen detectaron también las huellas dactilares de Seon-gyeong y en la casa solo estaba, aparte de ella, una niña que dormía en su habitación en el segundo piso sin despertarse siquiera con el ruido de la tormenta. No había motivos para sospechar.

Al contrario, los detectives parecían sentir compasión hacia Seon-gyeong, una psicóloga que por entrevistarse con un recluso este casi la asesina. Los policías terminaron de tomarle declaración y se aproximaron al estudio.

El jefe de seguridad de la prisión, que estaba tratando de encontrar el momento para conversar con Seon-gyeong, se sentó inmediatamente a su lado.

—¿Qué ha sucedido?

—Eso es lo que yo quisiera saber.

El jefe de seguridad se tensó por un momento, pero enseguida se relajó. Hablando estrictamente, él era el responsable de lo ocurrido. Estaba en una posición en la que debía intentar quedar bien con Seon-gyeong. Por eso, adoptó rápidamente una actitud complaciente.

—Me dejé engañar por ese teatrero. Como usted. ¿Quién se hubiera imaginado que se escaparía del hospital después de sangrar tanto?

Seon-gyeong se podía imaginar lo que pasó antes de que Lee Byeong-do fuera a su casa. Como era prácticamente imposible darse a la fuga de la cárcel debido a su férreo sistema de seguridad, lo más inteligente era obviamente intentar escapar de otro lugar más público. Y en ese sentido un hospital era el sitio ideal.

—¿Qué le dijo?

El jefe de seguridad esperaba con ojos brillantes la respuesta de Seon-gyeong.

En realidad, ese hombre estaba confuso por la conducta de Lee Byeong-do, que había arriesgado hasta su propia vida para buscar a Seon-gyeong. De hecho, creía que no era simple casualidad la elección de ese asesino de entrevistarse con ella y sabía que su decisión de escaparse había sido justamente por ella.

Era consciente de que Seon-gyeong había sido una persona muy especial para ese recluso, pero no sabía exactamente por qué. No entendía qué pudo haberlo alterado tanto.

—Me dijo que si se lo proponía podría venir a verme cuando quisiera.

Atacar era muchas veces la mejor defensa. Seon-gyeong lo sabía y por eso lanzó tal comentario punzante al jefe de seguridad.

Tampoco quería escucharlo hablar de Lee Byeong-do. Por muy buena que fuera su explicación, no podía transmitirle a nadie la verdad que vio en la mirada de ese hombre durante su último suspiro. Una mirada sincera vale más que mil palabras y no quería de ninguna manera que la soledad tan profunda de aquel hombre se convirtiera en tema de chismorreo para el jefe de seguridad.

Hay personas extremadamente perspicaces que terminan hiriéndose a sí mismas. Seon-gyeong también había experimentado una profunda soledad a lo largo de su vida por crecer sin hermanos y perder a su madre demasiado joven. Las palabras de Lee Byeong-do penetraron hasta lo más profundo de su ser, hasta ese lugar al que nadie puede entrar. Sintió cierta empatía hacia él, pero tampoco quería hablar abiertamente de ello.

El jefe de seguridad se disgustó y, con expresión de insatisfacción, miró a Seon-gyeong y después abandonó la casa tras otras personas que sacaron el cadáver de Lee Byeong-do del estudio y lo llevaron afuera. Ya en la puerta, se dio la vuelta para decirle esto último a Seon-gyeong:

—Se lo dije, ¿o no? Que nada bueno obtendría estando cerca de él.

El hombre se despidió moviendo ligeramente la cabeza de arriba abajo y uno de los detectives se acercó a Seon-gyeong.

—Será mejor que hoy deje cerrada la puerta del estudio. Por la mañana mandarán a limpiar a alguien del Centro de Apoyo a Víctimas.

Seon-gyeong asintió y echó un vistazo a la estancia.

Dentro todavía había una mancha grande en el suelo.

El detective cerró la puerta y fue en busca de un policía uniformado. Este bloqueó la entrada con cinta amarilla.

El silencio volvió al hogar después de marcharse la policía.

Seon-gyeong echó un vistazo a la casa, que le resultó poco familiar después de todo lo ocurrido, y subió al segundo piso.

Ha-yeong estaba durmiendo. Seon-gyeong, al ver que la niña había retirado las mantas con los pies, las arregló y volvió a cubrirla.

De vuelta en la sala de estar, se aseguró de cerrar con llave la puerta de la casa. Ya casi no llovía. Y entonces se dio cuenta de que ya no le dolía la cabeza.

Eso sí, tenía un sueño atroz. Estaba como si hubiera gastado toda su energía. Por eso, apagó la luz de la sala y se fue a su dormitorio.

Se metió en la cama y se quedó dormida en un abrir y cerrar de ojos.

Durmió tan profundamente que ni siquiera soñó.

33

Cuando Seon-gyeong se despertó le pareció que había estado durmiendo una semana entera, pero el reloj apenas indicaba las ocho de la mañana. Creía haber dormido mucho tiempo, mas habían transcurrido menos de tres horas.

Se levantó y abrió las cortinas. El cielo estaba despejado y había un sol radiante. Las turbulentas horas de la noche anterior le parecían un sueño. Pero el desorden en el patio le decía que lo de anoche había sido real, que había ocurrido de verdad.

La tormenta y el viento salvaje dejaron el patio hecho un desastre. Pero pensó que así era mejor, porque estaría entretenida y distraída. Mientras trabajaba podría reflexionar sobre qué hacer en adelante.

Entretanto hacía la cama sintió que alguien estaba en la sala. Se imaginó que sería Ha-yeong, pero cuando estaba a punto de salir se abrió la puerta.

Entró en su dormitorio su hijastra con una bandeja con un vaso de leche.

Seon-gyeong se sorprendió al ver a la niña tan tranquila después de todo lo que había pasado. Quizá estaba ya demasiado acostumbrada a la muerte.

La paz en la cara de Ha-yeong la agobió más. La noche

anterior, lavándole las manos, Seon-gyeong se dio cuenta de algo terrible: pese a que le limpió una y otra vez la sangre, quien la había puesto en esa situación fue ella: había destruido la débil alma que la niña mantenía a duras penas.

¿Habría pasado algo así si ella hubiera sido un ama de casa común y corriente? La niña ya tenía experiencia matando y lo había vuelto a hacer. ¿Qué habrá pensado Ha-yeong al ver la sangre en sus manos? De solo imaginarlo, sintió escalofríos.

Tal vez ella y Ha-yeong nunca debieron conocerse.

—¿Te encuentras bien? —le preguntó la niña mientras colocaba la bandeja sobre la pequeña mesa del dormitorio; estaba tratando de consolar a Seon-gyeong, que estaba enferma y que, por su parte, no sabía qué pensar ni qué sentir ante el vaso de leche que le traía su hijastra.

En ese momento, mientras Ha-yeong se sentaba en la cama, dijo:

—Tengo una pregunta.

—Dime.

—¿Se lo vas a contar a papá...?

Seguramente la niña se refería al incendio. La muerte de sus abuelos y el posterior incendio. Era evidente que lo que más temía era que su padre se enterara de ello. O, mejor dicho, quizá tenía miedo a que la verdad sobre ese incidente le impidiera vivir con su padre. Y eso que la razón por la que había cometido semejante acto había sido su deseo de vivir con él.

—No se lo diré.

La niña puso cara de alivio. Sin embargo, se quedó petrificada al escuchar el siguiente comentario de su madrastra:

—Quisiera que tú misma le dijeras a tu papá la verdad. Si no lo haces, tendré que hablar con él.

—¿De verdad debo decírselo?

Seon-gyeong la miró a los ojos. La pequeña bajó la cabeza resignada.

—Está bien. —Ha-yeong respondió en voz muy baja y se quedó pensativa; de repente, como si se hubiera acordado de algo, miró a su madrastra y le ofreció el vaso de leche.

Seon-gyeong no tenía ganas de nada, por eso rechazó el ofrecimiento. Su negativa decepcionó a la niña. Entonces se dio cuenta de que no podía rechazarlo y aceptó sin más remedio el vaso de leche.

Ha-yeong no mostraba indicios de abandonar el dormitorio, y tras quedarse mirando un buen rato a Seon-gyeong dijo:

—Me odias, ¿verdad?

—No, no te odio.

—Mentira. Si ni siquiera me conoces...

La niña tenía la voz ronca.

—Aunque no conozcas bien a alguien puedes quererlo igual. Y realmente quería llevarme bien contigo.

Seon-gyeong estaba diciendo la verdad. Pese a todo lo que había ocurrido súbitamente, estaba aprendiendo lo que era vivir en familia con la niña en casa.

—Papá te quiere. Pero yo... no.

La frialdad de la niña le provocó un fuerte dolor en el corazón. Sintió un nudo en la garganta. Sin poder reaccionar, tomó un sorbo de leche.

—Yo lo único que quería era vivir con mi papá... —murmuró la niña medio disgustada.

—Vas a poder vivir con tu papá, pero antes tienes que ser sincera.

Seon-gyeong tomó otro sorbo de leche. Deseaba estar sola. Entonces Ha-yeong, que miraba detenidamente cómo su madrastra se tomaba la leche que ella le había servido, susurró sonriente:

—¿Quieres que te diga un secreto?

A Seon-gyeong le dio miedo Ha-yeong, que de repente estaba sonriendo y le brillaban los ojos. Se sintió sofocada, con ganas de vomitar.

—¿Sabes cómo murió mi mamá?

La niña le había contado que su mamá murió por algo que se había tomado, pero por cómo actuaba podía intuir que esa no era la verdad. Los malos presentimientos hasta le estaban dando dolores de estómago.

—¿Cómo? ¿Cómo murió entonces?

—Como tú ahora, después de beberse un vaso de leche.

Seon-gyeong la miró con inquietud.

—Mi papá me dijo que le pusiera eso en la leche y se la diera a mamá si me hacía mucho daño.

—¿La medicina?

—Sí. Papá me la dio. Me dijo que si la tomaba se quedaría dormida. Pero se murió. Creo que le puse demasiado.

Seon-gyeong se quedó en blanco. Tenía calambre en las manos y los pies, por eso se masajeaba las manos constantemente. También sintió que la cabeza le pesaba toneladas.

—Este es un secreto entre mi papá y yo. Él me dijo que tirara lo que sobrara, pero no lo hice.

La niña se sacó del bolsillo un frasco pequeño y se lo puso sobre la palma de la mano.

«¿Por qué nunca se me ocurrió?», pensó Seon-gyeong. A su marido, que era médico, no le hubiera costado nada conseguir esa medicina. Y se acordó de su neurótica reacción cada vez que le hablaba de su exmujer. Entonces pensó que era por las heridas que ella le provocó, pero ahora se daba cuenta de que había algo más.

De pronto, le surgieron dudas sobre la verdadera razón por la que su marido le había dado el veneno a su hija.

¿Se lo dio porque ya no toleraba más ver a su hija maltratada por su propia madre? ¿O fue una medida para librarse él de su exesposa? No era posible saber a estas alturas los motivos por los que le entregó esa droga a su hija, pero por culpa de ella murieron la madre y los abuelos de Ha-yeong. Y ahora era el turno de Seon-gyeong.

Muy a su pesar, sonrió. Ha-yeong, que no entendía por qué, se quedó perpleja. La noche anterior, Seon-gyeong se culpó una y otra vez por lo ocurrido, por la experiencia por la que había pasado la niña. Lo que ignoraba era que esta estaba muy por encima de ella.

Ha-yeong observaba los cambios físicos de su madrastra. Sus ojos brillaban de expectación.

Seon-gyeong, por su lado, sintió pavor por el futuro de la niña. ¿Qué le depararía?

La pregunta que se le vino a la cabeza fue quién habría sido la persona responsable de la transformación de Ha-yeong en ese monstruo que era ahora. ¿Su madre, que la maltrataba? ¿Su padre, que le dio el veneno? ¿O ella misma, que hizo que asesinara de nuevo? Pero no podía seguir reflexionando porque un sopor la invadía. Si había dormido bien, ¿por qué le estaba dando tanto sueño?

Cuando Seon-gyeong estaba a punto de caerse, la niña se acercó y le cogió el vaso de leche.

Seon-gyeong se acostó en la cama sin fuerzas. La niña, como si hubiera estado esperando ese momento, la cubrió con la manta. Actuó con total naturalidad y, mientras la abrazaba por la cintura, dijo:

—¿Sabes qué? Hasta ayer me caías muy bien... Hasta deseé que fueras mi mamá.

Seon-gyeong ya no veía bien ni distinguía la cara de Ha-yeong.

De repente, se acordó de la cara de Lee Byeong-do.

Entonces sintió que había sido una jugada del diablo el

que a ella le llegase la oportunidad de entrevistar a aquel asesino en serie.

El diablo, en lugar de matar a Lee Byeong-do, creó otro monstruo. Un demonio que terminó de formarse cuando mató a Lee Byeong-do.

Ha-yeong, aún una niña y ajena al plan diabólico, se reía ingenuamente. O puede que el diablo fuera ella. Sin embargo, quienes lo alimentaron fueron su madre, su padre y todos nosotros.

Seon-gyeong sabía cuál sería el desenlace de Ha-yeong.

Lee Byeong-do se lo había mostrado con su propia muerte. Y se preguntó qué cara tendría Ha-yeong dentro de muchos años, en su lecho de muerte, cuando se diera cuenta de estar a punto de dar su último paso en esta vida.

Mientras Seon-gyeong entraba en un sueño profundo y prolongado, escuchó la voz clara de la niña:

—Dulces sueños, mamá.